Veröffentlicht von
DREAMSPINNER PRESS

5032 Capital Circle SW, Suite 2, PMB# 279, Tallahassee, FL 32305-7886 USA
www.dreamspinnerpress.com

Finstere Facetten
Urheberrecht der deutschen Ausgabe © 2021 Dreamspinner Press.
Originaltitel: Their Dark Reflections
Urheberrecht © 2021 Amanda Meuwissen
Original Erstausgabe. November 2020
Übersetzt von Teresa Simons.

Umschlagillustration
© 2020 Tiferet Design http://www.tiferetdesign.com/
Umschlagbild
© 2021 L.C. Chase
http://www.lcchase.com
Die Illustrationen auf dem Einband bzw. Titelseite werden nur für darstellerische Zwecke genutzt. Jede abgebildete Person ist ein Model.

Deutsche ISBN. 978-1-64108-357-7
Deutsche eBook Ausgabe. 978-1-64108-356-0
Deutsche Erstausgabe. Dezember 2021
v 1.0

Gedruckt in den Vereinigten Staaten von Amerika.

FINSTERE
Facetten

AMANDA
MEUWISSEN

Für Meagan Hedin, mit der ich immer meine tiefsten Hoffnungen und Träume teilen werde und die versteht, wie leicht eine gute Horrorgeschichte in einen Liebesroman passen kann.

1

SAM KLOPFTE an den Glaseinsatz in der schmiedeeisernen, zweiflügeligen Tür und bemühte sich, durch die Scheibe zu spähen. Da es sich jedoch um Milchglas handelte, bot sie ihm keinen Einblick ins Innere. Obwohl Mr. Simons' Anweisung gewesen war, einfach einzutreten, wollte er sich zumindest ankündigen.

Da niemand auf das Klopfen reagierte, drückte er eine der Klinken hinunter, woraufhin sich die Tür problemlos öffnete.

„Mr. Si..." Er brach mitten im Satz ab, um sich mit offenem Mund umzusehen. Zwar hatte man von außen bereits erahnen können, dass es sich um ein beeindruckendes Haus handelte, aber dieser riesige zweistöckige Eingangsbereich mit Prunktreppe grenzte an den Pomp in „Real Housewives".

Das Dekor setzte sich aus Antikem und Modernem zusammen wie die Standradios aus den Zwanziger- oder Dreißigerjahren, die rechts und links von der Tür auf dem in angesagtem Schwarz-Weiß gehaltenen Fliesenboden ruhten. Auf ähnliche Weise rahmten zwei Art-déco-Tische buchstützenartig die Treppe ein und stellten ebenfalls je ein antikes Radio zur Schau. Offenbar war der Hausbesitzer Sammler.

Gut. Es bedeutete, dass es hier noch wertvollere Beute gab, als Sam ursprünglich zu stehlen geplant hatte.

„Bitte schließen Sie die Tür hinter sich, Mr. Coleman", rief eine Stimme aus dem ersten Stock.

Sam gehorchte, wobei ihm auffiel, dass die undurchsichtigen Scheiben das Tageslicht vom Eindringen abhielten. Auch die Vorhänge daneben waren zugezogen, was es ihm erschwerte, im trüben Licht blinzelnd seinen Gastgeber zu erkennen.

Sam war mit seinem Motorrad hergefahren, um seinen neuen „Klienten" zu verwirren. Normalerweise nutzte jemand mit diesem Beruf und diesem Lebenslauf ein praktischeres Transportmittel. Das Motorrad verlieh ihm eine charakteristische Note, die ihn, wenn er sich erst einmal bewiesen hatte, für Mr. Simons interessanter machen würde – und es ihm umso leichter machen würde, den Mann hereinzulegen.

Nur nützte das nichts, wenn das Motorrad vor der Tür nicht zu sehen war. Und dass Sam wie ein Anfänger gaffend hier im Eingangsbereich stand, half ebenfalls nicht. Er war kein Kind, sondern dreiundzwanzig, und so sollte er sich auch benehmen.

„Mr. Simons", begann er nach kurzem Räuspern erneut. „Es ist mir ein Vergnügen, Sie endlich persönlich kennenzulernen. Es stört Sie hoffentlich nicht, dass ich mein Motorrad in Ihrer Auffahrt abgestellt habe."

„Überhaupt nicht." Er musste das Motorrad doch gesehen haben oder war nicht leicht zu überraschen. Anfangs war er eine etwas undeutliche, die Treppe herabsteigende Gestalt, bis er sich weit genug genähert hatte, dass Sam ihn gut erkennen konnte. „Und nennen Sie mich Ed."

Und beinahe hätte Sam erneut mit offenem Mund gestarrt, denn bei *Ed* handelte es sich nicht um den reichen alten Mann, mit dem er gerechnet hatte.

Er konnte kaum dreißig Jahre alt sein, groß und schlank mit sorgfältig frisiertem rotblondem Haar und grünen Augen, und war formell gekleidet – vielleicht ein wenig lächerlich, wenn man die Kombination aus Fliege und Pullunder berücksichtigte –, was insgesamt den Eindruck des streberhaften Jungen von nebenan vermittelte, der noch nicht bemerkt hatte, dass er mittlerweile zu sexy für seine Garderobe war.

„Mich freut es auch, Sie kennenzulernen." Mit einem warmen Lächeln schüttelte Ed ihm die Hand.

Sexy *und* nett. Das hier lief absolut nicht, wie Sam es geplant hatte.

„WENN ICH Sie Ed nennen darf, nennen Sie mich doch bitte Sam."

Attraktiv *und* höflich. Das hier lief absolut nicht, wie Ed es geplant hatte.

Unter Sams Fähigkeiten und Erfahrung war Hausarbeit aufgelistet gewesen, Garten- und Grundstückspflege, Terminplanung und sogar private Finanzverwaltung – alles, was ein Aushilfsassistent für Ed können musste. Allerdings hatte er nicht mit einem solch jungen Mann mit einem solch spitzbübischen Lächeln gerechnet.

Außerdem war Ed nie klar gewesen, wie sehr ihm bei einem Mann Locken gefallen würden – tiefschwarze, von denen ihm einige unbändig in beinahe ebenso dunkle Augen fielen, in welchen man sich leicht verlieren konnte.

Ed musste sich konzentrieren.

„Hier ist es sehr behaglich", sagte Sam.

„Ja, ich halte das Haus ziemlich warm, weil ich zum Frieren neige. Das ist Ihnen sicher aufgefallen", antwortete Ed und gestikulierte mit einer Hand.

„Kalte Hände, warmes Herz, stimmt's?" Sam schenkte ihm ein weiteres Lächeln. „Sammeln Sie Antiquitäten? Ich konnte nicht umhin, die Radios zu bemerken."

„Ein wenig", gab Ed zu. „Ich liebe auch das Theater, aber nur gesprochene Geschichten haben einen besonderen Reiz."

„Ein Fan von Radiohörspielen? Das ist selten. Ich kann mich ebenfalls am traditionellen Mündlichen erfreuen." Er neigte den Kopf und sein Lächeln wurde zu einem breiten Grinsen, bei dessen Anblick Ed sich für einen Augenblick völlig vergaß.

2

„I-ich, ähm ... Wir sollten ...“ Er hielt inne, um sich zu fassen. „Wie wäre es, wenn ich Ihnen das Haus zeige und anschließend besprechen wir Ihre Arbeitszeiten?“

„Klingt hervorragend.“

Ed führte Sam ins Wohnzimmer, welches sich beinahe über eine gesamte Seite des Hauses erstreckte und an die Terrasse grenzte, die zum eingezäunten Garten mit Pool führte. „Ich weiß, dass es für einen alleinstehenden Mann sehr viel wirkt, aber ich lege Wert auf Platz und besitze zahlreiche Dinge, von denen ich mich nicht trennen möchte.“

„Das kann ich mir vorstellen“, sagte Sam, während er die eingerahmten Fotos an der Wand betrachtete. Eds drei Lieblingsaufnahmen stachen hervor: der Grand Canyon unmittelbar nach dem Sonnenuntergang, der Times Square im Jahre 1957 und eine vom Big Ben bei seiner Erbauung, als er zu zwei Dritteln fertiggestellt war. „Das letzte hier muss über hundert Jahre alt sein.“

„Etwa einhundertundsechzig.“

„Bekannter Fotograf?“

„Nur ein Familienerbstück.“

„Muss eine coole Familie gewesen sein. Ich nehme an, die Grundstückspflege schließt auch die Reinigung des Pools ein?“ Sam näherte sich der Terrassentür, um die genau angepassten Vorhänge aufzuziehen.

„Ich mag es, im Dunkeln unter den Sternen zu schwimmen“, sagte Ed, während er sich im schattigeren Hintergrund hielt. „Also können wir es zur letzten Aufgabe Ihres Arbeitstages machen.“

„Sie schwimmen nur nachts?“

„Ich leide unter Photodermatose und bin sehr lichtempfindlich, weshalb Sonnenlicht gefährlich sein kann. Deshalb halte ich auch die Vorhänge geschlossen.“

„Tut mir leid.“ Sam ließ den Stoff wieder an seinen Platz fallen.

„Alle nötigen Geräte sollten Sie im Poolhaus finden, aber falls etwas fehlt, lassen Sie es mich wissen.“

„Sternbeobachter sind Sie auch?“ Sam deutete auf das Teleskop neben der Tür.

„Ja, in klaren Nächten gehe ich damit nach draußen. Ich selbst bin ein Fisch.“

Sam sah ihn mit überraschtem Blick an.

„Nicht dass ich Astrologie ernst nehme! Ich finde sie nur unterhaltsam. Außerdem haben die Sterne ihre eigene Geschichte zu erzählen und es kann faszinierend sein, wie die Menschen sie interpretieren, finden Sie nicht?“

Das Grinsen zeigte sich wieder, als Sam in Eds Richtung schlenderte. „Ein Fisch also. Kein Wunder, dass Sie gern schwimmen. Ich bin Zwilling. Was sagt das über mich aus?“

Ed spürte, wie er errötete, als Sam sich näherte. „D-dass Sie anpassungsfähig, neugierig und geistreich sind. Sie können zu genau der Person werden, die sich jemand wünscht.“

3

„Dann haben Sie ja Glück", sagte Sam und fügte, als Ed ihn lediglich wie ein Idiot anstarrte, hinzu: „Was den Job betrifft."

„Natürlich! Ihren Empfehlungsschreiben nach zu urteilen sind Sie ein echter vielseitiger Renaissancemensch."

„Ich hoffe, ich kann Ihren Erwartungen gerecht werden, Eddie. Darf ich Sie Eddie nennen? Oder ist das zu vertraulich?"

Normalerweise konnte Ed andere Menschen gut einschätzen, aber er hatte sie selten längere Zeit in seinem Haus. Er musste sich einbilden, dass Sam mit ihm flirtete. „Ich habe nichts dagegen." Auch wenn ihn *niemals* jemand Eddie nannte. „Sollen wir weitergehen?" Er wandte sich um und ging auf die andere Hälfte des Hauses zu, in der sich Esszimmer und Küche befanden.

Sam folgte ihm. „Dieser Renaissancemensch hier kann auch kochen. Möchten Sie, dass …"

„Nicht nötig", unterbrach ihn Ed. „Ich bestelle alles und esse nicht viel. Sie für mich kochen zu lassen wäre Verschwendung. Sie dürfen sich allerdings gern am Kühlschrank und der Vorratskammer bedienen, und da Sie die Mittagszeit hier verbringen werden, können Sie auch gern Wünsche äußern."

„Ich werde darauf zurückkommen."

Sie näherten sich wieder der Treppe und stiegen zum Salon hinauf, den Ed als besten Ort zum Lesen betrachtete, da er über die hohe Decke hinweg einen guten Blick auf den Eingangsbereich bot. Neben dem Sessel, in dem er auf Sams Eintreffen gewartet hatte, lag noch ein Buch.

„‚Der Sturm'?", las Sam den Titel vor.

„Wir sind solcher Stoff, aus dem Träume entstehen, und unser kleines Leben wird mit einem Schlaf abgerundet", zitierte Ed und lachte verlegen, als Sam ihm zugrinste. „Ich, ähm … lese zwischen neueren Titeln gern wieder die Klassiker."

„Beeindruckende Bibliothek", sagte Sam, der nun das Bücherregal hinter dem Sessel musterte.

„Das sind nur die Bücher, die ich gerade lese oder bald anfangen möchte. Die anderen sind in der *richtigen* Bibliothek." Ed bedeutete Sam weiterzugehen, während er den schockierten Ausdruck genoss, der kurz auf Sams Gesicht zu sehen war.

Sie kamen an einem Badezimmer, dem Büro und einem Gästezimmer vorbei, bis sie schließlich das zweite Gästezimmer betraten, das von Ed zur Bibliothek umfunktioniert worden war. Er hatte nicht nur jeden Zentimeter der Wand mit deckenhohen Bücherregalen bedeckt, sondern auch frei stehende Bücherregale in Reihen angeordnet wie in einer echten Bibliothek, um alles unterbringen zu können. Er trennte sich selten von Büchern, fügte seiner Sammlung jedoch ständig Neues hinzu.

„‚Harry Potter' neben einer Erstausgabe der ‚Canterbury Tales'." Ein verzücktes Lachen sprudelte aus Sam hervor, als er sich umsah, es wurde jedoch schnell durch ein Stirnrunzeln ersetzt.

4

„Was ist los?"

„Hier ist überhaupt nichts geordnet. Weder nach Titel oder Autor noch nach Genre."

„Mir war es wichtiger, sie alle in die Regale zu bekommen."

„Entwickeln sich Ihre Organisationsversuche immer so?" Sam sah ihn beinahe mitleidig an.

„Mir gefällt nur nicht, wie eintönig es ist", verteidigte sich Ed.

„Ich wollte Sie nicht beleidigen." Sam hob eine Hand und stieß ein kurzes Lachen aus – hypnotisch oder vielleicht magisch, denn es sorgte dafür, dass Ed sich augenblicklich wieder entspannte. „Zu Ihrem Glück ist langwieriges Planen mein Lebensinhalt. Sollen wir zum Schlafzimmer weitergehen?"

Ed war kurz davor, Sam für diese Unverfrorenheit zu ermahnen, als ihm klar wurde, dass Sam von der *Führung* sprach. „Natürlich! Unsere letzte Station." Eilig ging er voraus, um vor Sam zu verbergen, wie sehr sich sein Gesicht gerötet hatte. Er war ernsthaftem Umgang mit anderen Menschen so lange aus dem Weg gegangen, dass er vergessen hatte, wie man sich normal benahm.

Oder Sam war schlicht so charmant.

Das Schlafzimmer war ein großer Raum mit angrenzendem Badezimmer und beherbergte ein Himmelbett mit passender Kommode sowie ein Regal für Eds Kameras – moderne und antike –, doch er verbrachte hier von allen Räumen am wenigsten Zeit. Es diente hauptsächlich als Unterbringungsort für seinen Safe, der sich in der Wand neben dem Schrank befand.

„Normalerweise verstecken Leute die hinter einem Gemälde", merkte Sam an.

„Das werde ich irgendwann tun. Ich habe mich nur noch nicht für eins entschieden. Außerdem sollten Sie ihn sehen, da Sie mir bei meinen Finanzen helfen werden. Meistens befindet sich darin nur Bargeld und ein USB-Stick mit den Zugangsdaten für meine Auslandskonten. Direkten Zugang dazu und zum Safe kann ich Ihnen nicht gestatten, aber wenn wir uns später mit diesem Teil beschäftigen, können Sie alle Unterlagen dazu einsehen."

„Kein Problem. Mehr brauche ich nicht. Sammeln Sie die Kameras und Fotos nur oder fotografieren Sie auch selbst?"

„Hin und wieder fotografiere ich. Wenn mir etwas Schönes ins Auge fällt."

In Anbetracht der Wirkung, die Sam auf ihn hatte, wollte Ed das Schlafzimmer möglichst schnell hinter sich lassen und führte ihn in Richtung Treppe, doch Sam deutete auf die ausziehbare Leiter am Ende des Flurs.

„Da geht's zur Dachterrasse."

„Darf ich?"

„Nur zu."

Mithilfe des Bandes an der Leiter zog Sam sie herunter. Unter ihr breitete sich ein Fleck Sonnenlicht aus, dem Ed schlicht mit einem Seitenschritt auswich. Als Sam beinahe das obere Ende der Leiter erreicht hatte, sah er sich um.

5

„Sie können mich wohl nicht begleiten, oder?"

„Noch etwas zu hell für mich. Aber gehen Sie ruhig."

Sam nickte und setzte den Aufstieg fort. Eine Weile war er verschwunden, doch bald drang seine Stimme herunter: „Sie sollten Ihr Teleskop hier aufstellen!"

„Ich bin kein Freund von großen Höhen!", rief Ed hinauf. Er konnte dabei niemals ganz das plötzliche Schwindelgefühl abschütteln.

Sam kehrte zurück und schob die Leiter sorgfältig an ihren Platz. „Kein Keller?", erkundigte er sich, während sie sich ins Erdgeschoss begaben.

„Nein." Zumindest keiner, von dem Sam wissen musste.

„Und Sie sind sicher, dass Sie mich nur für zwei Wochen brauchen?"

„Das können wir dann entscheiden", antwortete Ed, obwohl er nicht die Absicht hatte, den Vertrag zu verlängern. Mehr als zwei Wochen wäre zu riskant gewesen. „Sollen wir dann anfangen, Ihre ersten Tage zu planen?"

„Unbedingt. Ich gehöre ganz Ihnen, Eddie."

Definitiv nur zwei Wochen.

Definitiv nicht länger als zwei Wochen.

Ed war nicht wie die anderen, die Sam hereingelegt hatte. Er betrachtete sich selbst als eine Art Robin Hood, dessen Dienste man in Anspruch nehmen konnte, um reiche Arschlöcher zu bestrafen, die es verdient hatten. Zugegeben, das Geld behielt er für sich, seine Leute und seine Auftraggeber, aber zumindest bestahl er ausschließlich schlechte Menschen.

Bis er Ed kennengelernt hatte, der kein Gramm Bosheit zu besitzen schien und nicht ahnte, wen er soeben in sein Haus gelassen hatte.

Sam *Goldman*, nicht Coleman, der plante, ihn um jeden Cent auf seinen Auslandskonten zu betrügen.

„Du wurdest also durch das ganze Haus geführt, weißt genau, was im Safe ist und wo er sich befindet, und bei Sicherheitsvorkehrungen ist er nachlässig?"

„Ich weiß sogar die Modellnummer des Safes."

„Dann musst du nur zwei Wochen durchhalten und dann können wir die Sache sauber beenden."

„Mhm."

„Und er hat so viel, dass er wahrscheinlich monatelang nicht bemerkt, dass er bestohlen wurde."

„Mhm."

„Das wird der leichteste Schwindel, den wir je abgezogen haben."

„Ja ..."

„Du magst ihn, stimmt's?"

Sam richtete den Blick auf Mim neben ihm am Tisch, seine beste Freundin und Vertraute, praktisch ein Familienmitglied, die ihn besser kannte als jeder andere – vielleicht abgesehen von Gerry, dem anderen Mitglied ihrer „Familie", der ihn durch pure Willenskraft und Neugier noch ein wenig besser kannte.

Mim war zierlich, blond und wunderschön, konnte allerdings verdammt hart zuschlagen, wenn sie wollte. Im Augenblick spielte sie mit einem Messer und drehte es zwischen den Fingern, während sie sich unterhielten – das genaue Gegenteil von Gerry.

„Weiß einer von euch, wofür dieses Kabel ist?", rief Gerry von der anderen Seite des Raums herüber.

Er hätte imposant gewirkt, wenn außer groß und dunkelhaarig nicht vor allem auch das Adjektiv unbeholfen zu ihm gepasst hätte – ein Sensibelchen im Körper eines Türstehers.

„Ich meine, es ist HDMI zu HDMI, was man immer gebrauchen kann, aber ich habe außer dem Zeug für meinen Laptop schon alles eingepackt. Wenn ich alles andere habe, kann ich das hier also vielleicht auch einfach entsorgen."

„Gerry …"

„Nur sobald ich das getan habe, werde ich ganz bestimmt herausfinden, wozu es gehört, und mir wünschen, ich hätte es noch. Ich behalte es lieber."

„Gerr…"

„Andererseits wäre es auch nicht schwer zu ersetzen, wenn ich es später doch noch gebrauchen könnte …"

„*Gerry*, bist du jetzt mal ruhig?", fauchte Mim, um ihn dazu zu bringen, sich auf das auf recht engem Raum stattfindende Gespräch zu konzentrieren.

Sie teilten sich die Einzimmerwohnung im Dach. Logan, der Besitzer des Lucifer's Rest im Erdgeschoss, hatte sie ins Herz geschlossen und bot ihnen freie Kost und Logis, wenn sie dafür anfallende Aufgaben erledigten und hin und wieder an der Bar oder als Kellner aushalfen.

Ursprünglich hatte es nur vorübergehend sein sollen, doch vor zwei Jahren hatte Sam auf diesem Boden den Rausch nach seinem einundzwanzigsten Geburtstag ausgeschlafen.

„Vielleicht wird es überhaupt keinen Zahltag geben", informierte Mim Gerry.

„Was?" Gerry, noch immer mit dem Kabel in der Hand, näherte sich schwerfällig dem Tisch. „Wovon redest du?"

„Sammy ist hin und weg von unserem nächsten Opfer."

„Ich bin nicht …"

„Igitt." Gerry verzog das Gesicht.

„So ist es nicht. Und er ist kein alter, schmieriger Typ. Dieser ist anders. Er ist jung und gut aussehend und … stottert ein bisschen, wenn er verlegen ist."

„Also ist er auch hin und weg von dir?", stöhnte Mim.

„Zumindest scheint mein Flirten auf ihn zu wirken."

„*Sam*."

„Was denn? Ich habe schon öfter geflirtet, um bei einem Auftrag ans Ziel zu kommen."

„Nicht mit jemandem, den du magst."

Sam verstummte. Das war ihre eine Regel.

Nur mit Arschlöchern.

Sie hatten niemand anderen, nur einander. Gauner, seit sie alt genug gewesen waren, etwas aus Taschen zu stibitzen. Na ja, Taschendiebstahl war hauptsächlich Sams Aufgabe. Mim übernahm alles, wozu man Muskeln brauchte und Gerry war für die Technik verantwortlich. Sie waren Kriminelle und es gefiel ihnen, Kriminelle zu sein. Das bedeutete jedoch nicht, dass sie guten Menschen schadeten.

„Dann war's das?", fragte Gerry und ließ sich auf den Stuhl rechts von Sam sinken. „Kein großes Absahnen?"

„Das weiß ich noch nicht, aber ich werde den Cramers nicht sagen, dass wir auf eine bis zur Rente ausreichende Ausbeute verzichten, nachdem ich dem Typen erst ein einziges Mal begegnet bin. Jemand so Reiches muss irgendwelche Leichen im Keller haben. Zwischen den vielen Pullundern und Fliegen."

Brock und Celia Cramer, ein aufstrebendes, erfolgreiches Paar, das vor Kurzem erst nach Riverside gezogen war, hatte sich mit diesem Auftrag an sie gewandt. Es hatte wie ein wahr gewordener Traum geklungen, als sie ihnen von einem weiteren neu Zugezogenen erzählt hatten, einem ausgewachsenen Walfisch, der mit einem riesigen Vermögen in die Stadt kam. Bisher hatte Sam niemals einen Auftrag *in* Riverside erledigt – er war schließlich kein Idiot –, aber da sie diesmal im Anschluss die Stadt verlassen würden, spielte es keine Rolle. Endlich würden sich ihre Jahre des mühsamen Durchschlagens auszahlen und sie würden nie wieder jemanden betrügen müssen – zumindest nicht, um zu überleben.

Da konnte er nicht am ersten Tag aufgeben.

„Ooh", sagte Gerry und stupste Sam gegen die Schulter. „Du magst ihn ja wirklich."

„Das ist nichts Gutes, Gerry. Die Cramers erwarten von uns, dass wir diesen Auftrag zu Ende bringen."

„Wir könnten es einfach trotzdem machen, auch wenn Simons ein netter Kerl ist", sagte Mim, während sie mit der Messerspitze ihre Fingernägel reinigte.

Sam und Gerry warfen ihr böse Blicke zu.

„Einen Versuch war's wert." Sie zuckte mit den Schultern.

„Wenn Simons astrein ist, ziehen wir uns zurück. Aber die Cramers haben geschworen, dass er ein lohnendes Ziel für uns ist. Also pack weiter", forderte er Gerry auf, „und beschäftige dich damit, wie wir diesen Safe knacken können. Irgendetwas muss Simons zu verbergen haben."

ED VERBARG sich hinter dem Vorhang neben der Haustür und beobachtete, wie seine Nachbarn die Zufahrt heraufkamen, um Sam zu begrüßen, der soeben mit seinem Motorrad angekommen war. Seit er hergezogen war, hatten sie sich bemüht, Ed „in der Nachbarschaft willkommen zu heißen".

Es handelte sich um ein junges Paar, eine hübsche Frau mit dunklem Haar und dunkler Haut, die im Kontrast zu ihrem blonden, blauäugigen Ehemann stand. Sie schienen hoch qualifizierten Berufen nachzugehen, denn sie trugen jeweils elegante Bleistiftröcke und Dreiteiler.

Heute hatten sie Kinder bei sich, vermutlich Zwillinge, die etwa fünf Jahre alt sein mussten. Was das Paar als Erstes zu Sam sagte, verstand Ed nicht, doch als alle lächelten und eine Unterhaltung begannen, wurde er neugierig und öffnete das Fenster, um mitzuhören.

„Ich habe meinen eigenen Schlüssel", sagte Sam gerade. „Er ist wahrscheinlich nicht da. Ein vielbeschäftigter Mann. Hat gesagt, dass er beinahe nie zu Hause ist und deshalb meine Hilfe braucht. Aber Sie werden sicher irgendwann die Gelegenheit bekommen, ihn kennenzulernen."

Er deckte Ed, obwohl er wusste, dass Ed zu Hause war.

„Und er wird erleichtert sein, zu erfahren, dass sich in nächster Nähe ein Gesetzeshüter befindet."

Was?

Ed spähte angestrengter hinter dem Vorhang hervor, bis er die Dienstmarke am Gürtel des Ehemanns entdeckte.

„*Detective* Neu-Ryan, richtig?"

„Einfach Daniel, bitte. Und Marie arbeitet fürs Fernsehen bei Channel Five. Also passiert in dieser Stadt nicht viel, was wir nicht wissen."

Davon hatte ihm seine Maklerin nichts erzählt. Obwohl Ed sich auch eher eisern auf seinen Wunsch konzentriert hatte, dass die Nachbarn nicht zu nah neben ihm wohnten, ohne dabei an ihre Berufe zu denken.

„Es ist nicht so glamourös, wie es klingt", sagte Marie. „Ich arbeite mehr als Produzentin als vor der Kamera. Aber Sie müssen uns etwas verraten. Wir waren so aufgeregt, als endlich jemand in dieses Haus gezogen ist und dann ist er praktisch ein Geist." Sie trat einen Schritt näher, als wollte sie ihm ein skandalöses Geheimnis mitteilen. „Wie ist Simons so? Ein launischer alter Millionär?"

Sam lachte. „Damit hatte ich ehrlich gesagt auch gerechnet, bevor ich ihn kennengelernt habe. Aber in Wirklichkeit ist er jung, interessant und charmant. Scheint ein wirklich netter Kerl zu sein, nur etwas zurückhaltend."

Ed fragte sich, ob Sam all das wirklich dachte.

„Dawn! Joey!", ermahnte Marie ihre Kinder, die Fangen spielten und dabei auf Eds Rasen liefen. „Das ist nicht unser Garten. Was würde Nana Ryan denken, wenn ihr so über ihren Rasen trampeln würdet?"

„Schon in Ordnung", sagte Sam. „Ich muss ihn sowieso bald mähen. Einigen wir uns darauf, dass wir Mr. Simons nichts davon erzählen und ich euch etwas Süßes gebe?" Er holte eine Packung Kaugummi aus einer Tasche hervor und warf den Eltern einen fragenden Blick zu.

9

Als diese nickten, ging Sam in die Hocke, um sich auf Augenhöhe der Kinder zu befinden, als sie sich näherten.

„Oh, verflixt. Ich habe nur noch einen Streifen und den habe ich für mich selbst aufgehoben. Moment!" Er zog den Streifen aus der Verpackung, tat, als packte er ihn aus und dann … war er mit einer Bewegung seiner Hand verschwunden und Sam begann zu kauen. „Es stört euch doch nicht, wenn er schon ein wenig gebraucht wurde, oder?"

Dawn und Joey tauschten verwunderte Blicke.

„Tut es doch? Nun, keine Sorge. Das kriege ich wieder hin." Sam hob die Hände an den Mund, als wollte er den Kaugummi wieder in das Papier spucken, vollführte eine Geste mit den Fingern und präsentierte einen unberührten Streifen Kaugummi.

Ed musste lächeln, als die Kinder ihn nach diesem simplen Kunststück verzückt ansahen.

„Wie neu. Aber ihr müsst ihn euch teilen." Sam riss den Streifen in zwei Hälften und reichte sie den Zwillingen, die sie begeistert entgegennahmen.

„Nicht schlecht", sagte Daniel, während Marie den Kindern beim Entfernen der Verpackung half.

„Ist manchmal praktisch." Sam grinste. „Es war schön, Sie kennenzulernen, aber ich mache mich jetzt lieber an die Arbeit. Ich sage Mr. Simons, dass Sie vorbeigeschaut haben."

„Uns hat es auch gefreut, Sie kennenzulernen, Sam", antwortete Marie. „Kinder, was sagt ihr wegen des Kaugummis?"

„Danke, Mr. Sam!", riefen sie im Chor.

„Gern geschehen." Er winkte noch einmal, als sich die Familie über die Auffahrt entfernte, bevor er sich umdrehte und sich der Haustür näherte.

Wo Ed sich noch versteckte!

Wie der Blitz stürzte er ins Wohnzimmer und schaltete das Radio ein. Es handelte sich um ein weiteres antikes, stehendes Modell, dessen Innenleben jedoch durch ein digitales Abspielgerät ersetzt worden war. Beim letzten Benutzen hatte Ed Siebzigerjahre-Musik gehört, weshalb nun „Crocodile Rock" aus dem Gerät schallte, als Sam eintrat.

„Eddie? Ich melde mich zum Dienst."

„Oh, Sam." Ed tat überrascht, als Sam im Eingang zum Wohnzimmer auftauchte. „Ich habe Sie gar nicht kommen hören."

„Wow, Sie sind ein schlechter Lügner", antwortete Sam und gesellte sich zu Ed, nachdem er seine Tasche an der Wand abgestellt hatte. „Aber gern geschehen. Ich hatte den Eindruck, dass Sie nicht der Typ für freundliche Pläuschchen mit den Nachbarn sind."

So viel zum Thema unauffällig. „Wie Sie schon sagten, ich bin eher zurückhaltend."

„Das hängt nicht zufällig damit zusammen, dass er Polizist ist und sie Reporterin?" Sam stützte sich ungezwungen mit einem Arm am Radio ab.

„Hätten Sie diese Kombination gern als Nachbarn?"

„Wahrscheinlich nicht", antwortete Sam lachend.

„Sie können gut mit Kindern umgehen."

„Mit ihnen umzugehen ist leicht, wenn man sie anschließend ihren Eltern zurückgeben kann."

Jetzt war es Ed, der lachen musste. Sams Gegenwart hatte eine entwaffnende Wirkung auf ihn, was er sehr selten erlebte.

„Sie mögen kein guter Lügner sein, Eddie, aber Sie haben einen guten Musikgeschmack", sagte Sam und trommelte im Takt mit den Fingern, als das Radio von Elton John zu den Beatles überging. „Da wir einem Spaziergang mit den Neu-Ryans erfolgreich aus dem Weg gegangen sind, warum kümmern wir uns dann nicht als Nächstes um Ihre Steuern?"

STEUERN, ZAHLEN, Wahrscheinlichkeiten und Prognosen – all das fiel Sam leicht.

Menschen waren kompliziert.

Mit einem Detective und einer Reporterin im Nachbarhaus einen Raub zu planen, war verrückt.

Interessant, dass die Cramers es nicht erwähnt hatten. Vielleicht hatten sie es nicht gewusst, oder sie hatten es gewusst und Sam trotzdem in die Höhle des Löwen geschickt.

Er versuchte sich davon nicht irritieren zu lassen, vor allem in Eds Gegenwart, bei dem er krampfhaft nach irgendeinem Anzeichen dafür suchte, dass er nicht der war, der er zu sein schien. In Wirklichkeit hatte Sam nicht bemerkt, dass er seine Unterhaltung mit den Nachbarn belauscht hatte, sondern nur die plötzlich im Wohnzimmer ertönende Musik gehört und geraten.

Ed mied seine Nachbarn. Dafür musste es einen anderen Grund geben als Lichtempfindlichkeit – wenn diese überhaupt der Wahrheit entsprach – oder Ungeselligkeit. Schließlich ging er doch mit Sam ziemlich freundlich um.

Doch auch sein zweiter Arbeitstag förderte nichts zutage. Ed war unverschämt reich, aber das Vermögen bestand aus Geerbtem und Zinsen. Er hatte es nicht nötig, sich seine Besitztümer auf illegalem Weg zu beschaffen. So gern Sam auch geglaubt hätte, dass Verbindungen zur Mafia oder Drogengeschäften bestanden, musste er doch einsehen, dass Eds einzige Einnahmequelle seine Investitionen waren. Absolut nichts Zwielichtiges, nur schlecht organisierte Unterlagen – was Ed mehr schadete als den Banken.

Die einzige andere Möglichkeit, wenn man den Informationen der Cramers glauben wollte, wäre eine Art John-Wick-Szenario gewesen, wofür Ed jedoch absolut nicht der Typ war. Seine Unfähigkeit, sich vernünftig um seine Angelegenheiten zu kümmern, wirkte liebenswert. Das einzig Negative an ihm waren sein mangelndes Organisationstalent und sein entsetzlicher Modegeschmack.

Heute zeigte sich dieser durch eine Anzugweste über einem Hemd, als wollte er nur noch einen Blazer hinzufügen und im Büro arbeiten, doch stattdessen saß er oben im Salon und las mit in Häschenpantoffeln steckenden, hochgelegten Füßen ein Buch.

„Bitte sagen Sie mir, dass die ein Geschenk waren", bat Sam, als er aus der Bibliothek auftauchte.

„Nein. Warum? Sie sind bequem!"

„Das glaube ich gern."

Ed senkte verlegen die Füße zum Boden. „Was haben Sie da?"

„Ich habe in der Bibliothek Staub gewischt und dabei das hier zwischen den Sachbüchern gefunden." Sam hielt eine Ausgabe von „Dantes Inferno" in die Höhe – ein unterhaltsamer Fund im Sachbuchbereich.

„Ich hätte es später richtig eingeordnet."

„Eddie", ermahnte ihn Sam, womit er sich selbst an einen seiner strengsten Lehrer erinnerte – bevor er die Schule abgebrochen hatte. „Wir haben das doch besprochen. Wenn Sie so weitermachen, sind Sie wieder dort, wo Sie angefangen haben, sobald meine Zeit hier vorbei ist. Und jetzt kommen Sie mit." Er packte Eds Hand, zog ihn auf die Füße und mit unsicheren Schritten hinter sich her.

„Wohin gehen wir?"

„Selbstständigkeit üben", erklärte Sam und zerrte ihn in die Bibliothek. „So, jetzt stellen Sie es an seinen Platz."

„Ich bin kein Kind", stieß Ed gereizt hervor, während er seinen Arm aus Sams Griff wand.

„Und doch ..."

Zwischen ihnen verstrichen einige Sekunden geladener Anspannung. Doch Sam musste seit Jahren gegen Mims und Gerrys Dickköpfigkeit ankämpfen. Dass er ein Schwindler war, bedeutete nicht, dass er seine Arbeit nicht ernst nahm.

Schließlich, mit einem weiteren verärgerten Schnauben, schnappte Ed sich das Buch und platzierte es im Belletristikbereich unter „D", da sie sich darauf geeinigt hatten, dass eine Anordnung nach Titel sinnvoller wäre als nach Autor.

Nach kurzem Zögern zog Sam das Buch wieder aus dem Regal, um es einen Platz weiter einzuordnen. Vielleicht lag es daran, dass Sam noch immer grinste, doch nun begann auch Ed zu grinsen und plötzlich lachten sie beide.

„Was ist mit dem hier?", fragte Ed vorwurfsvoll und griff nach einem Buch, das etwas abseits stand. „Das hier ist auch nicht an seinem Platz."

„Das liegt daran, dass ich Sie fragen wollte, ob ich es mir ausleihen darf."

„Sie interessieren sich für griechische Mythologie?"

„Sie hat etwas Fantastisches, das mich fesselt." Neben Mathematik war sie eines der wenigen Fächer gewesen, die Sam in der Schule gemocht hatte, und seine Mathematikkenntnisse hatte er nach dem Verlassen der Schule selbstständig verbessert, wobei er in seiner Bewerbung eher auf eine Universitätsausbildung anspielte als seinen nachgeholten Abschluss auf Highschool-Niveau.

„Welche Sage gefällt Ihnen am besten?"

„Eindeutig Hades und Persephone."

„Entführung und Zwangsheirat?", spottete Ed.

„Ich bevorzuge die moderne Nacherzählung, in der es eine Liebesgeschichte über zwei sehr verschiedene Menschen ist, die trotz aller Widrigkeiten danach streben, zusammen zu sein."

Ed blinzelte, als wäre er nicht sicher, wie er darauf antworten sollte. „Können Sie ... mir davon erzählen?"

„Fürchtest du nicht meine Finsternis, Liebste?", zitierte Sam und sah, dass Eds Augen sich weiteten. „Und Persephone sagt: ‚Nein. Du sahst noch nicht die meine.'"

Obwohl die Bibliothek so groß war wie ein Gästezimmer, wirkte sie plötzlich klein wie ein Wandschrank und die Regale schienen sie zu umringen und zusammenzudrängen.

Sam machte einen Schritt zurück. Er musste sich in Acht nehmen. Flirtereien waren eine Sache, aber mehr durfte er nicht zulassen. „Die vollständige Erzählung würde zu lange dauern. Ich sollte mich wieder um meine Arbeit kümmern."

„N-natürlich. Dann vielleicht als kleine Abschiedsfeier, wenn Ihre zwei Wochen um sind. Ich selbst hatte schon immer eine Vorliebe für Psyche und Amor."

Oh, er machte es ihm nicht leicht.

„Und bis dahin: Nehmen Sie es." Er reichte Sam das Buch.

„Danke. Ich bringe es bald zurück. Ich möchte in meiner freien Zeit nur ein wenig darin blättern."

„Nein. *Nehmen* Sie es. Behalten Sie es. Ich ziehe Himmelskörper den Göttlichen vor. Betrachten Sie es als Geschenk."

Er machte es ihm unmöglich.

„An Ihnen ist wirklich nicht das kleinste bisschen Unanständigkeit zu finden, nicht wahr?"

„I-i-ich ... n-nun ...", stammelte Ed überrascht, was man ihm nicht vorwerfen konnte, denn Sam hatte nicht die Absicht gehabt, das laut auszusprechen.

„Danke für das Buch, Eddie."

„Ja. Gern geschehen."

Sam konnte es nicht tun. Er musste mit Brock und Celia Cramer reden.

Noch an diesem Abend.

AN DIESEM Abend war der Himmel sternenklar, wirklich atemberaubend, und forderte Ed dazu auf, sein Teleskop auf die Terrasse zu bringen, sobald die Sonne untergegangen war – und Sam seinen Arbeitstag beendet hatte.

Eigentlich war Ed ans Alleinsein gewöhnt, doch während er nun seine liebsten Sternbilder betrachtete, richtete er seine Aufmerksamkeit zum wiederholten Mal auf die Zwillinge und fragte sich, ob die Sterne in Gesellschaft noch lieblicher wären.

Obwohl Sam erst seit zwei Tagen für ihn arbeitete, gewöhnte Ed sich bereits an seine Anwesenheit. Einsamkeit war so – wie Hunger: leicht zu ignorieren, wenn er nichts hatte, doch nach einer kleinen Kostprobe bleckte sein Appetit die Zähne wie ein hungriger Wolf. Und Ed gab seinem inneren Wolf schon häufig genug nach.

Was nichts daran änderte, dass die tröstende Umgebung seines Gartens ihm weniger befriedigend vorkam.

„Das gehört mir!"

„Jetzt gehört es *mir*. Her damit!"

„Nein!"

„Ich sagte: *Her damit!*"

Kurz folgte Stille, dann ein Wimmern und Schniefen und letztendlich das Geräusch davoneilender Füße. Der Sprecher der ersten Worte floh und ließ den anderen zurück.

Langsam, um selbst kein Geräusch zu verursachen, schob Ed die Gedanken an Sam von sich und löste sich von seinem Teleskop, um sich stattdessen dem rechten Gartentor zu nähern. Das linke führte zu seiner Auffahrt, das rechte in Richtung des Waldes.

Er öffnete es und sein Blick durchdrang die Dunkelheit. Die rennenden Füße bewegten sich nach Norden auf die Stadt zu, doch gleich hinter dem Waldrand bewegte sich ein Schatten langsam Richtung Osten, fort von Eds Nachbarn und ihren jungen Kindern.

Ed nahm die Verfolgung auf – zügig, aber leise – und näherte sich dem Schatten. Obwohl er sich immer weiter von den Lichtern des Hauses und Gartens entfernte, konzentrierte Ed sich auf die deutlicher werdende Gestalt vor ihm.

Ein Mann, hager und gebeugt, mit einem Rucksack, der noch vor Kurzem jemand anderem gehört hatte. Außerdem trug er ein Messer bei sich. Er war ein Vagabund und ein Dieb, der bereitwillig tötete, um anderen Menschen noch das Wenige zu nehmen, was sie hatten. Und jetzt war er ganz allein.

Perfekt.

SAM SCHLUG hart auf dem Boden auf und Schmerz explodierte in seiner linken Gesichtshälfte, die soeben von einem brutalen Faustschlag getroffen worden war.

Perfekt. Jetzt würde sich dort auch noch ein Bluterguss bilden.

Alvarez, der Hauptvollstrecker der Cramers, packte ihn am Kragen seiner Jacke, um ihn wieder auf die Füße zu zerren. Ihre anderen beiden Schläger, Fitz und Shaw, sahen mit bedrohlichen Mienen zu, während sich die Cramers kühl und zufrieden lächelnd im Hintergrund hielten.

„Moment!", rief Sam, als Alvarez zum nächsten Schlag ausholte. „Wenn ich zu übel zugerichtet aussehe, wird Simons misstrauisch."

„Da hat er nicht unrecht", sagte Celia, die auf teuflische Weise wunderschön wie die hübscheste aller Giftschlangen neben Brock stand, ihrem ebenso teuflischen Ehemann. Bis zu diesem Zeitpunkt hatte Sam es nicht gesehen. Es nicht sehen wollen. Er war zu sehr auf die mögliche Ausbeute fixiert gewesen. „Da Sie ja jetzt wieder vernünftig klingen, Sammy, gehe ich davon aus, dass Sie nicht noch einmal etwas so Törichtes sagen, wie dass Sie aus unserem Deal aussteigen wollen?"

Sam stolperte, als Alvarez ihn mit einem Stoß losließ.

„Sie hat Sie etwas gefragt, Goldman", drängte ihn Brock. „Haben wir ein Problem?"

Sam hatte einen der Klubs aufgesucht, in denen sie sich regelmäßig aufhielten, um mit ihnen zu reden. Mit einem ihrer Bodyguards aufzutauchen, wäre für sie nicht ungewöhnlich gewesen, doch sobald ihnen alle drei in das Hinterzimmer gefolgt waren, hätte er seine Worte wahrscheinlich überdenken sollen.

„Sie haben behauptet, Simons würde nichts Gutes bedeuten", widersprach Sam dennoch. „Als ich den Auftrag angenommen und Ihnen gesagt habe, dass meine Leute und ich nur Menschen bestehlen, die es verdienen, haben Sie versichert, er sei das perfekte Opfer. Aber ich habe nichts gesehen, was das bestätigt."

„Na und?", fragte Celia höhnisch. „Hier geht es um Summen, von denen Handlanger wie Sie sonst nur träumen können, und dann meckern Sie übers Moralische?"

„Nach unseren Informationen hat er Dreck am Stecken", fügte Brock in gelangweiltem Tonfall hinzu. „Mehr müssen Sie nicht wissen."

„Inwiefern? Woher wissen Sie das? Wer ...?"

„Sie stellen zu viele Fragen", knurrte Fitz, der körperlich am wenigsten bedrohlich wirkte, jedoch mit seinen stets blutunterlaufenen Augen auch den unberechenbarsten Eindruck machte.

„Simons ..."

„Wird die Blutergüsse an Ihren Freunden nicht bemerken, wenn wir uns für Ihre Frechheit einfach bei *ihnen* bedanken", warnte Shaw mit drohend geneigtem Kopf.

Sam verstummte.

Es war so dumm von ihnen gewesen, sich mit diesen Leuten einzulassen, ohne zu bemerken, dass *sie* es waren, die nichts Gutes bedeuteten. Vielleicht war Sam nur ebenso blind, was Eds wahre Natur anging. Sicher konnte er da nicht sein, aber er konnte auch nicht seine Freunde in Gefahr bringen.

„Also, haben wir immer noch ein Problem?", fragte Brock.

„Nein."

„Gut." Brock nickte Alvarez zu, der sich so schnell bewegte, dass Sam nicht ausweichen konnte, und ihm so heftig seine Faust in den Magen rammte, dass er beinahe in die Knie ging.

15

„Ich wette, das wird Simons auch nicht bemerken", höhnte er und tätschelte Sam die Wange.

Sam wich zurück, schlich erst langsam in Richtung Tür, doch als niemand versuchte ihn aufzuhalten, eilte er aus dem Raum. Hastig bahnte er sich einen Weg durch den Klub bis auf die Straße, während er noch den vom letzten Schlag verursachten Brechreiz unterdrückte.

Er fühlte sich nicht in der Lage, sich mit Mims und Gerrys Reaktionen auseinanderzusetzen, nicht mehr an diesem Abend. Er hatte sie nicht über seine Absicht, die Cramers aufzusuchen, informiert. Also würde er sich die Zeit vertreiben müssen, noch einen Spaziergang machen und ihnen sagen, dass sie seinetwegen nicht wach bleiben müssten. Dann würde er sich hoffentlich im Dunkeln hineinschleichen können und mit etwas Glück zur Arbeit aufbrechen, bevor sie aufwachten.

Sam musste diesen Auftrag zu Ende bringen, wenn möglich in kürzerer Zeit als zwei Wochen.

Selbst wenn Ed etwas zu verbergen hatte, wollte Sam ihn nicht länger täuschen als nötig.

ED WOLLTE Sam nicht länger täuschen als nötig.

Sam war ein guter Mensch. Rücksichtsvoll. Sympathisch.

Attraktiv …

Weshalb es Ed umgehend auffiel, als Sam am nächsten Morgen mit einer Sonnenbrille die Küche betrat, als wollte er sein Gesicht verbergen.

„Ich habe Ihnen Ihre Zeitung mitgebracht. Wollen wir uns ansehen, was die Sterne heute für die Fische bereithalten?", fragte Sam grinsend, als wäre alles in bester Ordnung. „Da haben wir es ja schon. ‚Der Mond begegnet Pluto und steht dem Merkur gegenüber, womit er in Ihnen heftige Gefühle weckt, die Sie sich von der Seele reden wollen.' Nun …" Er warf ihm über die Zeitung hinweg einen neckenden Blick zu. „… ich bin ganz Ohr."

„Ihre Augen."

„Ich sprach von Ohren." Sam verzog das Gesicht.

„Sam …"

„Was?"

„Was ist los?"

„Nichts."

„Sind Sie betrunken?"

„Natürlich nicht."

„Warum tragen Sie die dann im Haus?"

„Es ist unwichtig. Darum müssen Sie sich keine …"

Entschlossen zog Ed ihm die Sonnenbrille von der Nase, denn er wusste, dass er log. Er roch praktisch, dass etwas nicht stimmte – wie ein Hauch von

Kupfer dicht an der Oberfläche. Und als das Licht die fein gezeichneten Konturen von Sams Gesicht traf, erkannte er, warum.

Auf der linken Seite hatte sich um Auge und Jochbein herum ein dunkler Bluterguss gebildet.

„Was ist passiert? Es sieht aus, als ob Sie in eine Prügelei geraten wären."

„Sie halten mich doch nicht wirklich für den Typ, der so etwas tut, oder?"

„Warum wollten Sie es dann verheimlichen?"

„Weil es peinlich ist. Ich bin mit meinem Motorrad gestürzt, aber es geht mir gut. Zum Glück habe ich einen Helm getragen."

„Wer ist jetzt der schlechte Lügner?", fragte Ed, woraufhin Sam seufzte und vollkommen niedergeschlagen wirkte, jedoch noch immer nicht verriet, was vorgefallen war. „Kühlen Sie es wenigstens."

„Das habe ich gestern Abend schon getan."

„Dann sollten Sie es wiederholen. Es schwillt immer noch an."

„Ich muss mich an die Arbeit machen. Mein Zeitplan ..."

„Kann angepasst werden. Und jetzt hören Sie auf, so stur zu sein." Ed schob Sam auf einen der Hocker und dieser ließ es geschehen.

Nachdem er etwas Eis in ein Geschirrtuch gehüllt und das Ende des Tuchs verdreht hatte, um das Eis an seinem Platz zu halten, kehrte er zu Sam zurück und presste es vorsichtig auf den Bluterguss. Als Sam die Hand hob, um es ihm abzunehmen, war ein Funke zu sehen, wie ein leichter Stromschlag, wo sich ihre Haut berührte.

„Muss an diesen kalten Händen liegen", sagte Sam schaudernd. „Oder an Ihrer elektrisierenden Persönlichkeit."

Ed stieß ein amüsiertes Schnauben aus, während er sich auf dem Hocker neben ihm niederließ. „Geht es Ihnen wirklich gut?"

„Alles in Ordnung."

„Aber darüber reden wollen Sie nicht?"

„Definitiv nicht." Sam schloss die Augen und entspannte sich, als er die kühlende Wirkung des Eises spürte.

„Okay." Ed hatte kein Recht, ihn auszufragen. Dennoch konnte er nicht anders, als sich zu sorgen. Der Gedanke daran, dass jemand Sam wehgetan hatte, weckte in ihm das Verlangen, diese Person aufzuspüren und ...

Nun, weitere ungeplante Abstecher sollte er wohl lieber vermeiden.

„Sie tragen schon wieder eine Fliege", merkte Sam nach einigen stillen Sekunden an, wobei er gegen ein endlich wieder aufrichtig wirkendes Lächeln anzukämpfen schien.

„Ja. Stimmt damit irgendetwas nicht?"

„Nein, alles in Ordnung. Sie ist nur etwas ... unzeitgemäß."

„Damit meinen Sie altmodisch." Ed runzelte die Stirn.

„Nun, wenn sie nicht gerade schwarz ist und von einem Smoking begleitet wird, dann ja."

„Ich habe schon viele modebewusste junge Männer mit Fliegen gesehen."

„Die sind nicht modebewusst, die sind Hipster."

Ed gab einem leisen Lachen nach, denn wenn Sam ihn mit so viel Wärme in den Augen ansah, konnte er unmöglich das finstere Stirnrunzeln beibehalten. „Ist sie wirklich so schrecklich?"

„Nein. Manche Leute können das tragen. Ich finde nur, Sie würden ohne besser aussehen." Sam hob eine Hand, zögerte kurz, aber setzte die Bewegung dann fort, um am Ende von Eds Fliege zu zupfen. Er besaß ausgesprochen geschickte Finger, weshalb er sie selbst mit nur einer freien Hand im Nu gelöst hatte.

Eds Blick löste sich dabei nicht ein einziges Mal von Sams.

„Zauberei", sagte Sam, als er schließlich die Fliege von Eds Hals zog, sie in seiner Hand zusammenknüllte … und schon war sie verschwunden.

„Besser?" Ed deutete auf seine Kleidung.

„Der Pullunder würde auch nicht unbedingt fehlen."

„Jetzt wollen Sie mich doch nur ausziehen." Ed lachte. Dann wurde ihm klar, was er gesagt hatte. „I-ich meine …"

„Schon gut", rettete ihn Sam mit einem sanften Lächeln, während er die Fliege von seinem Schoß nahm, um sie zwischen ihnen auf die Arbeitsplatte zu legen. „Im Prinzip stimmt das ja."

Ed senkte den Blick zu dem Stück Stoff zwischen ihnen, um die Wärme in seinen Wangen unter Kontrolle zu bringen. „Sollen wir uns ansehen, was für die Zwillinge vorhergesagt wird?", fragte er und griff nach der Zeitung. „‚Lösen Sie sich von allen Zwängen, die Sie daran hindern, nach Ihren Wünschen zu handeln. Die Dinge sollten sich von selbst zu Ihren Gunsten entwickeln und Sie sollten für den größten Teil des Tages guter Laune sein.'"

„Was halten Sie davon?" Ed wagte es, wieder aufzuschauen, und stellte fest, dass Sam stoisch dreinsah. „Sam?"

„Tut mir leid. Es ist nur manchmal schwer zu glauben, dass jemand wie Sie wirklich existieren kann."

„Ich bin nun wirklich kein Heiliger."

„Sind Sie da ganz sicher?"

„Sie glauben mir nicht?"

„Bisher konnte ich noch keinen Beweis dagegen finden."

Ed spürte, wie sich seine Wangen von Neuem röteten. „Nun, wieso koche ich Ihnen nicht schon mal einen Kaffee, während Sie daran arbeiten, meine Fehler zu finden? Und vielleicht schaffen wir es gleichzeitig, uns mit der Aufstellung zu beschäftigen, die Sie für heute geplant hatten."

„Einverstanden", sagte Sam, der wieder lächelte, wenngleich es ein wenig ernster als üblich wirkte.

„Und ich entschuldige mich dafür, dass ich vorhin etwas forsch war." Ed schob Sams Sonnenbrille über die Arbeitsplatte in seine Richtung.

„Warum behalten Sie die nicht einfach, falls Sie das Sonnenlicht mal wieder stört? Ich benutze sie eigentlich nie."

„Wirklich?" Ed hatte noch nie eine Sonnenbrille besessen und die Vorstellung entzückte ihn. Er nahm sie und setzte sie auf. „Was sagen Sie?"

„Dass ich immer noch gut ohne den Pullunder leben könnte."

Ed versetzte ihm lachend einen leichten Schlag gegen die Schulter. Wobei er zugeben musste, dass er sich schon lange nicht mehr mit seiner Garderobe auseinandergesetzt hatte. Während sie noch leise lachten, nahm er die Sonnenbrille ab und begann mit dem Kaffeekochen.

Ed gefiel es, wie Sam ihn ansah, wie er ihn stets voller Sanftheit betrachtete, obwohl er nicht der war, für den Sam ihn hielt.

Irgendwann gingen sie dazu über, wie geplant Eds Grundbesitz und Eigentum aufzulisten, doch er hätte nicht sagen können, wie lange sie dort in der Küche saßen.

ALLES DREHTE sich um Sams Küche – oder, in letzter Zeit, Eds.

In Eds wäre er in diesem Moment lieber gewesen.

„Du Idiot! Warum zum Teufel hast du mich nicht mitgenommen?", murrte Mim, nachdem sie nun endlich vom Vorabend erfahren und Sams Blutergüsse gesehen hatte. Gegen die Schwellung hatte das Eis geholfen, gegen die unschöne Verfärbung nicht.

„Es sollte ein Vertrauensbeweis sein. Ich habe gezeigt, dass ich ihnen vertraue und sie haben mir gezeigt, dass ich ein Dummkopf bin."

Gerry kicherte, während er Sam ein Glas Wasser und eine Schmerztablette reichte. Sie hatten sich wieder um den Tisch gesammelt, da es in der Dachwohnung nicht viele andere Möglichkeiten gab. Beim Schlafen wechselten sie sich zwischen dem richtigen Bett, dem ausziehbaren und dem Liegesessel ab.

„Und jemanden mitzunehmen hätte nichts geändert", fuhr Sam fort. „Sie waren zu dritt. Zu fünft, wenn man die Cramers mitzählt. Ich kann froh sein, dass ich nur eine Faust abbekommen habe, aber ich werde kein Risiko eingehen. Ich möchte nicht, dass ihr beide auch so hübsch aussieht", sagte er spöttisch, bevor er die Tablette schluckte.

„Wir könnten aus der Stadt verschwinden", schlug Mim vor. „Oder uns erst das Geld holen und dann abhauen."

„Ich möchte nicht für den Rest meines Lebens auf der Flucht sein."

„Und wir wollten eigentlich nur von den schrecklichen Reichen stehlen", protestierte auch Gerry, „nicht von liebenswerten, errötenden, von Grund auf netten …"

„Von errötend war keine Rede", unterbrach ihn Sam.

„Schwärmend?"

„Ich habe nur etwas von Stottern gesagt."

„Also keine Spur von Erröten und schwärmerischen Blicken?"

„Eigentlich … beides. Ein bisschen."

„Super", brummte Mim. „Vielleicht versuchst du dann lieber mal, ihn nicht zum Stottern und Erröten und Schwärmen zu bringen, denn sehr wahrscheinlich wirst du ihn ausrauben müssen, weil wir sonst alle tot sind. Selbst bevor wir von deinem großartig gelaufenen Treffen gestern wussten, waren wir wegen der Cramers schon etwas besorgt, weil Gerry von der neuen Kellnerin ein kleines Gerücht gehört hat."

„Was für ein Gerücht?", fragte Sam.

„Lara", murmelte Gerry verträumt, bevor er sich wieder fing. „Ähm … du weißt ja, dass die Cramers gerade erst nach Riverside gezogen sind?"

„Ja."

„Tja, Lara hat gehört, dass in den letzten Wochen, praktisch genau seit sie hergezogen sind, häufiger Personen als vermisst gemeldet werden und letzte Nacht sogar eine verstümmelte Leiche gefunden wurde."

„*Was*?" Sam erblasste.

„Es ist ziemlich grauenhaft." Gerry drehte seinen Laptop, der vor ihm auf dem Tisch stand, in Sams Richtung. „Jemand hat es geschafft, ein paar Fotos zu machen und online zu posten."

Beim Anblick der Bilder drehte sich Sam der Magen um. Man konnte kaum noch erkennen, dass es sich einmal um einen Menschen gehandelt hatte. „Verdammt."

„Zwar hat Lara nicht direkt eine Verbindung zu den Cramers erwähnt, aber der zeitliche Ablauf passt ein bisschen zu gut."

„Wir haben es also nicht nur mit Fieslingen zu tun", fügte Mim hinzu, „sondern mit Mördern."

„Ist das ein schlechter Zeitpunkt, um zu erwähnen, dass ich wahrscheinlich weiß, wie wir den Safe knacken können?", erkundigte sich Gerry.

Sam sah ihn finster an.

„Er, ähm … hat ein elektronisches Schloss, für das du nur einen ganz bestimmten Magneten brauchst. Ich habe ihn schon bestellt."

„Toll."

„Sonst noch irgendwas, Sammy?", fragte Mim.

Sam kaute auf seiner Lippe.

„*Sam*."

„Seine Nachbarn sind ein Polizist und eine Reporterin."

„Scheiße!", rief Mim. „Das wird so dermaßen schiefgehen."

„Nein, das wird es nicht. Ich hole uns da raus. Ich bringe den Auftrag zu Ende."

„Aber du verrätst dich noch, wenn du dich weiter in diesen Kerl verliebst."

„Ich verliebe mich nicht in ihn. Er ist nur … sympathisch. Aber es muss sich um eine Fassade handeln. Die Cramers behaupten nach wie vor, dass er nicht sauber ist. Irgendetwas übersehe ich. Vielleicht ist er nur ein talentierter Schauspieler."

„Klar, Kumpel, vielleicht", sagte Gerry.

Doch Mim schüttelte den Kopf. „Du klingst ja nicht mal, als würdest du es selbst glauben."

„Vergesst die Cramers", sagte Sam ohne Umschweife. „Beschäftigt euch mit Ed. Findet etwas für mich. Irgendetwas. Er kann nicht so unschuldig sein, wie es scheint."

ED WAR nicht so unschuldig, wie er tat. Er hätte Sam nach zwei Wochen fortschicken sollen. Er hätte es eher tun sollen. Doch nun befanden sie sich bereits mitten in der dritten Woche und er wollte ihn noch immer nicht gehen lassen.

Es konnte nicht allein seiner Einbildung entspringen, dass Sam jedes Mal erleichtert wirkte, wenn er ihn um einen weiteren Tag als sein Angestellter bat.

„Comichefte?"

„Ja."

„Sie haben zwanzigtausend Dollar in Comichefte investiert?"

„Es sind Sammlerstücke!"

Sam blinzelte mehrere Male, als wollte er sich davon abhalten, mit den Augen zu rollen.

„Ist das so schlimm?" Ed sank ein wenig in sich zusammen.

Sie befanden sich im Büro in der ersten Etage an Eds handgeschnitztem Schreibtisch. Sam hatte auf dem mit Rollen versehenen Bürostuhl Platz genommen, während Ed auf dem antiken Stuhl mit der geraden Rückenlehne saß, der normalerweise neben dem großen Globus mit der versteckten Hausbar stand. Die meisten von Eds Besitztümern waren jedoch keine teuren Anschaffungen gewesen, sondern lediglich geschätzte Lieblingsstücke, die er seit Jahren hatte.

Die Comics dagegen …

„Falls Sie aus reiner Freude daran investiert haben und Ihnen jeder einzelne Band gefällt, ist das natürlich Ihr gutes Recht. Falls Sie in der Hoffnung auf eine Wertsteigerung investiert haben, muss ich Ihnen leider sagen, dass die meisten davon jetzt nur ein paar Pfennige wert sind." Sam deutete auf den Computerbildschirm, auf dem Eds beeindruckende Sammlung aufgelistet war, die er zurzeit noch eingelagert hatte, aber gern bald in der Bibliothek unterbringen wollte.

„Sie sind alle richtig gut!", sagte Ed. „Jedenfalls die meisten."

Sam sah ihn geduldig an.

„Einige zumindest? Was ist denn an Comics überhaupt so schlimm? Sie sind jung. Sie mögen sie doch bestimmt auch noch."

„Sie sind nicht so viel älter als ich, Eddie."

„Ich bin … älter, als ich aussehe", antwortete Ed und senkte den Blick zum Boden. Manchmal vergaß er, wie jung Sam war, weil er seine Arbeit so gut machte.

„Ich habe nichts gegen Comics, aber sie sind keine sichere Geldanlage. Sie haben mich eingestellt, um Ihnen zu helfen, Ihr Leben zu organisieren. Das schließt auch Ihre Investitionen ein, und Comics sind bestenfalls riskant, schwierig zu handhaben, weit entfernt von disponibel und kein bisschen fälschungssicher."

„Tut mir leid. Ich werde nicht mehr so viele kaufen." Er hatte nur diese Angewohnheit, sich an die seltenen Gelegenheiten zu klammern, bei denen ihn anstelle von Dingen aus der Vergangenheit etwas Modernes ansprach.

„Es ist Ihr Geld. Sie müssen sich nicht entschuldigen."

„Aber ich mache Ihnen so viel Arbeit!"

„Dafür bezahlen Sie mich doch. Aber vielleicht keine Massenkäufe mehr."

„Versprochen. Ich wünschte nur, ich könnte so etwas besser."

„Das lernen Sie schon noch. Oder benutzen es weiter als Ausrede, um mich hierzubehalten."

Ed sah ihn überrascht an. Sam grinste, hatte nur gescherzt, doch er wusste nicht, wie recht er hatte.

Die Türklingel unterbrach jede Weiterführung des Gesprächs.

„Ich geh schon", bot Sam an, wie er es immer tat, und erhob sich vom Schreibtischstuhl, um ins Erdgeschoss zu gehen.

Ed folgte ihm kurz darauf, flink und verstohlen, damit Sam ihn nicht bemerkte, und versteckte sich im Esszimmer, um zu beobachten.

„Mr. und Mrs. Neu-Ryan", sagte Sam an der Tür. „Wie immer ein Vergnügen."

Die zwei schon wieder. Sie wollten es einfach nicht verstehen.

„Hallo, Sam." Marie lächelte.

„Wir sind so froh, dass wir Sie antreffen", sagte Daniel, ebenfalls voll lächelnder Freundlichkeit. „Ist Mr. Simons auch da?"

„Er ist gerade gegangen. Vielleicht beim nächsten Mal."

Sam verriet ihn nie, obwohl er ihn niemals darum gebeten hatte, für ihn zu lügen.

Daniel hielt eine schlichte Schachtel in den Händen, deren Deckel er nun hob, um eine Torte zu präsentieren – Kokos-Sahne, vermutete Ed. „Wir haben für eine Feier auf dem Revier etwas zu viel gebacken. Sie ist für Sie beide, wenn Sie sie annehmen würden."

„Vielen Dank. Ed wird die Geste sicher zu schätzen wissen, wenn er nach Hause kommt."

Unwahrscheinlich.

„Außerdem wollten wir Ihnen noch Ihre Einladungen überreichen", sagte Marie.

„Einladungen?"

„Zu unserem jährlichen Barbecue." Sie reichte ihm zwei elegant beschriftete Umschläge. „Für Sie beide."

„Ich gebe sie weiter, aber wegen seines Leidens wird Ed vielleicht ablehnen."

„Seine Lichtempfindlichkeit, natürlich, aber wir hoffen, dass er eine Ausnahme macht", sagte Daniel. „Wir werden genug Möglichkeiten für ihn finden, sich drinnen aufzuhalten. Ich kann kaum glauben, dass wir ihn immer noch nicht kennengelernt haben. Wir wissen, dass Ihre Zeit hier bald enden wird, aber wir würden uns wirklich sehr über Ihren Besuch bei unserem Barbecue freuen, auch wenn Ihr Vertrag bis dahin ausgelaufen ist."

„Das wird er definitiv sein. Ed dürfte auch allmählich genug von mir haben."

„Unsinn", widersprach Marie. „Wenn Mr. Simons das so sehen würde, hätte er Sie nicht gebeten, länger zu bleiben. Vielleicht könnte daraus sogar eine Festanstellung werden."

„Das wird wohl nicht möglich sein. Ich habe schon eine neue Vereinbarung getroffen. Nach dieser Woche kann ich wirklich nicht mehr bleiben."

Darauf hatte Sam seit letztem Freitag beharrt – dass er seine Zeit bei Ed nicht um zu viele Tage verlängern könne, weil seine anderen Arbeitgeber ihn sonst in die Wüste schicken würden –, und trotzdem war Ed hin- und hergerissen. Ihm war klar, dass die Situation mit jedem Tag gefährlicher wurde, wenn Sam bei ihm blieb, in seinem Haus blieb, ein Teil seines Lebens blieb. Doch die einzigartige Sehnsucht, die Ed in seiner Gegenwart spürte, wollte nicht nachlassen.

Er konnte sich nicht an das letzte Mal erinnern, dass er sich so sehr zu jemandem hingezogen gefühlt hatte.

„Ernsthaft, Sam, denken Sie darüber nach", sagte Daniel nun und näherte sich der Türschwelle, um mit gedämpfter Stimme sprechen zu können, obwohl, zumindest soweit sie wussten, niemand in der Nähe war, der sie belauschen konnte. „Bei den vielen vermissten Menschen in letzter Zeit machen wir uns Sorgen, dass Mr. Simons ins Visier der Täter geraten könnte – wo er doch ganz allein hier draußen lebt, in diesem schönen Haus mit so vielen … Dingen." Er beäugte die von der Tür aus sichtbare üppige Ansammlung antiker Einrichtungsgegenstände. „Es ist noch nicht ganz öffentlich, aber … wir haben eine weitere Leiche gefunden."

Auch wenn es ungünstig war, neben einem Polizisten von der Mordkommission zu leben, fand Sam es liebenswert, dass dieser sich ernsthaft um Ed zu sorgen schien, obwohl diese Sorge unbegründet war.

„Ich weiß die Warnung zu schätzen, aber Sie können beruhigt sein", antwortete Sam. „Das Verbessern der Sicherheitsvorkehrungen stand ganz oben auf meiner Liste. Danke für den Kuchen und die Einladungen. Wir sehen uns sicher bald."

Daniel nickte, runzelte jedoch die Stirn und sah sich ein letztes Mal im Foyer um, bevor er von der Tür zurücktrat. „Er hat es im Haus aber wirklich dunkel."

„Man gewöhnt sich dran."

„Wieder die Neu-Ryans?", fragte Ed aus dem Esszimmer tretend, sobald Sam die Tür geschlossen hatte.

„Diesmal haben sie eine Torte mitgebracht. Wirklich niederträchtig von ihnen, nicht wahr?", antwortete Sam, während er die Pappschachtel, auf deren Deckel er die Einladungen balancierte, an Ed vorbei in die Küche trug.

„Sie können hingehen, wenn Sie möchten. Zu dem Barbecue."

„Mit Ihnen? Vielleicht haben Sie ja Glück und es wird ein wolkiger Tag."

„Nein, vielen Dank."

„Es würde Sie nicht umbringen, die beiden mal zum Essen einzuladen." Sam öffnete die Schachtel auf der Kücheninsel und streckte die Hand nach einem Messer aus – um sich dann doch für eine Gabel zu entscheiden. „Oder wenigstens zu einer Unterhaltung."

„Was machen Sie da?", fragte Ed, ohne auf Sams Vorschlag einzugehen, als dieser sich über die Schachtel beugte.

„Wollen Sie etwas davon?"

„Nein."

„Dann ist es ja gut." Sam machte sich mit der Gabel über die Torte her und schob sich einen großen Bissen in den Mund, bevor er sich die zurückgebliebene Sahne von den Lippen leckte. „Köstlich."

Das wäre er wirklich ...

„Darf ich Sie etwas fragen?"

„Hm?" Ed, aus seinem Starren gerissen, richtete sich auf. „Natürlich."

„Agoraphobie?"

„Nein", antwortete Ed lachend. „Ich liebe die Weite um mich herum. Ich mache häufig Spaziergänge."

„Dann muss ich Ihnen das wohl glauben. Also meiden Sie nur Menschen?"

„Ich meide die Sonne."

„Dann laden Sie doch Ihre Nachbarn ein."

„Ich ... bin nicht gut darin, mit Menschen Kontakt herzustellen."

„Mit mir haben Sie ganz problemlos Kontakt hergestellt."

„Es ist schwieriger, wenn es mehr sind."

„Also größere Gruppen?"

„Weshalb plötzlich diese vielen Fragen?", beklagte sich Ed. Er betrachtete weiterhin neidisch die Bissen Torte, die auf Sams Gabel in seinem Mund verschwanden, allerdings nicht, weil er Torte wollte.

Anstatt ihm zu antworten, nahm Sam einen weiteren großen Bissen und leckte jeden kleinsten Rest Sahne und Eiercreme von der Gabel, wobei er Ed unverwandt ansah, als wollte er ihn dazu herausfordern, den Blick zu seinen Lippen zu senken.

Ed senkte ihn zur Arbeitsplatte. „Ich ziehe so häufig um, dass es mit der Zeit immer schwerer wird, mich zu verabschieden."

„Keine Familie oder Freunde und nicht die Absicht, welche zu finden. Klingt einsam", sagte Sam, der nun ganz auf die Gabel verzichtete, um stattdessen mit dem Finger durch die Sahne zu fahren und ihn zum Mund zu heben, womit sich auch Eds Aufmerksamkeit wieder auf diesen richtete.

„Manchmal ..."

„Vielleicht würden Ihnen ein paar unverhoffte Kontakte guttun."

„Ja ... vielleicht."

„Zum Beispiel bei einem Dinner." Sam fuhr erneut durch die Sahne, um sie sich zwischen die Lippen zu schieben.

„Oder mit diesem Finger."

Sam erstarrte mit dem Finger zwischen den Lippen und hob hastig den Blick.

„Entschuldigung!" Ed richtete sich ruckartig auf, nachdem er sich beim Zusehen auf die Ellbogen hatte sinken lassen. „Es tut mir so leid. Ich kann nicht glauben, dass ich das gesagt habe. Sie sollten gehen", fügte er eilig hinzu, als Sam den Mund zum Sprechen öffnete. „Es war ein langer Tag. Aber Sie … kommen doch morgen zurück, hoffe ich?"

Sam stieß ein zittriges Lachen aus. „Das kann ich tun, aber dann müssen wir wirklich die letzten Angelegenheiten klären. Ich habe bei der anderen Anfrage fest zugesagt und verschiebe sie jetzt schon …"

„Ich weiß", unterbrach ihn Ed. „Wenigstens bis zum Wochenende? Freitag noch? Bitte, es gibt noch so viel zu tun."

„Also gut. Das kriege ich hin." Sam schloss die Schachtel und entfernte sich mit der Gabel und einer der Einladungen. Nachdem er die Gabel in der Spülmaschine verstaut hatte, befestigte er die Einladung demonstrativ am Kühlschrank.

„Schon verstanden", sagte Ed, obwohl er nicht die Absicht hatte, sich nach Sams Abschied mit den Neu-Ryans gut zu stellen.

Abschied …

„Und Sam", fügte er hinzu, als Sam schon die Küche verlassen wollte. „Wenn Freitag Ihr letzter Tag ist, könnten Sie mir vielleicht endlich Ihre Version von Hades und Persephone erzählen."

„Klar", antwortete Sam mit einem sanften Lächeln. „Warum nicht? Wir sehen uns morgen?"

„Morgen", bestätigte Ed, während er sich wünschte, das Wochenende so lange wie möglich hinauszögern zu können.

Bis zum Wochenende. Letzte Warnung.

Sam entdeckte die Textnachricht gleich, als er vor dem Lucifer's Rest von seinem Motorrad stieg. Er wusste, dass er Zeit geschunden hatte, dass er gehofft hatte, auf ein Laster oder eine schlechte Tat zu stoßen, mit der man einen Raub hätte rechtfertigen können. Und es war leicht gewesen, dafür einen Vorwand zu finden, da Ed von sich aus um eine Verlängerung gebeten hatte. Doch viel länger würden die Cramers sich nicht hinhalten lassen.

Das Schlimmste an der Sache war, dass es ihm mit jedem Tag schwerer fiel, sich in Eds Gegenwart aufzuhalten. Ihr Flirten wurde – ganz ohne ihr Zutun, so schien es – immer unverhohlener. Sam hatte wirklich nicht vorgehabt, aus der Torte ein so obszönes Schauspiel zu machen, so wie Ed offensichtlich nicht hatte andeuten wollen, dass er sie ihm gern von den Fingern geleckt hätte.

Und Sam sollte Ed wirklich nicht zu einer Freundschaft mit einem Detective und einer Reporterin drängen. Sie waren nett, geradezu mustergültig, aber sie waren nicht dumm. Sie könnten Sam auf die Schliche kommen, noch bevor er die Flucht ergriff. Er hasste nur den Gedanken, dass Ed nach seinem Abschied ganz allein dort draußen sein würde.

Besonders, da sich Mörder in der Gegend aufhielten.

Kopfschüttelnd schob Sam das Handy in seine Tasche, ohne die Nachricht zu beantworten. Er würde sich später darum kümmern.

Im Staufach seines Motorrads war es der Torte vermutlich nicht allzu gut ergangen, aber als er sie herausnahm und in die Bar trug, sagte er sich, dass sie immer noch gut schmecken würde. Mim und Gerry saßen an ihrem üblichen Tisch und warteten auf ihn. Lara, ein hübsches kleines Ding mit dunklem Haar, stand bei ihnen und nahm ihre Bestellungen auf, während Gerry ihr wie benebelt zulächelte.

Sie bewies beeindruckend viel Geduld, da Gerry dazu neigte anzuhimmeln, ohne jemals etwas zu unternehmen. Sie achtete jedoch darauf, dass es stets sie war, die sie bediente.

Sam setzte sich in Bewegung, hatte jedoch kaum zwei Schritte in ihre Richtung gemacht, als ihn zwei Hände grob bei den Schultern packten und in die Herrentoilette zerrten. Die Torte schlug auf dem Boden auf, als er gegen die Wand geschleudert wurde.

„Hallo, Sammy. Haben Sie etwa Probleme damit, Nachrichten zu empfangen?" Alvarez zog ihn von der Wand, nur um ihn wieder gegen sie stoßen zu können. In Sams Sichtfeld tanzten Punkte, als sein Kopf heftig aufprallte.

„I-ich habe die Nachricht bekommen!"

„Sie haben nicht geantwortet. Da haben wir uns große Sorgen gemacht."

„Ich bin gefahren!"

„Immer diese Ausreden."

Alvarez begann erneut an ihm zu zerren, als rechts und links von ihm plötzlich Shaw und Fitz auftauchten, wie eine stumme Warnung, sich zurückzuhalten. Sam wusste nicht, vor wem er sich am meisten fürchten sollte.

„Die nächste Nachricht beantworten Sie", befahl Alvarez, während er demonstrativ Sams Hemd glatt strich.

„Ich dachte, wir hätten geklärt, dass ich es durchziehe."

„Oder Sie wollen kneifen", sagte Shaw. „So, wie Sie Zeit schinden …"

„Das ist Simons' Schuld. Ich darf ihn nicht misstrauisch machen. Gutes Timing ist alles. Die Nachbarn …"

„Die Nachbarn interessieren uns nicht", bellte Fitz. „Sie wussten, dass es Risiken geben würde. Sie haben den Auftrag angenommen, als Ihnen die Summe genannt wurde."

„Weil ich nicht wusste, für wen ich hier arbeite!", knurrte Sam.

Alvarez griff erneut nach ihm, doch Shaw war schneller, stand plötzlich nicht mehr neben ihm, sondern direkt vor seinem Gesicht, wobei sie ihren Unterarm gegen seine Kehle presste.

Am liebsten wäre er zurückgewichen, hätte seinen Kopf gegen ihren geschlagen und sich mit Zähnen und Klauen gewehrt. Doch die kurz aufflammende Panik und Wut wurde schnell von seinem gesunden Menschenverstand erstickt. Die als vermisst gemeldeten Personen mehrten sich und jede Woche wurde ein neues Opfer gefunden. Er könnte nur allzu leicht das nächste werden.

„Aber, aber, kleiner Sammy", warnte Shaw, „ich dachte, wir wären Freunde."

Dann lachte sie und die anderen stimmten mit ein.

„Machen Sie Ihre Arbeit, dann müssen wir auch nicht mehr so freundlich zu Ihnen sein", sagte Alvarez durch das nachlassende Gelächter, während Sam nach Atem rang, da sich Shaws Arm nach wie vor gegen seinen Hals presste. „Und Sie bekommen Ihren Anteil. Fünf Prozent."

Sam hustete und keuchte, als Shaw von ihm abließ. „Wir hatten … zehn ausgemacht."

„Betrachten Sie es als Entschädigung für unsere Unannehmlichkeiten", sagte Fitz. „Und wenn Sie noch länger trödeln, kürzen wir noch ganz andere Dinge." Mit einem unangenehmen Schnappgeräusch zog er ein Springmesser hervor.

Lachend näherten sie sich dem Ausgang, wobei Alvarez darauf achtete, auf die Tortenschachtel zu treten. Fitz verließ den Raum als Letzter und bemühte sich kaum, sein Messer vor einer im Gang stehenden Person zu verbergen.

Mim. *Scheiße.*

Hätte sie Sam nicht gesehen, wäre er noch etwas in der Herrentoilette geblieben.

„Fünf Prozent?", fragte sie, sobald sie allein waren. Die Tortenschachtel hatte Sam lediglich mit dem Fuß in den Gang geschoben, da er zu aufgewühlt war, um sie aufzuheben.

„Fünf Prozent von Eds Vermögen ist immer noch genug für den Rest unseres Lebens."

„Sam …"

„Ich mache das schon."

„Das behauptest du die ganze Zeit, aber warum siehst du dann immer noch aus, als hättest du Zweifel?"

Weil er soeben mit einem Messer bedroht worden war und Ed sicher nicht die geringste Ahnung hatte, wie er mit solchen Menschen umgehen sollte. Sam verspürte keine Zweifel. Er verspürte Entschlossenheit. Wenn er den Auftrag nicht zu Ende brachte, würden die Cramers möglicherweise diese drei zu Ed schicken.

Abgesehen davon hatte Sam stets geglaubt, er würde alles tun, nur um aus Riverside verschwinden und ein leichtes Leben führen zu können. Doch er würde sogar noch Schlimmeres tun, um sein Leben zu retten, selbst wenn es bedeutete, einen guten Menschen zu betrügen.

„Er ist anständig. Liebenswert. Nur einsam. Ich kann nichts daran ändern, dass er mir leidtut."

„Das kannst du dann ja den Helfern von Bonnie und Clyde erzählen, während sie Gerry die Beine brechen."

Sam verzog das Gesicht.

Dann seufzte er.

„Sammy, es geht nicht anders."

„Ich weiß. Ich wünschte nur, die Situation wäre anders." Endlich beugte er sich hinab, um die Schachtel aufzuheben. „Die sollte ich wohl wegwerfen."

„Was ist drin?"

„Kokostorte von den nichts ahnenden Nachbarn."

„Gerry isst die noch", sagte Mim trocken und grinste, was Sam gegen seinen Willen zum Lachen brachte.

„Na, dann los. Ich habe zwei Tage, um den größten Stubenhocker der Welt davon zu überzeugen, dass er am Freitag anstelle des versprochenen ruhigen Abends ausgehen muss."

„AUSGEHEN? MIT Ihnen?" Ed starrte Sam blinzelnd an, da er jede Form von Takt und Zurückhaltung vergaß, sobald Sam mit ihm flirtete – also ziemlich häufig –, aber vor allem, wenn er so dicht vor ihm stand und ihn von Kopf bis Fuß mit einem solch vielversprechenden Blick musterte.

„Über Sagen können wir uns noch unterhalten, wenn wir zurückkommen."

„I-ich …"

„Bitte?"

Oh, es war wirklich nicht fair von ihm, dieses Wort zu benutzen. „Vermutlich sollte ich wirklich häufiger das Haus verlassen."

„Wirklich? Ich meine: Toll! Ich dachte, ich müsste Sie wegzerren."

„Es ist nicht so, dass es mir nicht gefallen würde, etwas zu unternehmen. Ich fühle mich zu Hause nur … sicherer."

„Keine Sorge, ich beschütze Sie", antwortete Sam grinsend.

Das Versprechen ließ Ed erröten, obwohl mangelnder Schutz nicht das Problem war.

„Wir belassen es bei etwas Simplem mit einem Minimum an nötigem Kontakt mit Menschen", versprach Sam und betrachtete den auf Eds Tablet geöffneten Kalender.

Sie hatten ihre üblichen Plätze im Büro eingenommen, damit Sam ihm helfen konnte, seinen gesamten Terminplaner ins Digitale zu übertragen.

„Wie wäre es mit einem Kinofilm oder irgendeiner Aufführung? Wir könnten vorher einen Cocktail trinken und anschließend etwas essen. Ich würde sogar größtenteils auf Alkohol verzichten und den Fahrer spielen."

„Den Fahrer? Sie meinen mit dem Motorrad?" Ed lehnte sich zurück. Beim Gedanken daran, sich während der Fahrt an Sam festhalten zu müssen und unter seinen Händen und durch ihre aneinandergepressten Körper seinen Puls zu spüren, fühlte er sich hin- und hergerissen zwischen freudiger Erregung und Sorge.

„Es wird Ihnen gefallen."

„Ich … schätze, es könnte Spaß machen. Also gut. Dann haben wir ein Date."

Sam hob überrascht den Kopf, was Ed zu der Sorge veranlasste, er habe etwas Falsches gesagt. Er wusste, dass aus ihnen niemals mehr werden konnte, dass er dem Flirten nicht weiter nachgeben durfte als mit dieser einen Verabredung. Aber war es so falsch, eine Zeit lang zu tun, als ob?

„E-es tut mir leid. Ich meinte …"

„Ein Date", unterbrach ihn Sam. „Auf jeden Fall."

Sam plante alles. Cocktails in einer Bar nicht weit vom Theater, dann eine Aufführung von „Ein Sommernachtstraum", eines von Eds Lieblingsstücken, und im Anschluss ein Essen in einem eleganten Restaurant in der Nähe. Alles lag so nah beieinander, dass sie sich problemlos zu Fuß von einem Ort zum anderen bewegen und leicht den Heimweg antreten konnten, sobald sie das wollten.

Sam half ihm sogar bei der Auswahl seiner Kleidung.

„Sind Sie sicher, dass ich keine Krawatte brauche? Es ist das Theater!", sagte Ed, als er am nächsten Abend in schwarzer Hose und grünem Hemd unter einem anthrazitfarbenen Pullover aus dem Badezimmer trat. In Kombination mit der schwarzgrauen Cabanjacke würde es sicher sehr modisch wirken, fühlte sich zum Ausgehen aber dennoch etwas zu leger an.

„Keine Krawatte", versicherte ihm Sam. Auch er war schick gekleidet – dunkle Jeans, ein blauer Pullover und ein grau melierter Blazer.

Für ihr Date.

„Ich kann kaum glauben, dass ich Sie endlich essen sehen werde", sagte Sam.

„Ich … esse."

„Nie in meiner Gegenwart."

„Nun … dann wird der heutige Abend in vielerlei Hinsicht ein Novum."

Sam betrachtete Ed, als wollte er sich den Anblick einprägen. „Kommen Sie her, Eddie. Wir haben noch etwas Zeit und es gibt da etwas, das ich tun wollte."

Als er seine Hand ergriff, dachte Ed für den Bruchteil einer Sekunde, er würde ihn gleich dort im Schlafzimmer küssen. Stattdessen führte er ihn in den Flur und zog an der Schnur der Leiter zur Dachterrasse.

„Sam …"

„Hier. Die habe ich von Ihrer Kommode mitgenommen." Sam reichte ihm die Sonnenbrille, die er ihm geschenkt hatte. „Die Sonne dürfte jetzt sowieso beinahe untergegangen sein."

„Es ist nicht nur das. Ich mag es wirklich nicht …"

„Nur dieses eine Mal. Ich verspreche, dass ich Sie nicht abstürzen lasse."
Sam grinste, während Ed ihm wegen der Stichelei einen finsteren Blick zuwarf.
Doch er gestattete ihm, ihn auf das Dach zu führen.

Das Licht war noch ein wenig zu stark, was ihn dankbar für die Sonnenbrille
machte, doch die Sonne hatte sich weit genug hinter den Horizont gesenkt, um den
Himmel in wunderschöne Farben zu tauchen. Da sie in der Nähe der Luke blieben,
musste er nicht über das Geländer in die Tiefe schauen, sondern konnte schlicht den
Sonnenuntergang betrachten.

„Vor langer, langer Zeit ...", begann Sam, woraufhin Eds Brust von Wärme
durchflutet wurde, als er begriff, was nun passieren würde. „... begab sich Hades
zum Berg Olymp, um wie jedes Jahr mit seinen Brüdern Rat zu halten. Für den
Heimweg wählte er einen langen, gewundenen Pfad entlang des Berghangs. Er
mochte die Gärten dort, vor allem, weil sie niemand anders aufsuchte und er daher
ihre farbige Pracht genießen konnte, ohne behelligt zu werden.

Jedoch war keine Blüte jemals so schön gewesen wie die Göttin, die er dort
an diesem Tag antraf.

‚Was starrst du so?', fragte sie ohne jede Furcht, aber auch ohne sich bewusst
zu sein, mit wem sie sprach. Persephone war nach einem Streit mit ihrer Mutter
übler Laune, da diese ihr untersagt hatte, ihr Heim zu verlassen. Starrsinnig und
stolz hatte sie sich dennoch zu den Gärten geschlichen. Sie war erwachsen und
sehnte sich nach Freiheit, während ihre Mutter sie noch wie ein Kind behandelte.
Sie wollte endgültig fortlaufen, nur wusste sie keinen Ort, an den sie gehen konnte.
All dies erzählte sie Hades, dessen Namen sie noch immer nicht kannte. Sie
brauchte nur jemanden, der ihr zuhörte.

‚Du kannst mit mir kommen', bot er an, vollkommen verzaubert von dieser
feurigen Blume, die er entdeckt hatte. ‚Wo ich lebe, ist es nicht schön, aber deine
Mutter könnte dich niemals erreichen.'

Persephone, die ihn endlich richtig ansah, erkannte nun, wie schön *er*
war, und da sie nicht glauben konnte, dass ein so stattlicher Gott nicht an einem
bemerkenswerten Ort lebte, stimmte sie zu. Da sie sich so sehr in ihrem Gespräch
mit ihm verlor, während sie den langen Weg zum Fuß des Berges zurücklegten,
bemerkte sie erst, dass sie bis ganz in die Unterwelt hinabstiegen, als sie den Fluss
Styx erreichten.

‚Du bist er. Du bist Hades', rief sie. ‚Ja', erwiderte er, davon überzeugt, dass
ihre gemeinsame Zeit mit dieser Wahrheit enden musste. ‚Möchtest du umkehren?'
Doch sie überraschte ihn. ‚Weshalb sollte ich das wollen?' ‚Fürchtest du nicht
meine Finsternis, Liebste?', fragte er. Und Persephone sagte: ‚Nein. Du sahst noch
nicht die meine.'"

Sams Lächeln war sanft, vielleicht ein wenig traurig, als er zu dem Zitat
zurückkehrte, das er Ed als Erstes aus dieser Geschichte vorgetragen hatte. Der
Abstand zwischen ihnen schien zu schrumpfen, als Ed sich von Sams Blick

angezogen fühlte und sicher war, dass auch Sam seinen Kopf in seine Richtung neigte …

Dann ertönte Sams Handy und Ed wich hastig zurück.

„Was ist?", meldete sich Sam brüsk. Das Lächeln war verschwunden und nun wurde sein Gesichtsausdruck noch finsterer. „Heute? Ich hatte noch etwas vor … Nein, ich verstehe. Du hast recht, ich habe es versprochen. Ich bin in zwanzig Minuten da."

„Stimmt etwas nicht?", fragte Ed.

„Ich habe Freunden geholfen, ihren Umzug zu planen, und anscheinend ist heute der einzige Abend, an dem sie die schwereren Sachen packen können. Ich hatte versprochen, dass ich dabei helfen würde und …"

„Oh", sagte Ed, bevor Sam den Satz beenden konnte.

„Es tut mir schrecklich leid, Eddie. Sie könnten trotzdem gehen. Den Abend genießen. Ich zahle Ihnen das Geld für meine Karte zurück …"

„Seien Sie nicht albern. Ich bin sicher, dass sich an der Abendkasse jemand für die Karte finden lässt. Ich würde nicht wollen, dass Ihre ganze Mühe, mich aus dem Haus zu locken, umsonst gewesen sein sollte."

„Ich mache es wieder gut", sagte Sam, der enttäuschter wirkte als Ed selbst, was er wohl als Kompliment betrachten sollte. „Ich bestelle Ihnen ein Taxi, damit Sie trotzdem trinken können, so viel Sie möchten, und warte noch, bis es Sie abgeholt hat. Okay?"

Sie verließen das Dach und warteten im Foyer auf den Wagen.

Als er eintraf, öffnete Sam ihm die Tür und scherzte: „Und Sie sind sicher, dass Sie nicht in Wirklichkeit ein Geist sind, der in diesem Haus spukt und niemals die Türschwelle übertreten kann?"

Ed grinste ihm zu und trat mit theatralischen Schritten vor die Tür.

„Da habe ich mich wohl geirrt", sagte Sam, während er abschloss. Der Fahrer wartete auf ihn. Das Motorrad, mit dem Ed nun also doch nicht fahren würde, wartete auf Sam. „Auf Wiedersehen, Eddie", sagte er.

Ed wünschte, es hätte nicht so endgültig geklungen. „Aber versprechen Sie mir etwas: Bevor Sie Ihre neue Stelle antreten, kommen Sie noch einmal her und erzählen mir den Rest der Geschichte."

„Versprochen."

VERSPROCHEN.

Es war nicht das erste Mal gewesen, dass Sam Ed angelogen hatte, aber das schmerzhafteste.

Er fuhr einen anderen Weg als das Taxi und vergewisserte sich, dass es wirklich außer Sichtweite war, bevor er sein Motorrad ein Stück vom Haus entfernt an einem vorher ausgewählten Platz abstellte. Als er zu Fuß zum Haus zurückkehrte, war die Dunkelheit hereingebrochen, sodass er nicht fürchten musste, von den Neu-Ryans gesehen zu werden.

Die benötigten Utensilien befanden sich in einem Schrank im Eingangsbereich in einem Rucksack, von dem er Ed gegenüber behauptet hatte, dass sich darin Kleidung zum Wechseln befände. Das stimmte, doch darüber hinaus befanden sich darin auch die Hilfsmittel, die er zum Durchführen seines Auftrags brauchte.

Obwohl ihm ohne Ed im Haus nun einige Stunden Zeit blieben, wollte er zügig arbeiten, wenn auch vorsichtig. Er hatte nicht vor, auch nur die geringste Spur des Diebstahls oder seiner Anwesenheit zu hinterlassen, weshalb Ed es vielleicht niemals herausfinden würde. Er würde sich allerdings fragen, was aus Sam Coleman geworden war, wenn er nie wieder etwas von ihm hörte.

Sam entledigte sich seines Blazers und nahm die Handschuhe aus dem Rucksack. Da er sich genau gemerkt hatte, was von ihm angefasst worden war, wusste er, was er vor seiner Flucht reinigen musste.

Wegen der wie üblich zugezogenen Vorhänge musste er nicht einmal besonders vorsichtig sein, als er sich mit der Taschenlampe durchs Haus bewegte. Als Erstes machte er sich daran, seine Fingerabdrücke zu entfernen, weil diese Aufgabe am längsten dauern würde. Während er das tat, eignete er sich einige unbezahlbare Kleinigkeiten an, deren Existenz Ed bis zu Sams Katalogisierung praktisch vergessen hatte.

Nachdem das kaum eine Stunde später erledigt war, blieb nur noch der Safe. Die Kombination für diesen war das Einzige, was Ed ihm nicht anvertraut hatte. Abgesehen davon hatte er ihm sein gesamtes Leben überreicht und nicht ein einziges Mal an ihm gezweifelt.

Gerry hatte recht behalten. Mit dem Magneten ließ sich der Safe in Sekunden öffnen. Es gab dabei kaum eine Herausforderung, keine Hindernisse, nur die sich stetig vergrößernde Kluft in Sams Magen, die noch tiefer wurde, als Sam zwischen allem anderen etwas Unerwartetes fand.

Es handelte sich um ein wunderschön aufgenommenes Schwarz-Weiß-Foto, und es zeigte *Sam*, wie er von der Terrasse über den Zaun hinwegblickte. Wann Ed das Foto gemacht hatte, wusste er nicht, doch es musste durch eines der Fenster aufgenommen worden sein. Vermutlich war es ihm peinlich gewesen, weshalb er es als Erinnerungsstück im Safe verstaut hatte. *Wenn mir etwas Schönes ins Auge fällt*, hatte er gesagt.

Sam fühlte sich ungefähr fünf Zentimeter groß, aber damit durfte er sich jetzt nicht aufhalten.

Er legte das Foto wieder hinein und griff nach dem USB-Stick. Nachdem er den Inhalt auf seinen Laptop kopiert hatte, würde er ihn ebenfalls zurücklegen können, sodass Ed, wenn er in nächster Zeit in den Safe schaute, nichts Ungewöhnliches bemerken würde.

Außerdem nahm er ein Bündel Geldscheine heraus – es waren so viele, dass Ed auch dies nicht bemerken würde.

Er platzierte den Laptop auf dem Fußboden des Schlafzimmers, um mit der Übertragung zu beginnen. Doch kaum hatte er den Stick in das Gerät gesteckt ... hörte er plötzlich ein Auto in der Auffahrt!

Sam erstarrte. Sämtliche Lichter waren ausgeschaltet. Es konnte sich also nicht um Marie und Daniel handeln, die nach Ed sehen wollten, wenn scheinbar niemand zu Hause war.

Nachdem er den Laptop zugeklappt hatte, schob Sam diesen und das Geld in seinen Rucksack. Den USB-Stick steckte er in seine Tasche, damit er nicht beschädigt wurde. Ihm blieb nicht mehr genug Zeit, die Daten zu übertragen und ihn wieder in den Safe zu legen. Er musste ihn mitnehmen.

Er schloss den Safe, schlang sich den Rucksack über eine Schulter und eilte leise durch den ersten Stock. Unter ihm, im Foyer, öffnete sich die Tür. Es musste Ed sein, obwohl er erst seit einer Stunde fort war.

Als er den Salon erreichte, hörte er Eds Stimme, gefolgt von einer zweiten.

„Das ist ja ein unglaubliches Haus."

„Vielen Dank. Ich wohne hier sehr gern. Wie wäre es, wenn wir auf der Terrasse etwas trinken, und später zeige ich dir alles?"

„Zum Beispiel das Schlafzimmer?"

„Was du willst", antwortete Ed vielsagend.

Ed, der einen Mann mitgebracht hatte und ihm einen Drink und die Besichtigung seines Schlafzimmers anbot, nachdem er und Sam noch vor einer Stunde beinahe ...

Sam schüttelte den Kopf. Er hatte nicht das Recht, Ed Vorwürfe zu machen. Er hatte Ed stehenlassen. Er war gerade dabei, ihn zu betrügen. Und doch schmerzte es, dass Ed sich noch am selben Abend auf jemand anderen einlassen konnte.

Sam wartete in der Nähe der Treppe, während die Stimmen in Richtung Wohnzimmer drifteten. Sobald sie sich auf die Terrasse begeben hatten, würde er das Haus durch die Vordertür verlassen können.

„Ich bin froh, dass ich dich heute getroffen habe", sagte der andere Mann.

„Das bin ich auch. Ich hatte andere Pläne, aber nachdem die sich geändert hatten, konnte ich nur noch an eines denken."

„Du benutzt mich also, um dich an jemandem zu rächen, der dich sitzengelassen hat?"

„Oh, nein. Glaub mir, mit ihm hätte ich niemals getan, was ich gleich mit dir tue."

Sam hatte die Hälfte der Treppe hinter sich gebracht, als Eds Stimme leiser wurde und verstummte. Ed hatte überhaupt nicht wie er selbst geklungen. Hatte Sam ihn falsch eingeschätzt? War dies der echte Ed Simons, den Sam die ganze Zeit gesucht hatte, um ihm den Diebstahl leichter zu machen?

Leichter fühlte es sich trotzdem nicht an ...

Sam ging weiter. Er hörte noch Geräusche von der Terrasse – die Tür musste geöffnet sein, aber sie waren definitiv draußen. Er sollte gehen. Die Tür war direkt vor ihm. Doch während er noch zögerte, trugen ihn seine Füße wie von selbst in Richtung Wohnzimmer.

Er ging an den Radios vorbei, den alten Fotos, die ihm so gefielen, und sogar einer von Eds grässlichen Strickjacken, die über einem Stuhl hing.

Nein, das war der Pullover, den Ed an diesem Abend getragen hatte.

Als er sich der Terrasse näherte, sah er sie durch die offene Tür. Ed war in der Tat den Pullover losgeworden und war nun dabei, sein in die Hose gestecktes Hemd zu lösen, während er praktisch auf den Schoß des Mannes kroch, der auf einem der Terrassenstühle saß.

Ed pirschte sich geradezu an. So hatte Sam ihn noch nie gesehen. Und auch nicht, wie er jemanden küsste. Oder jemanden außer Sam berührte. Und doch gestattete er nun den Händen dieses Fremden, sein Hinterteil und den nackten Rücken unter seinem Hemd zu erkunden. Dass Ed sich genüsslich unter diesen Berührungen wand, sandte Stiche hässlichster Eifersucht durch Sam.

Es hätte ihm egal sein sollen. Er hatte von Anfang an vorgehabt zu verschwinden. Zwischen ihnen hätte nichts passieren können. Und selbst wenn er es zugelassen hätte, wäre er anschließend trotzdem verschwunden. Daran konnte er nichts ändern.

Allerdings konnte er es genauso wenig ertragen, dabei zuzusehen, wie Ed dort einen anderen Mann küsste, wie er auf seinem Schoß saß, wie er sein Kinn anhob, um über seinen Hals zu lecken, und dann …

… die Zähne in seine Kehle bohrte.

Sam erstarrte. Plötzlich war da so viel *Blut*, doch Ed leckte es rasch auf und verschwendete keinen Tropfen, während der Mann sich gegen ihn wehrte und versuchte, ihn von sich zu stoßen. Ed hielt ihn mühelos fest und trank sein Blut, bis seine Augen glasig wurden und er sich nicht mehr bewegte.

In Sams Innerem regte sich ein solches Grauen, dass er das Gefühl hatte, sich übergeben zu müssen.

Die vermissten Menschen, die gefundenen Leichen … Es waren nicht die Cramers.

Es war Ed.

Sam ergriff so hastig die Flucht, dass er rückwärts gegen einen Beistelltisch stolperte. Ed hob ruckartig den Kopf und sah ihn. Sein Gesicht war wie ausgewechselt – wie das eines wilden Tieres mit gelb leuchtenden Augen und bluttriefenden Reißzähnen.

So vergingen zwei entsetzliche Sekunden, in denen sie einander anstarrten. Dann warf sich Sam herum und stürzte zur Eingangstür.

2

Ed war ein Vampir.

Ed war ein *Vampir*.

Aber das war verrückt – Vampire existierten nicht!

Mit dem Rucksack über der Schulter, dem USB-Stick in der Tasche und einem heftig wie Donnergrollen pochenden Herzen rannte und rannte er, bis er die Rettung schon vor sich sah – nur um einen Meter vor der Tür gepackt und so plötzlich herumgedreht zu werden, dass er sich wie von einem Wirbelsturm erfasst fühlte. Eine Sekunde später fand er sich gegen die Wand gepresst wieder, von einer Hand an seiner Kehle festgehalten und mit baumelnden Füßen.

Dann prallte der Rucksack mit einem dumpfen Geräusch auf dem Boden auf und das Bündel Geldscheine fiel auf die Fliesen.

„Du hast mich *bestohlen*?", brüllte Ed mit in der Dunkelheit des Foyers aufblitzenden gelben Augen.

Es konnte sich nicht um Kontaktlinsen handeln und diese messerscharfen Zähne sahen nicht wie Plastik aus. Aber Vampire waren nicht echt! Eher noch handelte es sich bei Ed um einen Serienmörder und seiner Tat beizuwohnen hatte Sam die Sinne vernebelt.

„E-es tut mir leid … Es tut mir leid!"

„Es war alles nur eine Lüge?"

„Du hattest vor, mich zu töten!", verteidigte sich Sam. Das Blut färbte noch Eds Zähne, seine Lippen, sein Hemd …

„Nicht dich", antwortete Ed – leise, als meinte er es ernst und fühlte sich verletzt, dass Sam ihm so etwas zutraute. Selbst das Leuchten seiner Augen ließ nach und ihre ursprüngliche grüne Farbe kehrte zurück wie ein Spezialeffekt in einem Film, nur direkt vor Sams Augen. „Niemals dich."

„Du hast *ihn* getötet", war Sams schwacher Einwand.

„Das musste ich. Das *muss* ich. Wenn der Hunger zu schlimm wird, muss ich … Aber nicht dich. Dir hätte ich niemals etwas angetan."

„Hätte …", wiederholte Sam. „Aber ich habe gestohlen und dich gesehen, also … jetzt doch?"

Eds Augen leuchteten erneut gelb auf und Sam zitterte so heftig, dass sein gesamter Körper vibrierte.

„N-nein … Du kannst kein Vampir sein! Vampire gibt es nicht!"

„Sehe ich wie etwas anderes aus?", knurrte Ed und seine Augen und scharfen Zähne wirkten schlicht zu echt, um ein Trick oder eine Einbildung zu sein. „Sag mir, *warum*."

„E-e-es war ein Auftrag! Den man mir gegeben hat. Bevor ich dich kennengelernt habe. Bevor ich dich kannte! Bitte …"

„Bevor du mich kanntest …", wiederholte Ed nun wieder leiser. „Warum hast du es dann trotzdem getan?"

„Das musste ich", sagte Sam wie ein Echo von Eds Worten. „Sonst wären ich und meine Freunde umgebracht worden."

„Freunde?", stieß Ed voller Abscheu hervor.

„Ich werde sie nicht verraten. Ganz egal, was du bist oder was du mir antust!"

Die darauf folgende Stille war schlimmer als Eds Knurren. Er starrte Sam nur an – mit diesen Augen, diesen Zähnen, dem Blut. Sam sah, dass es auf die schwarz-weißen Fliesen tropfte und auf dem Weiß besonders auffällige Flecken bildete.

Doch als er bereits glaubte, jetzt sei es um ihn geschehen, wurden Eds Augen wieder grün und die langen Reißzähne zogen sich wie durch Zauberhand zurück.

„Was verrätst du dann?"

„Wie bitte?"

„Würdest du deine Auftraggeber verraten?"

Sam blinzelte schweigend.

„Du hast gesagt, sie hätten euch getötet, wenn du abgelehnt hättest. Also sag mir, wer …"

„Brock und Celia Cramer", stieß Sam hastig hervor.

Jetzt war es Ed, der ihn stumm anblinzelte.

„Ich kann dir auch die Namen der anderen geben, die für sie arbeiten. Ich schulde ihnen nichts. Sie waren nicht gerade freundlich, seit ich aussteigen wollte."

„Du …" Eds Griff lockerte sich. „Dein Auge. Das waren diese Leute?"

„Und ein paar andere Blutergüsse, die du nicht gesehen hast."

Wie zuvor Eds Tonfall wurde nun auch sein Gesichtsausdruck sanfter, bis er langsam seine Hand senkte.

Sam wandte den Blick in Richtung Tür. „Heißt das …?"

„Nein. Du wirst nicht einfach verschwinden. Nicht, nachdem du das gesehen hast. Nicht, nachdem du das getan hast."

Während er gegen das Zittern ankämpfte, das diese Worte hervorriefen, richtete Sam den Blick wieder auf Ed und bemühte sich vergeblich, eine vernünftige Erklärung für das zu finden, was er wohl wahrhaben musste – dass echte Monster genauso existierten wie die menschliche Version. „Was willst du dann von mir?"

„Du bist mein Assistent, nicht wahr?" Die Sanftheit wich einer kühlen Ruhe. „Setze Lebensmittel auf die Liste mit deinen Aufgaben. Und ganz oben stehen deine Auftraggeber."

Sam wusste nicht, was er sagen sollte. Er fühlte sich den Cramers nicht verpflichtet, aber dabei mitzuwirken, was Ed mit ihnen vorhatte … Hasste er sie so sehr?

„Nun?"

„Was ist mit meinen Freunden? Sie wollten auch aussteigen."

„Erzähl mir von ihnen."

„Ich habe nicht vor …"

„Nicht ihre Namen. Aber wie viele sind es? Was bedeuten sie dir?"

„Wir sind nur zu dritt. Ich bin mit ihnen aufgewachsen, habe mein Leben lang mit ihnen Betrügereien organisiert. Sie sind … meine Familie."

Das schien Ed zu beruhigen. Wieder etwas sanfter sagte er: „Ich werde sie nicht anrühren, aber du erzählst ihnen nichts von mir."

„Was soll ich denn sagen? Es war abgesprochen, dass ich noch heute Abend alles übergebe. Willst du dich etwa einfach in den Klub stürzen, in dem die Cramers sind, und sie …"

„Nein. Wir überlegen uns etwas. Aber später."

„Was …?"

„Bring alles ins Wohnzimmer", befahl Ed und deutete auf den Rucksack und das Geld. „Und versuch nicht noch einmal davonzulaufen. Ich habe meine Mahlzeit noch nicht beendet."

SAM WIRKTE durchaus, als wäre er gern davongelaufen, als müsste er den uralten menschlichen Fluchtinstinkt unterdrücken, doch schließlich gehorchte er. Er setzte eine entschlossene Miene auf – ziemlich beeindruckend, wenn man berücksichtigte, wie sehr er noch zitterte – und nickte knapp.

Ed drehte sich um und machte sich auf den Weg ins Wohnzimmer, wobei er sich darauf verließ, dass Sam ihm folgte. Natürlich tat er das. Er war völlig verängstigt. Zu diesem Zeitpunkt hätte er alles getan, was Ed ihm befahl. Hätte sein Hunger ihn nicht abgelenkt, hätte dieser Gedanke ihm Übelkeit verursacht.

Dass Sam ihn von Anfang an belogen hatte, lediglich wegen eines geplanten Diebstahls hier gewesen war, schmerzte. Jedoch nicht so sehr wie der Blick, mit dem Sam ihn nun ansah. Ed hatte gewusst, dass die Illusion nicht ewig andauern konnte, aber so hatte er sich das Ende nicht vorgestellt.

Als er die Terrassentür erreichte, sah er sich um. Sam stellte seinen Rucksack auf dem Sofa ab und vermied es, den Blick auf die Leiche zu richten.

„Nimm alles heraus. Ich möchte sehen, was du stehlen wolltest", sagte Ed.

Sam kam der Aufforderung nach. Neben dem Geld kamen verschiedene Werkzeuge zum Vorschein, der Blazer, den Sam früher am Abend getragen hatte, sein Laptop, eine Taschenlampe und eine Sammlung von Gegenständen, die Ed als seine erkannte – und dank Sams Katalogisierung zudem als wertvoll –, die jedoch nicht zu den Stücken gehörten, die er vermisst hätte. Da Sam die zerbrechlichen Gegenstände sorgfältig eingewickelt hatte, war beim Herunterfallen des Rucksacks nichts zu Bruch gegangen.

Doch es schien so dürftig und sinnlos, nur so wenig zu nehmen, wenn so viel mehr auf dem Spiel gestanden hatte, als Sam klar gewesen war.

„Bring mir einen Waschlappen und ein Handtuch aus dem Bad neben meinem Schlafzimmer. Du wirst wissen, welche. Den Waschlappen bitte nass."

„O-okay." Zweifellos erleichtert darüber, sich entfernen zu dürfen, wandte Sam sich hastig ab, um die Aufgabe zu erledigen.

Ed sollte ihn töten. Hätte es sich um eine andere Person als Sam gehandelt, wäre das bereits geschehen. Allerdings war es nicht allein Sentimentalität, die ihn zurückhielt – er wusste nicht, was hier vor sich ging. Er musste mehr herausfinden.

Und das würde er tun, sobald er seine Mahlzeit beendet hatte. So viel Blut war bereits verschwendet worden und hatte sich auf dem Terrassenboden ausgebreitet.

Er hob den auf dem Boden liegenden Mann an, der nun leichenblass war und sich doch noch mit letzter Kraft ans Leben klammerte. Immerhin etwas. Blut schmeckte besser, wenn es frisch war.

Ed senkte seinen Mund zu der noch immer Blut hervorpumpenden Halsschlagader und trank gierig, versuchte sein Gewissen und sein schmerzendes Herz mit dem herrlichen Rausch des Blutes zu beruhigen. Obwohl er sich kaum an den Namen des Mannes erinnerte, gab ihm das Trinken seines Bluts das Gefühl, jede heftige Emotion zu erleben, die der Mann je gespürt hatte, jedes wunderbare Mahl, das er je gekostet hatte, jeden sich windenden Körper, der ihm je Wonne bereitet hatte. Jemandem das Leben zu nehmen, bedeutete für ihn wirklich, das gesamte Leben eines Menschen in sich aufzunehmen, und dieses Gefühls wurde er niemals müde.

Der Puls des Mannes verlangsamte sich Schlag für Schlag und war kaum noch zu spüren, als er Sam zurückkommen hörte.

Er öffnete die Augen und betrachtete Sam, während er den Rest des Blutes trank und den Mann mühelos festhielt, bis die letzten Tropfen den Weg in seinen wartenden Mund gefunden hatten.

Sam stand dort mit dem feuchten Waschlappen und dem Handtuch – beides rot – und bemühte sich, nicht zuzusehen oder Eds Blick zu begegnen. Ed hatte niemals einer Person, die er nicht sowieso töten wollte, gestattet ihn so zu sehen. Es erfüllte ihn nicht mit Scham; er akzeptierte, was er war. Doch ein gewisses Bedauern verspürte er.

Nachdem er nun so viel wie möglich von dem verbliebenen Blut getrunken hatte, ließ er den Mann fallen. Sam zuckte zusammen, als beim Aufprall des leblosen Kopfes auf dem Boden ein deutliches Knacken zu hören war.

„Falls das hilft", sagte Ed, „er war kein netter Mann."

„So … wird es bestimmt sein."

„*Sam.*"

Aufgrund des offensichtlicheren Befehlstons sah Sam auf und Ed nahm den Waschlappen von ihm entgegen, um sein Gesicht zu reinigen, wobei er vor der Tür blieb, um nicht noch mehr Blut auf den Boden des Hauses zu tropfen. Er säuberte seine Lippen und anschließend möglichst viel seiner übrigen Haut.

„Ich hatte mich entschieden, auf das Theaterstück zu verzichten. Ohne dich klang es weniger vergnüglich", sagte er trocken. „Alkohol hat keine Wirkung auf mich und Essen ist nicht nötig, also habe ich einen Spaziergang gemacht. Ich habe gewartet, beobachtet und sorgfältig ausgewählt. Er war gerade dabei, einen sehr jungen Mann, der sich eindeutig nicht in einem Zustand befand, in dem er sich dagegen wehren konnte, in sein Auto zu zerren. Ich habe mich als willigere Alternative präsentiert."

Bei dieser Erklärung entspannte sich Sam unübersehbar ein wenig. Doch auch wenn das Eds Absicht gewesen war, wollte er ihn nicht mehr belügen.

„Versteh mich nicht falsch. Wenn ich beim Töten zwischen einem schlechten Menschen und einem Menschen wählen muss, der für mich eine Bedrohung darstellt, zögere ich nicht. Dass ich schon sehr lange lebe, hat seinen Grund."

„Wie lange?", erkundigte sich Sam zaghaft.

„Lange genug, um einige Tricks zu kennen. Ich schwimme tatsächlich gern, aber die zusätzlichen Abflüsse sind auch sehr nützlich." Ed deutete hinter sich, wo das vergossene Blut zwar teilweise über die Glastür und den Stuhl geschmiert worden war, jedoch größtenteils durch die langen Abflussgitter verschwand, die den Pool umgaben, damit kein überlaufendes Wasser ins Haus gelangen konnte. „Und Chlor tötet so ziemlich alles ab. Aber heute musste ich wegen dir den Teppich damit verschmutzen."

Ein weiteres Zittern durchlief Sams Körper. „E-es tut mir leid. Ich helfe bei der Reinigung."

„Das wüsste ich sehr zu schätzen. Ich erwarte, dass du wieder für mich arbeitest, bis die Sache vorbei ist."

„Und ... wenn die Cramers und ihre Leute tot sind ... ist sie vorbei?"

Es war klug von ihm, sich zu fürchten und damit zu rechnen, dass Ed im Anschluss einen sauberen Schlussstrich ziehen würde. Doch obwohl es töricht war, Mitleid walten zu lassen, wollte Ed ihn wirklich nicht töten. „Ich werde dir nichts zuleide tun. Oder deinen Freunden. Das verspreche ich. Solange du mir keinen Grund gibst."

Sam nickte eilig.

„Ich sehe furchtbar aus", sagte Ed und verzog das Gesicht, als er seine ruinierte Kleidung betrachtete. Er nahm Sam nun das Handtuch ab, obwohl er damit nicht viel anderes tun konnte, als sein Gesicht zu trocknen. „Normalerweise bin ich nicht so verschwenderisch, aber ich war in schlechter Stimmung."

Bei diesen Worten wandte Sam erneut den Blick ab, während er zugleich halbherzig in Richtung Terrasse gestikulierte. „Was ... ähm ..."

„Ich kümmere mich um ihn. Und um sein Auto. Ich weiß, was ich tue."

„Nicht sehr gut", murmelte Sam.

„Wie bitte?"

Sam riss die Augen auf. Offenbar hatte er das nicht laut aussprechen wollen, doch nun konnte er es nicht zurücknehmen. „Man findet hier seit Wochen deine Leichen."

„Das sind nicht meine Leichen."

„Was?" Sams Blick kehrte ruckartig zu ihm zurück.

„Du glaubst wirklich, die von der Polizei gefundenen Toten stammen von mir? Einige der als vermisst gemeldeten Menschen vielleicht, aber ich hinterlasse keine Beweise."

„Aber wer ...?"

„Das weiß ich nicht. Du hattest dahinter wirklich mich vermutet?"

„Vor diesem Abend dachte ich an die Cramers. Vielleicht sind sie es wirklich." Sein Blick schweifte wieder ab, jedoch eher nachdenklich als verängstigt.

„Wer sind diese Leute?", fragte Ed. „Was wissen sie über mich?"

„Ich hatte sie für typische Gangster gehalten. Wie sie von dir gehört haben und wie viel sie wissen, kann ich nicht sagen. Sie wollten mir ihre Quellen nicht verraten."

„Jemand anders hat ihnen von mir erzählt?"

„Scheint so. Ja", fügte Sam mit mehr Überzeugung hinzu.

„Dann müssen wir es klug anstellen. Kümmer dich um den Teppich. Ich brauche eine Dusche." Ed begann, den Waschlappen und das Handtuch zusammenzufalten, beschloss dann aber, das Handtuch Sam zuliebe über den Toten zu breiten. „Wenn du damit fertig bist, komm zu mir hoch."

WENN ER fertig war. Wenn er damit fertig war ...

Das Blut zu entfernen.

Sam kannte einige Tricks zur Entfernung von Blutflecken. Bei derart großen hatte er es noch nicht versucht, aber das Prinzip war dasselbe. Drahtbürste, Wasser mit Spülmittel. Ammoniak. Nachdem er sich um alle Flecken auf dem Teppich gekümmert hatte, verbrachte er einige Minuten damit, die gläserne Schiebetür und die Fliesen im Eingangsbereich zu reinigen.

Auch an ihm selbst befand sich Blut – von Eds Händen auf seinem Hemd, das er an der Spüle auswusch. Er war froh, dass er noch seine Handschuhe trug. Als er fertig war, entsorgte er sie.

Nun blieb nur noch die Leiche.

Allmählich wichen die Benommenheit und der Schock aus ihm und das Zittern kehrte zurück. Er hätte fliehen können, doch Ed hätte ihn gefunden. Und ein weiteres Mal würde er ihn nicht verschonen.

Er konnte kein Vampir sein, es war unmöglich. Nur fand er keine andere Erklärung, die einen Sinn ergab.

Und Sam war nun sein … was? Diener? Lakai? Er hatte von „für ihn arbeiten" gesprochen, aber so fühlte es sich nicht mehr an. Nicht wenn die Erinnerung an die Gefahr für sein Leben so unübersehbar auf der Terrasse lag.

Zumindest hatte Ed die Leiche zugedeckt. Die Kehle des Mannes hatte am Ende übel zugerichtet ausgesehen. Ein normaler Mensch wäre dazu nicht in der Lage gewesen.

Wenigstens wusste Sam nun endlich, was Ed vor ihm verborgen hatte. Warum er tagsüber nicht aus dem Haus ging und so „lichtempfindlich" war. Warum er keine Freundschaften schloss. Warum er nichts aß. Warum er so viel Geld und anderes besaß, eine Mischung aus Alt und Neu, als wäre er seit Jahrzehnten Sammler.

Oder waren es Jahrhunderte? Die Frage nach seinem Alter hatte Ed ihm nicht beantwortet.

Obwohl Sam wusste, dass er kein zu langes Trödeln riskieren konnte, durchfuhr ihn auf seinem Weg ins Schlafzimmer mit jeder Treppenstufe eine schreckliche Furcht. Als er eintrat, stand die Tür zum Badezimmer offen und Ed hatte soeben die Dusche verlassen, um sich auf die Suche nach einem Handtuch zu machen – nackt.

Sam hatte ihn niemals auch nur mit freiem Oberkörper gesehen, geschweige denn unbekleidet, doch er war so schön wie eh und je – makellose Haut, lange, weiße Gliedmaßen, eine wohlgeformte Brust und ein straffes Hinterteil. Trotz allem stieg bei diesem Anblick das alte Verlangen in ihm auf, das Ed stets in ihm ausgelöst hatte und er erstarrte mitten im Schlafzimmer, ohne den Blick abwenden zu können.

„Hab doch etwas Anstand!", rief Ed entsetzt, als er ihn bemerkte, und schlug die Tür zu.

„Du … hast die Tür offen gelassen."

„Nur damit ich es höre, falls du wieder versuchst zu fliehen!"

„Warum hast du mich dann nicht kommen hören?"

Die Tür schwang wieder auf und Ed erschien in einem flauschigen weißen Bademantel, mit gerötetem, nein errötetem Gesicht, und dank des Bademantels war zu sehen, dass sich die Röte bis auf seine Brust zog. „Ich habe auf ein Geräusch der Haustür geachtet, nicht auf dein Herumschleichen!"

Sam lächelte. Er konnte nicht anders. Da war weder Kühle noch ernsthafte Verärgerung, sondern lediglich Eds übliche Nervosität. „Vor ein paar Minuten hast du's noch ziemlich heiß mit einem Fremden getrieben." *Bevor du ihm die Kehle herausgerissen hast*, sprach Sam nicht laut aus. „Aber bei meinem mangelnden ‚Anstand' wirst du plötzlich rot?"

„*Ihn* mochte ich nicht."

„Aber du magst mich?"

Ed wich seinem Blick aus, während seine Hände sich nervös bewegten wie an jedem anderen Tag, wenn ihr Flirten heftig genug wurde, um ihn verlegen zu machen. „Ich dachte, das wäre offensichtlich."

Oh. Dann war nicht alles eine Lüge gewesen.

Nur dass Ed ein Mensch war.

„Du bist wirklich ein Vampir?"

Ed hob den Kopf. „Du zweifelst noch?"

„Na ja …"

Einen Sekundenbruchteil später war Ed verschwunden, und als Sam herumfuhr, nahm er lediglich eine Art verschwommene Bewegung wahr. Bevor er noch begreifen konnte, was passierte, spürte er einen Körper in seinem Rücken und eine leise Stimme flüsterte neben seinem Ohr: „Ja, das bin ich wirklich."

Sam keuchte, doch im nächsten Augenblick stand Ed wieder an seinem ursprünglichen Platz.

„Ist unten alles erledigt?" Ed straffte den Rücken, wurde wieder ernst.

„J-ja. Alles bis auf die Terrasse."

„Dann …"

Das Vibrieren von Sams Handy ließ sie beide zusammenzucken. Als er es aus der Tasche zog, um die Nachricht zu lesen, erinnerte er sich an den USB-Stick in der anderen.

„Wer ist es?", fragte Ed und näherte sich.

„Ähm …" Sam senkte den Blick wieder zu seinem Handy. „Meine Freunde, die fragen, wie es läuft. Ich hatte versprochen, mich bei ihnen zu melden, wenn ich mich auf den Weg zu den Cramers mache."

„Mir kommt das Ganze wie sehr viel Aufwand für einen sehr kleinen Ertrag vor."

Sam zögerte, aber nachdem er sein Handy wieder in der Tasche verstaut hatte, zog er schließlich doch den USB-Stick hervor und hielt ihn in die Höhe. „Das liegt daran, dass du noch nicht die wichtigste Beute gesehen hast."

„Du hast dich an meinem *Safe* zu schaffen gemacht?" Ed entriss ihm den Stick, schockiert und verärgert, wurde jedoch schnell wieder verlegen. „Dann hast du auch gesehen …"

„Dein Foto von mir? Allerdings."

Ed errötete noch heftiger. Wurde es noch dadurch verstärkt, dass er erst vor Kurzem …?

Sam wollte nicht darüber nachdenken.

„Ich wollte nur …" Ed schloss die Augen und atmete tief durch, während sich seine Finger um den Stick schlossen. „Ich wollte nur ein Andenken an dich haben."

„All die Fotos im Wohnzimmer stammen auch von dir stimmt's?"

„Ja."

„Wenn du Höhenangst hast, wie ist dir dann das vom Grand Canyon gelungen?"

„Ich habe es doch nicht vom *Rand* aus gemacht", platzte es aus Ed heraus, während er ruckartig den Kopf hob.

Sam musste so plötzlich lachen, dass er sich selbst überraschte. „T-tut mir leid."

„Nein, ich … Vermutlich bin ich manchmal tatsächlich ziemlich albern", gab Ed mit einem sanften Lächeln zu.

Sanft. Er konnte sanft sein, ehrlich sanft, trotz seiner furchteinflößenden Kräfte.

„Danke, dass du mir die Wahrheit über den Safe gesagt hast", fügte Ed hinzu.

„So bin ich an das Geld gekommen. Diese Art Safe ist ziemlich leicht zu knacken."

„Dann wirst du mir helfen müssen, einen besseren zu finden. Hier." Ed reichte ihm den USB-Stick. „Benutz ihn wie geplant. Sag ihnen, dass du unterwegs bist und alles gut gelaufen ist. Du wirst deinen Auftraggebern genau das geben, was sie wollten. Ich bekomme es später zurück."

„Aber was …"

„Kümmer dich erst einmal darum. Ich werde mich anziehen."

ED MUSSTE sich anziehen. Er wollte in Sams Gegenwart nicht nackt sein, wenn er sich bereits so entblößt fühlte.

Sams Blick auf sich zu spüren erinnerte ihn an ihre erste Begegnung, bei der Sam ihn bereits zum Stottern gebracht hatte. Vielleicht waren Sams Annäherungsversuche nicht ausschließlich vorgetäuscht gewesen. Auch wenn dies nun keine Rolle mehr spielte.

Ed verschwand mit frischer Kleidung im Badezimmer, wobei er die Tür einen Spalt geöffnet ließ, um Sam zu hören, der für einige Zeit das Schlafzimmer verließ. Eine Tür hörte er jedoch nicht und schon bald war Sam zurückgekehrt. Seine blutige Kleidung und seine Handtücher hatte er bereits ohne Sams Wissen in den Keller gebracht, denn eine verborgene Treppe verband diesen mit dem ersten Stock. Die Handtücher würde er in den zusätzlichen Maschinen waschen, die sich dort befanden und auch bei der Hose mochte sich ein Rettungsversuch lohnen. Das Hemd würde er jedoch verbrennen müssen.

Er war nicht immer gut darin, sich um seine Finanzen zu kümmern oder seine Habe zu organisieren – oder seinen Tagesablauf oder sein *Leben* –, aber wenn es darum ging, seine Spuren zu verwischen, war er Experte.

Nachdem er in eine Hose und ein schlichtes langärmliges Hemd geschlüpft war, hängte er seinen Bademantel hinter der Tür auf und betrat das Schlafzimmer, wo Sam, den wieder gefüllten Rucksack neben sich, mit seinem Laptop auf dem Bett saß.

„Die Daten werden gerade übertragen", erklärte Sam, der nicht mehr ganz so verängstigt wirkte, ihn jedoch mit einer gewissen Vorsicht musterte, als er sich neben ihm niederließ. „Ursprünglich hatte ich vor, den USB-Stick danach zurückzulegen, damit du es nicht gleich bemerkt hättest."

„Aber ich habe dich überrascht und deine Pläne durchkreuzt?"

„Ja."

Am liebsten hätte er Sam gefragt, ob er dann einfach verschwunden wäre, um niemals zurückzukehren. Vermutlich war das der Fall. Zumindest wäre es der klügste Schachzug gewesen.

Was bedeutete, dass sein „Auf Wiedersehen, Eddie" tatsächlich endgültig gewesen war.

„Ich muss herausfinden, was diese Leute wissen und wer ihnen die Informationen gegeben hat." Ed konzentrierte sich wieder auf dringendere Angelegenheiten. „Ich ziehe es außerdem vor, nur zu töten, wenn ich Nahrung brauche, aber das ist höchstens einmal in der Woche der Fall."

„Einmal in der Woche?" Sam blinzelte einige Male, aber ob es nun bedeutete, dass er mit weniger oder dass er mit mehr gerechnet hatte, war schwer zu sagen.

„Ich halte auch länger durch – zwei Wochen, sogar einen Monat, wenn es sein muss. Aber es ist gefährlich, wenn ich zu hungrig werde."

„Was passiert dann?"

„Ich werde weniger wählerisch", antwortete er knapp, ohne es näher auszuführen, da Sam bereits wieder angespannter wurde.

Er wünschte, sie hätten zu ihren Wortgeplänkeln zurückkehren können, dem unterschwelligen Flirten mit dem mühelosen Lächeln und den verstohlenen Berührungen, und so tun können, als wäre nichts von alldem passiert, als befänden sie sich weiterhin in dem seligen Unwissen der letzten Wochen. Bedauerlicherweise war das nun nicht mehr möglich.

„Wir lassen uns Zeit und nehmen uns deine Auftraggeber einen nach dem anderen vor", fuhr Ed fort. Zumindest würde er Sam dann noch einige Zeit um sich haben.

„Aber sie wissen, dass meine Freunde und ich die Stadt verlassen wollten, nachdem wir unseren Anteil bekommen haben."

„Sag ihnen, dass du den Schwindel noch weiterführen willst, um zu sehen, ob du hier noch mehr holen kannst. Lass es so aussehen, als wolltest du dich um ihre Gunst bemühen, als wolltest du ihnen eine noch größere Ausbeute verschaffen. Du kannst es verkaufen, wie du möchtest, aber im Endeffekt stellt es für sie selbst kein größeres Risiko dar. Wenn es hier tatsächlich nur um Geld geht, sollten sie also bereitwillig zustimmen. Und was deine Freunde betrifft: Sag ihnen die Wahrheit. Dass du mir auf die Schliche gekommen bin und wir uns nun gegen eure Auftraggeber verbündet haben. Sie können wissen, dass ich gefährlich bin, solange sie mich für einen Menschen halten. Wenn alles vorbei ist, werde ich dir eine anständige Summe zahlen und du schuldest mir nichts mehr."

„Du willst mich bezahlen?"

„Schließlich arbeitest du für mich."

Auch diesmal blinzelte Sam nur, als wüsste er nicht, was er dazu sagen sollte.

Schließlich war die Übertragung der Daten beendet und Sam gab ihm den USB-Stick zurück. „Aber du wirst Informationen über die Konten brauchen, auf die sie alles überweisen, wenn du es dir zurückholen willst."

„Ich bekomme schon, was ich brauche." Wenn Ed wollte, konnte er sich direkt hinter einen der Diebe stellen und ihm über die Schulter schauen, während er sich einloggte, ohne dabei bemerkt zu werden.

„Außerdem kann ich dir das hier zurückgeben." Sam zog das Geld aus dem Rucksack. „Es gehört nicht zu dem, was die Cramers erwarten. Ich habe es nur als Reisegeld mitgenommen."

„Dann behalt es", winkte Ed ab. „Sag deinen Freunden, es ist eine Anzahlung für unsere neue Zusammenarbeit."

„Bist du wirklich sicher …"

„Behalt es."

„Okay."

„Und jetzt lasse ich dich gehen, aber ich bleibe ganz in der Nähe."

WAS HATTE Ed mit *ganz in der Nähe* gemeint? Wie? Zu Fuß? Konnte er sich in eine Fledermaus verwandeln und fliegen?

Während Sam durch die Dunkelheit zu seinem Motorrad eilte, sah er sich unentwegt um, ohne etwas zu entdecken. Obwohl sich in Ed offensichtlich auch jetzt noch ein Teil des errötenden, liebenswerten Sonderlings verbarg, zu dem er sich so hingezogen gefühlt hatte, konnte er das unterschwellige Gefühl der Furcht nicht vollständig abschütteln.

Er musste sich darauf konzentrieren, Eds Anweisungen zu befolgen. Und auf seine Schauspielkunst, denn wenn er in Gegenwart der Cramers stotterte oder zögerte, würden sie ihm die Geschichte niemals abkaufen.

Mim hatte er schon zuvor im Haus in einer Nachricht mitgeteilt, dass alles gut gelaufen sei und er sich bald auf den Weg zu den Cramers machen werde. Als er nun sein Motorrad erreicht hatte, schickte er Alvarez eine Nachricht, um sich nach einem Treffpunkt für die Übergabe zu erkundigen. Bei der Adresse, die er daraufhin erhielt, handelte es sich nicht um einen Klub, sondern um ein Gebäude im Gewerbegebiet. Ein Unterschlupf. In einer abgelegenen Gegend.

„Was, wenn sie mich einfach umbringen?", murmelte er vor sich hin.

„Das lasse ich nicht zu."

Als er Eds Stimme hörte, fuhr er herum. Auf dem Weg hierher hatte er nicht ein einziges Rascheln oder knackendes Stöckchen hinter sich gehört, und doch tauchte nun Ed wie ein Phantom aus der Dunkelheit auf.

„Ich passe auf dich auf", fuhr er ernst fort. „Das verspreche ich. Und jetzt geh. Ich beobachte alles."

Angst und Furcht mochten nicht völlig verschwunden sein, doch es sandte dennoch ein aufregendes Kribbeln durch Sams Rücken, ein so mächtiges Wesen als seinen dunklen Schutzengel bei sich zu wissen.

Der Gedanke beruhigte während der Fahrt durch die Stadt seine Nerven, denn er wusste, dass Ed da war, um ihm zu helfen, falls die Situation außer Kontrolle geriet. Wobei er sich bemühte, sich nicht das dabei möglicherweise entstehende Blutbad vorzustellen.

Das Lagerhaus war tatsächlich abgelegen. Auf den Straßen in der Nähe waren keine Menschen zu sehen und kaum Fahrzeuge. Obwohl sein Hemd seit dem Auswaschen der Blutflecken getrocknet war, schlüpfte er in den Blazer, bevor er mit seinem Rucksack das Gebäude betrat.

„Da sieht aber jemand schick aus", sagte Shaw von ihrem Platz auf dem Sofa und stieß einen Pfiff aus. Alvarez und Fitz waren im Hintergrund mit einem Billardspiel beschäftigt, während die Cramers an einem Tisch saßen. Jeder von ihnen hatte einen Drink in der Hand oder in Reichweite und Bargeld lag herum, als wären sie dabei gewesen, andere Beute zu zählen.

„Alles wie besprochen", sagte Sam und stellte den Rucksack auf den Couchtisch vor dem Sofa.

Shaw richtete sich mit einem gierigen Grinsen auf und auch die anderen drängten sich um den Tisch. Sam zog den Laptop aus dem Rucksack, um ihn Brock zu überreichen, doch stattdessen schnappte sich Fitz das Gerät und eilte damit zu einem Computertisch an der Wand hinüber.

„Vorsicht", warnte Sam, als Shaw den Rucksack beinahe ganz umdrehte, um an den Rest des Inhalts zu gelangen. „Einiges davon ist zerbrechlich."

„Dieser Schrott ist was wert?", spottete Alvarez, nachdem sie alles herausgenommen und die fragileren Stücke ausgewickelt hatten.

Die Gegenstände mit dem höchsten Schätzwert waren eine Baccarat-Kristalluhr, eine antike Taschenuhr aus Gold von Cartier und eine handbemalte Porzellanvase aus Deutschland.

„Ich habe recherchiert", sagte Sam. „Bringen Sie die zu Ihren Hehlern und Sie werden nicht enttäuscht sein. Und Simons wird nichts davon vermissen."

„Es ist echt!", rief Fitz am Computertisch. „Hier ist wirklich alles drauf. Und verdammt, ist der Typ reich. Es ist sogar noch mehr, als uns gesagt wurde."

„Gute Arbeit", sagte Brock mit einem süffisanten Grinsen.

„Was ist mit unserem Anteil?", fragte Sam.

„Sie bekommen Ihre fünf Prozent."

„Machen Sie wieder zehn draus."

„Machen Sie Witze?" Alvarez warf schnaubend die Taschenuhr auf den Tisch.

„Ich habe nur darüber nachgedacht, noch mehr Profit aus der Sache zu schlagen."

„Worauf wollen Sie hinaus?", fragte Shaw, der es eine silberne Servierplatte angetan zu haben schien.

Sowohl die Cramers als auch Alvarez näherten sich und umringten ihn, doch er zwang sich zu einer selbstbewussten Miene.

„Ich habe Simons um den Finger gewickelt. Von diesen Stücken wird er keines vermissen, also können wir uns mehr holen. Wir können uns alles holen. Was er am strengsten bewacht, sind seine Konten im Inland. Die Auslandskonten kratzen kaum an der Oberfläche. Und er hat mich bereits gefragt, ob ich dauerhaft für ihn arbeiten möchte. Bisher hat er mir die Zugangsdaten noch nicht verraten, aber wenn ich es richtig anstelle, kann ich ihn dazu bringen, mir alles zu geben. Ich rede hier von einem groß angelegten Schwindel, der vielleicht noch einen Monat, maximal sechs Wochen andauern könnte. Aber bis dahin wird er mir so verfallen sein, dass er mir die Hälfte der geplanten Beute einfach schenkt."

„Sie verführen das Arschloch?", schnaubte Shaw.

„Ist es Ihnen das wirklich wert?", fragte Alvarez.

„Sie haben keine Ahnung, wie er aussieht, oder?" Ihre Reaktionen bestätigten diese Einschätzung. „Er ist es mir wert. Eine nette Zugabe für mich. Aber das Beste daran wäre, dass wir zusätzliche Beute nicht mit Ihren Informanten teilen müssten."

„Ein gutes Argument", sagte Celia, die mit nachdenklichem Blick die Arme verschränkte.

„Cece", tadelte Brock.

„Komm schon, Baby. Was schulden wir Midnight denn?"

Midnight?

„Selbst wenn er uns diesen Job verschafft hat, was hat er seitdem getan? Und trotzdem will er die Hälfte? Dann soll er sie haben." Sie deutete auf den Couchtisch mit der dort ausgebreiteten Beute. „Und wir behalten hundert Prozent vom größeren Kuchen."

„Neunzig", korrigierte sie Sam. „Ich bekomme zehn. Und zwar auch von diesem Fang."

„Sie sind sich Ihrer Sache heute ganz schön sicher", merkte Alvarez finster an.

„Weil ich es mir verdient habe."

„Warten Sie mal", mischte sich Fitz ein und wandte sich mit seinem Drehstuhl zu ihnen um. „Wenn Sie bereit sind, ein solches Risiko einzugehen, warum planen Sie uns überhaupt mit ein? Sie könnten einfach alles für sich selbst behalten."

„Ich bin nicht dämlich. Wenn Sie mich in der Stadt gesehen oder mitbekommen hätten, dass ich immer noch in diesem Haus bin, hätten Sie sicher gedacht, ich würde Sie an Simons oder die Polizei verraten. Ich mache mir keine Feinde, wo ich Freundschaften knüpfen kann. Mir ist es lieber, wenn wir uns verstehen", erklärte Sam, wobei er sie nacheinander ansah. „Und wenn etwas schiefgehen sollte, haben Sie immer noch die ursprüngliche Beute und Ihnen kann keiner etwas nachweisen."

„Sieh an, sieh an", sagte Celia. „Vielleicht steckt hinter Ihrem hübschen Gesicht ja doch noch etwas mehr. Ich würde sagen, dann haben wir eine Abmachung."

„Vorerst", warf Brock ein. „Aber wir erwarten Rückmeldungen. Zwischenberichte. Und zwar regelmäßig. Wenn Simons etwas mitkriegt, könnte die Sache ganz schön heiß werden. Selbst wenn Sie derjenige sind, der es abbekommt, wollen wir nicht, dass unser Informant etwas erfährt."

„Wer ist dieser Midnight überhaupt?", fragte Sam möglichst beiläufig.

„Von wegen." Alvarez schob sich vor und versetzte Sam einen kräftigen Stoß gegen die Schulter. „Damit Sie hinter unserem Rücken direkt zu ihm gehen können? Vergessen Sie es."

„Das reicht", sagte Brock warnend, woraufhin Alvarez von ihm abließ. „Sie wollen etwas über Midnight wissen, Goldman? Persönlich sind wir ihm auch nie begegnet, aber er hat uns deutlich zu verstehen gegeben, dass es in unserem Interesse läge, den von ihm angebotenen Job bei Simons anzunehmen. Erinnern Sie sich an Lawrence Santini?"

„Drogen- und Waffenhändler, stimmt's? Hat sich zu der Zeit aus dem Staub gemacht, als Sie in die Stadt gekommen sind. Fand ich logisch, weil es sonst zu Revierkämpfen mit Ihnen gekommen wäre."

„Er hat sich nicht aus dem Staub gemacht." Celia lachte leise. „Wer weiß, was letztendlich aus ihm geworden ist? Aber wir haben per Post einen seiner Finger erhalten, noch mit dem Familienring der Santinis – ein netter Anreiz von Midnight, für ihn zu arbeiten."

Sam versuchte nicht einmal zu verbergen, wie sehr ihn das verstörte.

„Jetzt müssen wir uns um das Überweisen des Geldes kümmern und all diese hübsche Ware schätzen lassen", sagte Brock. „Morgen früh wird der erste Teil auf Ihrem Konto sein und Sie können sich mit Ihren Freunden schon mal darauf vorbereiten, dieses Dreckskaff zu verlassen."

In den letzten Stunden war Sam nicht viel Zeit geblieben, um sich Gedanken über Mim und Gerry zu machen, aber schon allein mit dem Bündel Geldscheine, das Ed ihm überlassen hatte, würden sie sich lange Zeit versorgen können. Was sie hoffentlich ein wenig besänftigen würde, wenn sie erfuhren, dass sie vorerst in der Stadt bleiben mussten.

Ein angenehmes Gespräch würde es dennoch nicht werden.

Ein Klopfen an der Tür jagte Sam einen größeren Schrecken ein, als er zugeben wollte. Kurz fragte er sich, ob es Ed war, ob er sie doch alle gleich töten wollte. Obwohl es sich um schlechte Menschen handelte, die schlechtesten, zog sich beim Gedanken daran, wie Ed sie zerfleischte und er noch mehr Blut sehen musste, sein Magen zusammen. Vielleicht war er doch nicht in der Lage, die Sache durchzuziehen …

„Muss der verspätete Läufer sein", knurrte Alvarez und stürmte an Sam vorbei zur Tür.

Sam hielt den Atem an, doch als Alvarez die Tür aufriss, stand dort tatsächlich der Läufer, ein schlaksiger Teenager in abgerissener Kleidung und viel zu dünn. Er überreichte Alvarez einen Rucksack, der ihn öffnete und ein Bündel Geld herausnahm.

„Das soll alles sein? Komm her!" Alvarez vergrub die Finger im Haar des Jungen, und während er noch mit der anderen Hand den Rucksack in den Raum warf, stieß er ihn mit dem Gesicht zuerst gegen die Wand und drehte ihm einen Arm auf den Rücken. Eine Hand hielt weiterhin seinen Kopf fest, doch die andere legte sich um zwei Finger des Jungen und begann, sie nach hinten zu biegen.

„S-stopp!"

„Du lässt uns warten, bringst nicht die vereinbarte Summe und glaubst dann wirklich, das lasse ich dir so einfach durchgehen?"

Sam sah vorsichtig zu den anderen hinüber, doch während Brock die Angelegenheit noch leicht interessiert verfolgte, schaute der Rest von ihnen nicht einmal vom Sortieren der Beute auf. Sam wusste nicht, woher das Geld stammte – Drogen oder Waffen –, aber Alvarez bog die Finger weiter und beachtete die Schreie des jungen Mannes nicht, bis die Knochen brachen.

„Au!"

„Halt den Mund. Beim nächsten Mal nehme ich die rechte Hand."

Dann schob er den Jungen aus der Tür, schlug sie zu und hob auf dem Weg zum Couchtisch lachend den Rucksack auf.

„Sind Sie jetzt froh, dass Sie sich mit uns gut gestellt haben?", fragte er Sam spöttisch.

Die können mich mal, dachte Sam, als ihn Wut durchflutete. Diese Menschen hatten alles verdient, was Ed ihnen antun würde.

„Sie bekommen nächste Woche meinen ersten Statusbericht", teilte er Brock mit.

Keiner von ihnen hielt ihn auf, als er seinen leeren Rucksack an sich nahm und das Gebäude verließ.

Hinter der nächsten Ecke sah er noch den Jungen, der leise jammernd seine Hand umklammerte. Wenigstens würde er sich nicht mehr lange vor den Cramers fürchten müssen.

Sam rechnete nicht damit, dass Ed sich in noch solch großer Nähe des Lagerhauses zeigen würde, wurde nun, da sein nächstes Ziel sein Zuhause war, allerdings wieder unruhiger. Ed würde dann wissen, wer Mim und Gerry waren. Von wo aus er sie auch beobachtete, er würde ihre Gesichter kennen. Mit diesem Gedanken kehrte die Furcht zurück, doch er konnte sich lediglich darauf verlassen, dass Ed sein Wort halten würde.

„Und?" Kaum hatte er die Wohnung betreten, kam Mim ihm mit Gerry auf den Fersen entgegen.

„Das Geld ist morgen früh auf unserem Konto, zehn Prozent. Und ich habe einen Bonus bekommen." Grinsend zog Sam das Geld aus der Tasche und warf es auf den Tisch. Auch seinen Rucksack stellte er ab, der nun erheblich leichter war, da sich im Innern nur noch seine persönlichen Gegenstände befanden.

„Cool!" Gerry schnappte sich das Geld. Hinter ihnen stand bereits alles, was sie zusammengepackt hatten, und wartete darauf, in Gerrys Auto geladen zu werden. Möbel wollten sie nicht mitnehmen, da sie planten, sich neue anzuschaffen, sobald sie sich für einen Wohnort entschieden hatten.

Geplant *hatten*. Hatten.

„Der Bonus stammt von Ed", sagte Sam.

„Was?" Mim wandte sich mit einem Stirnrunzeln zu ihm um. „Wie meinst du das – *von Ed*? Er hat dir einen Stapel Scheine in die Hand gedrückt, bevor du ihn ausgeraubt hast?"

„Nein. Er hat ihn mir später gegeben. Als er mich erwischt hat."

Mim und Gerry erstarrten.

„Keine Sorge. Alles wird gut. Es gibt nur eine kleine Planänderung."

Er setzte sich mit ihnen an den Tisch und erklärte, was passiert war. Nun, zumindest erklärte er, dass Ed ihn überrascht hatte und sie nun zusammenarbeiteten, während er den Teil mit dem Vampir und dem von Ed verspeisten Mann ausließ. Wichtig war, sie davon zu überzeugen, dass Ed durchaus gefährlich, jedoch auf ihrer Seite war.

„Willst du damit sagen, dass dein errötender, schwärmender, stotternder …"

„Fang nicht wieder damit an", unterbrach Sam. „Aber ja. Er ist wesentlich gefährlicher als die Cramers, aber er hat beschlossen, mich meine Schuld abarbeiten zu lassen. Wir werden trotzdem bezahlt und wenn die Sache vorbei ist, müssen wir uns nie wieder vor den Cramers und ihren Schlägern fürchten."

„Und was ist mit Simons?", verlangte Mim zu wissen.

„Vor ihm müssen wir uns auch nicht fürchten."

„Du klingst nicht, als wärst du dir da sicher."

„Er hat es mir versprochen."

„Aber er ist offenbar ziemlich gut darin, dich zu belügen."

Das konnte Sam nicht abstreiten, aber blieb ihm eine Wahl?

„Du hast Angst vor ihm", stellte Mim überrascht fest.

„Ich dachte, zwischen euch gab es diese ganze … Anziehungskraft und so", fügte Gerry hinzu.

„So war es ja auch. *Ist* es ja auch. Er ist nur nicht … ganz der, für den ich ihn gehalten habe. Aber alles wird gut. Ich mache das schon."

„Das sagst du die ganze Zeit", gab Gerry zu bedenken, „aber kommst du wirklich damit zurecht, dass Simons die Cramers umbringen möchte? Das war es doch, was du angedeutet hast, oder? Ich dachte, wir mögen es nicht, für Mörder zu arbeiten."

„Wir mögen es, wenn sie auf unserer Seite sind."

„Sam ...“

„Ich bin müde.“ Sam stützte sich mithilfe der Tischplatte hoch. „Ich gehe mich jetzt waschen und dann packen wir alles in Gerrys miesen Volvo und machen uns auf den Weg zu einem Hotel mit einer schicken Suite. Also sucht schon mal eins aus.“

Bevor die beiden Einwände vorbringen konnten, flüchtete Sam ins Badezimmer – der einzige Ort, an dem man in der Wohnung allein sein konnte.

Dort sank er gegen die Tür, schloss die Augen und atmete mehrmals zittrig durch.

„Das hast du gut gemacht.“

Keuchend schlug Sam die Augen auf – und sah Ed im Fenster sitzen. Er war ziemlich sicher, dass es bei seinem Eintreten geschlossen gewesen war. Und doch hatte er nicht das kleinste Geräusch wahrgenommen.

Es handelte sich um ein großes Fenster, das auf die Gasse hinter dem Haus hinausging und normalerweise durch einen Vorhang verdeckt wurde. Nun saß Ed lässig mit einem angezogenen Bein auf der Fensterbank.

„Ich habe die Daten der Konten gesehen, auf die sie alles übertragen wollen“, teilte er Sam mit.

„Auf Fitz' Computer? Wie das?“

Anstelle einer Antwort hielt Ed lediglich ein Stück Papier hoch, auf dem mehrere Kontonummern notiert waren. „Welches ist deins?“

Sam näherte sich langsam, wobei er darum kämpfte, seinen rasenden Puls unter Kontrolle zu bringen.

„Das da.“

„Was bedeutet, dass eines der übrigen der Person gehört, von welcher die Cramers auf mich angesetzt wurden.“

„Könnte es ein anderer Vampir sein?“

„Nein. Solche Spielchen spielen wir nicht miteinander.“

„Hast du irgendwelche Feinde?“

„Keine noch atmenden“, antwortete Ed leicht abwesend. Als er den Kopf hob, schien er sich wieder gefangen zu haben, doch sein Gesichtsausdruck war schwer zu deuten. „Über unsere nächsten Schritte reden wir später, aber die Cramers werden bezahlen, genau wie ihr Auftraggeber. Sucht euch euer Hotelzimmer. Morgen kommst du zur gewohnten Zeit. Wenn du nicht auftauchst“, fügte er ernst hinzu, „muss ich nach dir sehen. Bitte zwing mich nicht dazu.“

„Du kannst bei Sonnenlicht rausgehen?“, fragte Sam, bevor er sich beherrschen konnte.

„Es ist unangenehm und ich mag die Grelle nicht, was mich jedoch nicht davon abhalten würde ...“

„Ich komme ja! Ich war nur neugierig.“

Mit einem Seufzen wandte Ed den Blick ab und schob das Stück Papier wieder in seine Tasche. Sam war nicht sicher, was er nun sagen oder tun oder erwarten sollte, doch einige Augenblicke später sagte Ed: „Ich nehme an, bis zu diesem Abend hast du dich in der Rolle des Hades gesehen."

Der sanfte Tonfall überraschte Sam so sehr wie sein plötzliches Auftauchen und seine gelegentliche frostige Kühle. Nun klang er traurig, was Sam dazu brachte, sorgfältig über das Gesagte nachzudenken.

„Das tue ich noch", antwortete er schließlich und unterdrückte durch pure Willenskraft ein Zittern, als Eds Blick sich ruckartig auf ihn richtete. „Hast du bei der bisher letzten Zeile nicht richtig zugehört? Es ist Persephone, vor der man sich in Acht nehmen muss."

Da ließ ein schwaches Lächeln Eds Mundwinkel zucken, und eine Sekunde lang fragte sich Sam, ob er ihn bitten würde, ihm den Rest der Geschichte zu erzählen. Doch dann nickte er nur ... und sprang aus dem Fenster.

Sam starrte das leere Fenster an – erneut erschrocken, aber auch neugierig. Er ging hinüber und spähte hinaus.

Nichts. Keine Spur von Ed.

Allerdings auch keine Fledermäuse. Das hatte er zumindest überprüfen müssen.

Denn Ed war ein Vampir. Und nun arbeitete Sam nur noch für *ihn*.

3

SCHON DEN gestrigen Arbeitstag hatte Sam für schwierig gehalten, als er ihn in dem Wissen begonnen hatte, dass er einen Mann betrügen würde, den er wirklich mochte. Ein verrückter Gedanke, dass es erst vierundzwanzig Stunden her war.

Nun begab er sich an seinen Arbeitsplatz bei seinem Vampirarbeitgeber, um mit ihm mehrere Morde zu planen.

Immerhin hatten die Cramers nicht gelogen: An diesem Morgen hatte die Summe auf dem Konto, das Sam sich mit seinen Freunden teilte, so viele neue Nullen aufgewiesen, dass sie damit sehr lange auskommen würden. Nachdem er seine Schuld bei Ed beglichen hatte.

„Ich bin da!", rief Sam, als er fünfzehn Minuten zu früh das Haus betrat. Im Eingangsbereich roch es nach Lavendel und überhaupt nicht mehr nach Ammoniak.

Von der Entfernung des *Blutes*.

Er schauderte. Dann sagte er sich, dass er nichts zu befürchten hatte, solange er Eds Anweisungen befolgte. Er hatte sich so fest vorgenommen, ihm an diesem Tag alles recht zu machen, aber vielleicht erklärte sein zu frühes Eintreffen Eds Abwesenheit.

Als die einzige Reaktion auf seine Ankunft Stille blieb, richtete er seine Aufmerksamkeit auf das Wohnzimmer. Wie üblich war die Terrassentür geschlossen und die Vorhänge waren zugezogen. Sam näherte sich langsam, während seine Sinne von Erinnerungen an den letzten Abend überflutet wurden, die wie Geistererscheinungen vor seinem inneren Auge aufflackerten – Eds Augen und Reißzähne über der aufgerissenen Kehle des Mannes; Blut, das auf den Teppich tropfte; Ed, wie er den Mann festhielt und den letzten Rest Blut aufleckte …

Doch der Teppich war nun sauber, wofür Sam eigenhändig gesorgt hatte. Und als er durch die Vorhänge spähte, sah er, dass Ed die Leiche beseitigt und das übrige Blut von der Terrasse gespült haben musste, denn sie war leer und makellos.

„Verdammt!" Der aus der Ferne kommende Ausruf ließ ihn zusammenzucken.

„Ed?" Sam kehrte ins Foyer zurück.

„Hier oben!", rief Ed. „Eine Minute!"

Nun war Sam neugierig geworden und stieg Eds Stimme folgend die Treppe hinauf, um sich dem Schlafzimmer zu nähern. Dort fand er Ed, der vor sich hin brummend vor dem auf seiner Kommode angebrachten Spiegel stand und erfolglos mit einer Fliege kämpfte.

„Arg! Das ist heute schlicht unmöglich!", schnaubte Ed, während er ungeduldig die Enden löste.

Als Sam leise lachte, richtete sich Eds Blick so aufgebracht auf ihn, dass ihn die alte Furcht ergriff. Nur um genauso schnell zu verfliegen, weil Eds Verärgerung verflog und durch die gewohnte nervöse Verlegenheit ersetzt wurde.

„I-i-ich wollte nur …“

„Machst du dir die viele Mühe etwa wegen mir?“

„Ich sehe auch für mich selbst gern vorzeigbar aus!“

Sam musste erneut lachen und erinnerte sich daran, warum Ed ihn von Anfang an so verzaubert hatte. „Komm her.“ Entschlossen betrat er den Raum und griff nach der Fliege, um sie für Ed zu binden.

Da die Geschicklichkeit seiner Finger nicht nur für das Entwenden von Geldbörsen und Taschenspielertricks nützlich war, hatte er die Fliege beinahe so schnell gebunden, wie er sie beim letzten Mal von seinem Hals gelöst hatte.

„Bitte sehr. Du könntest sie aber auch einfach weglassen“, neckte Sam. Doch als Ed ihn lediglich mit einem durchdringenden Blick ansah, wich er unsicher zurück. „N-nicht dass … du auf mich hören musst.“

„Ich höre gern auf dich.“ Ed näherte sich ihm wieder, als wäre es nicht seine Absicht gewesen, ihn zu erschrecken. „Mit manchen Dingen kennst du dich einfach so viel besser aus. Und du hast recht“, sagte er voller Entschlossenheit und löste die Fliege wieder. „Vielleicht könntest du mir helfen, meine Garderobe etwas aufzufrischen.“

„Sicher“, antwortete Sam mit einem tiefen Atemzug, um seinen Puls zu beruhigen. Er kam sich so töricht vor – gefangen zwischen zwei verschiedenen Verhaltensweisen in Eds Gegenwart, ohne zu wissen, welche die richtige war.

„Hast du gut geschlafen?“, fragte Ed, während er die Fliege unter seinem Kragen hervorzog, um sie auf die Kommode zu legen.

„Im Marriot?“, antwortete Sam vorsichtig. „Nicht schlecht.“

Als Ed sich zu ihm umwandte, hatte sich wieder diese kühle Ruhe über ihn gelegt.

Scheiße.

„Ich weiß, dass du lügst. Ich habe abgewartet und bin euch dann zum Hilton gefolgt.“

Scheiße.

„I-ich hätte noch die Wahrheit gesagt, selbst wenn du mich nicht darauf angesprochen hättest, ich wollte nur …“

„Ich verstehe es. Du musst wissen, wie weit du gehen kannst und du willst deine Freunde schützen. Sie haben einen netten Eindruck gemacht. Als wärst du ihnen wirklich wichtig.“

„Bitte …“ Ein Zittern kroch Sams Rücken hinauf.

„Das sollte nicht wie eine Drohung klingen.“

„Doch, das sollte es.“

Ed hielt inne und wandte mit einem Hauch Bedauern in der Miene den Blick ab. „Ja, das sollte es. Ich möchte dir nicht drohen, aber ich muss sicher sein, dass ich dir vertrauen kann."

„Schon verstanden. Keine Lügen mehr."

„Danke. Und ich halte dich wirklich für vertrauenswürdig, Sam. Schließlich bist du hergekommen. Deshalb möchte ich dich auch bitten, dein Möglichstes zu tun, mehr über die anderen Kontonummern herauszufinden." Ed reichte ihm das Stück Papier vom Vorabend.

„Das kann ich machen", sagte Sam. Zumindest konnte *Gerry* es.

„Vielleicht könnten wir uns aber erst noch einmal mit den Investitionsideen beschäftigen?"

„Oh. Ähm …"

„Da wir damit gestern nicht fertig geworden sind. Wir haben eher aufgehört, weil wir uns umgezogen haben für unser … Ich meine …" Ed schloss die Augen, als wäre der Gedanke an ihr niemals zustande gekommenes „Date" schmerzhaft. „Wenn du nichts dagegen hättest, mir auch noch bei diesen Angelegenheiten zu helfen?"

„Ich habe nichts dagegen", antwortete Sam schnell.

„Uns bleibt schließlich der ganze Tag, um andere Dinge zu besprechen."

Wie zum Beispiel Mord, fügte Sam gedanklich hinzu.

„Sollen wir uns dann ins Büro zurückziehen?"

Das würde Sam hinkriegen. Das war leicht. Und obwohl es ihm nach wie vor schwerfiel, sich in Eds Gegenwart zu entspannen, fühlte es sich beinahe normal an, als sie sich auf ihren gewohnten Stühlen sitzend – Sam auf dem Drehstuhl, Ed auf dem antiken – über Portfolios beugten.

Bis Sam versehentlich einen Stift vom Schreibtisch stieß.

„Ich heb ihn schon auf", sagte Ed, während Sam sich bereits hinunterbeugte – und versuchte plötzlich, sich auf Sams Kehle zu stürzen!

Sam stieß sich hastig mit dem Fuß am Teppich ab, sodass sein Drehstuhl einen Meter nach hinten schoss.

Ed zuckte zusammen und sah verwirrt zu ihm auf, denn er hatte sich auf gar nichts stürzen wollen. Stirnrunzelnd fuhr er mit dem Aufheben des Stifts fort und legte ihn auf den Schreibtisch.

„T-tut mir leid", stammelte Sam.

„Jetzt ist alles anders, nicht wahr?", fragte Ed traurig.

„Es ist nur nicht leicht, zu vergessen, dass ich dir gestern Abend beim Essen eines Menschen zugesehen habe." Sam verzog das Gesicht, denn ganz so drastisch hatte er es nicht ausdrücken wollen.

„Ich hätte dir niemals etwas angetan", beteuerte Ed. „Ich werde dir nichts antun. Oder deinen Freunden …"

„Solange ich dir keinen Grund gebe", sagte Sam.

Ed seufzte, womit auch der letzte Rest Kühle verflog und lediglich Kummer zurückblieb. „Dann lass uns das Ganze vergessen."

„Was?"

„So kann ich es nicht. Ich kann es nicht ertragen, dass du mich ansiehst, als ob ..." Er verzog das Gesicht und schloss fest die Augen, als müsste er Tränen zurückhalten. „Geh einfach. Du schuldest mir nichts und du musst mich niemals wiedersehen." Abrupt stand er auf und wollte sich der Tür zuwenden, doch Sam umfasste sein Handgelenk, um ihn aufzuhalten.

„Warte. Hier geht etwas Größeres vor sich. Ich möchte es auch verstehen."

„Nein, das möchtest du nicht. Du fürchtest dich nur vor mir."

„Du würdest mich einfach zur Tür hinausgehen lassen?"

„Das sollte ich nicht." Eds Blick richtete sich wieder auf ihn, doch er unternahm keinen Versuch, sich Sam zu entziehen. „Ich weiß, dass ich es nicht sollte, aber ich ertrage es nicht, dich leiden zu sehen. Und wenn ich mich an dich erinnern möchte, bleibt mir noch das Foto."

In seiner gesamten Zeit hier war Sam so davon überzeugt gewesen, Ed leicht zu durchschauen, womit er sich schrecklich geirrt hatte. Doch nachdem sie einander so lange belogen hatten, war er in diesem Augenblick absolut sicher, in Eds Augen nicht den Hauch einer Lüge zu sehen.

Er ließ Eds Handgelenk los. „Ich bleibe."

„Wirklich? Warum?"

„Weil ich für dich arbeite." Sam gelang ein Lächeln. „Und weil ich zu tief drinstecke, um zu verschwinden, ohne die Sache zu beenden. Das schulde ich dir. Aber keine weiteren Drohungen. Ich werde dich nicht betrügen, aber meine Freunde ..."

„Das schwöre ich." Ed nickte und nahm wieder Platz.

„Und keine Spielchen mehr. Du musst für mich nicht in eine Rolle schlüpfen."

„Wie meinst du das?" Ed sah ihn an, unschuldig und liebenswert, obwohl er damit nun leicht hätte aufhören können. Aber das war es ja gerade.

„Das bist ebenfalls wirklich du, stimmt's?", fragte Sam leise.

„Wer sollte ich sonst sein?"

Sam holte tief Luft und achtete genau auf Eds Reaktion, als er sich mit dem Drehstuhl näher zu ihm schob. „Und so kam es ... dass Hades Persephone mit sich über den Fluss Styx nahm."

Eds Augen weiteten sich und zeigten aufrichtiges Interesse, wie Sam es gehofft hatte.

„Sie hatte ein wenig gelogen. Sie fürchtete sich. Vor der Zukunft. Vor dem Unbekannten. Aber nicht vor ihm. Ihre eigene Finsternis mochte durchaus größer sein als die der gesamten Unterwelt, die sie nun um sich herum sah, denn was hätte gewaltiger und furchteinflößender sein können als ein Sommergewitter, welches die Fluten und mächtigen Blitze von Zeus selbst auf die Erde sandte?

Der Frühling brachte Leben und Schönheit, der Sommer Wärme, und doch endete all dies früher oder später mit dem Tod. Hades war lediglich der Wächter des Ganzen, nicht die Ursache.

Persephone fragte sich, wie viele Tote sie ihm bereits zu Füßen gelegt hatte."

Die heftige Sehnsucht in Eds Gesicht besänftigte die Furcht, die sich wiederholt einen Weg in Sams Inneres suchte.

„All das wusste Hades", fuhr er fort. „Während ihres Gesprächs beim Abstieg vom Berg Olymp hatte er begriffen, um wen es sich handelte – Tochter von Demeter, Göttin des natürlichen Lebens und der Wiedergeburt und Rückkehr zum Tod, wenn der Frühling in den Sommer ausklang, der schließlich dem Herbst wich.

Hades fürchtete sich ebenfalls, jedoch nicht vor ihr. Er fürchtete, sie zu lieben, nur um sie zu verlieren, so flüchtig wie ein durchziehendes Unwetter."

Während seiner Erzählung hatten sie sich einander genähert, und als Sam nun eine Hand an Eds Wange hob, waren seine letzten Zweifel verflogen.

„Nicht." Ed wich zurück. „Auch du musst mir nichts vorspielen. Falls du das Gefühl hast, du müsstest das tun, um dich zu schützen, dann versichere ich dir …"

„Eddie", unterbrach ihn Sam und wagte es dennoch, sein Gesicht zu berühren. Denn er musste tatsächlich wissen, wie weit er gehen konnte … und was er wollte. Wenn Ed wirklich bereit war, ihn gehen zu lassen, dann war diese Sache, die sich zwischen ihnen entwickelt hatte, es vielleicht wirklich wert, dass Sam sie weiterverfolgte. Selbst wenn Ed wesentlich gefährlicher war als ein Gott. „Bitte lass mich das tun."

Und er küsste ihn.

SAM *KÜSSTE* ihn.

Und oh, seine Lippen und sein Mund fühlten sich so viel schöner an als die des Mannes am Abend zuvor.

Ed hatte sich danach gesehnt, den weichen Druck seiner Lippen zu spüren, die leichte Neigung seines Kopfes, das zarte Necken von Sams Zunge zwischen seinen Zähnen und das sanfte Drängen, den Kuss zu vertiefen.

Was er nicht zulassen sollte. Er hätte den Kuss von Anfang an nicht zulassen sollen. Dadurch würde er sich nur noch heftiger nach Sam sehnen, obwohl er doch wusste, wie gefährlich das war, selbst eine solch kleine Kostprobe.

„Warte", keuchte Ed, ohne zu wissen, was er mit seinen Händen machen sollte, während Sam ihn noch mit dieser einen an seiner Wange gefangen hielt. „Es geht nicht."

„Warum nicht?", fragte Sam keuchend, als er nun seine Finger in Eds Hemd krallte. „Du willst es doch. Ich weiß, dass dieser Teil keine Lüge war. Ich sehe dich nun, Eddie. Alles von dir. Ich habe es verstanden. Und trotzdem will ich es auch noch. Es tut mir leid, dass ich dich so belogen und benutzt habe."

„Mir tut es auch leid." Die liebevollen Worte ließen ihn dahinschmelzen. „Ich wünschte, du hättest nicht gesehen …"

Sam fing seine Worte mit seinem nächsten Kuss ein, dann einem weiteren, wobei jede neue Berührung noch wilder wurde. Ed musste es beenden. Doch mit jedem neuen Eintauchen von Sams Zunge in seinen Mund dachte er bald nur noch daran, sein Hemd aufzureißen, sich auf seinen Schoß zu setzen, wie er es bei diesem unwürdigen Mann am Abend zuvor getan hatte, und sich an ihm zu reiben, bis er etwas Echtes spürte.

Als ihre Knie zusammenstießen, spreizte Ed die Beine, um Sam näherkommen zu lassen. Sams Hand fuhr über Eds Bauch und hielt kurz an seinem Hosenbund inne, bevor sie tiefer wanderte und zudrückte.

„Sam", stöhnte Ed, völlig schwindlig von Sams Geruch, den ihre Erregung noch verstärkt hatte. „H-hast du denn keine Angst mehr?"

Sam hob den Kopf und sah ihm in die Augen, als suchte er dort nach einem Grund, sich zu fürchten, schien jedoch keinen zu finden. „Das ist mir egal", sagte er, bevor er ihn abermals küsste.

Ed kämpfte gegen die Anziehungskraft des Blutes an, das er durch Sams Adern rauschen hörte, versuchte sich von ihm zu entfernen, doch Sam folgte ihm bei jeder Bewegung und hörte nicht auf, mit diesen geschickten Fingern, mit denen er so mühelos eine Fliege binden oder auch verschwinden lassen konnte, über Eds Schritt zu reiben.

Und Ed, der mit den Fingern Sams Oberschenkel umklammerte, konnte nicht aufhören, seine Küsse zu erwidern, bemühte sich jedoch zwischen Lecken, Knabbern und gequältem Keuchen, zur Vernunft zu mahnen. „M-manchmal, wenn ich zu erregt bin, dann passiert es …"

„Kein Problem", antwortete Sam, ohne die rhythmischen Bewegungen seiner Hand zu unterbrechen. „Lass es einfach zu."

„N-nein, ich meinte, dass i-ich …"

Eds Blick wurde schärfer, seine Zähne zogen sich in die Länge und dann hob er mit einem hungrigen Knurren den Kopf und stürzte sich auf Sams Kehle.

„Verdammt!", schrie Sam und stieß sich mit dem Drehstuhl nach hinten, nur dass er dieses Mal am Teppich hängen blieb und der Stuhl mit ihm hintenüberfiel, wobei die sich drehenden Rollen beinahe Eds Gesicht trafen.

Was ihn endlich wieder zur Vernunft brachte.

„Sam!", rief er und stürzte vorwärts, um ihm zu helfen, doch Sam wich auf den Ellbogen kriechend hektisch vor ihm zurück. „Es tut mir leid!" Ed hob beruhigend die Hände und zwang sein Gesicht, wieder menschlichere Züge anzunehmen. „Es tut mir leid."

Sie beide keuchten heftig. Das Grauen in Sams Gesicht war nicht zu übersehen und die spontane Leidenschaft verflogen. Es dauerte einige Sekunden, bis Sam schließlich doch eine zittrige Hand hob, um sich von Ed auf die Beine helfen zu lassen.

„*Das* passiert dann also."

„Es tut mir so leid. Ich werde dir nicht wehtun. Ich werde deinen Freunden nicht wehtun. Ich verspreche …"

„Ich glaube dir, sonst hätte ich dich nie geküsst. Vielleicht brauchst du nur Übung." Sam schenkte ihm ein schwaches Lächeln und streckte seine Hand wieder zu Eds Wange aus.

„Sam …" Ed legte seine Finger über Sams, gerührt davon, dass er weiterhin bereit war, es zu versuchen.

„Wir lassen es langsamer angehen."

„Ich weiß nicht, ob ich …"

Ein Klopfen an der Tür ließ sie zusammenzucken und Sam löste hastig seine Hand von Eds Gesicht.

„T-tut mir leid", stotterte er, eindeutig noch verängstigter, als er zugeben wollte.

„Nein, ich bin derjenige, der sich …"

Ein weiteres Klopfen unterbrach Ed und er verzog mit beinahe schmerzvoll finsterem Blick das Gesicht.

„Ich gehe schon hin", sagte Sam, warf jedoch noch einen letzten sehnsuchtsvollen Blick in Eds Richtung. „Aber ich laufe nicht davon."

Warum lief Sam nicht davon? Diesmal hatte er sich Eds Schnappen nach seiner Kehle ganz sicher nicht eingebildet. Und doch konnte er seine Gefühle nicht verleugnen.

Er fühlte sich zu Ed hingezogen, und obwohl er sich vom ersten Tag an zu ihm hingezogen gefühlt hatte, war die Anziehungskraft nur noch stärker geworden, seit er wusste, dass Ed zu gleichen Teilen ein Monster und ein errötendes, schwärmendes, stotterndes Chaos war. Ihn zu küssen hatte sich richtig angefühlt, vielleicht ein wenig kühl wie seine Hände, doch auch das war eher erfrischend als abschreckend gewesen – und die ganze Angelegenheit war definitiv heiß genug geworden, sobald sie richtig losgelegt hatten.

Außerdem war Sam nicht gezwungen, zu bleiben. Er hatte sich selbst dafür entschieden.

Mim und Gerry hätten ihn für verrückt gehalten.

„Daniel." Sam atmete tief durch, als er die Tür öffnete. In seinen Ohren hallte noch immer sein heftiges Herzklopfen wider. „Hallo. Leider ist gerade nicht der günstigste …"

„Tut mir leid, Sam", unterbrach ihn Daniel, diesmal ohne nachbarschaftliches Lächeln. Er trug seine Arbeitskleidung, seinen üblichen Anzug mit deutlich sichtbarer Dienstmarke und Waffe und trug außerdem einen dicken Aktenordner unter dem Arm. „Aber selbst wenn Mr. Simons gerade nicht im Haus sein sollte, werde ich auf ihn warten müssen. Es überrascht mich, Sie hier an einem Samstag zu sehen."

„Er … hat mich davon überzeugt, länger zu bleiben", antwortete Sam, da die besten Lügen aus der Wahrheit bestanden. „Deshalb mussten wir einige neue Absprachen treffen. Was ist los?"

„Das würde ich ihm gern selbst erklären. Ich muss ihm einige Fragen stellen. Geht es Ihnen gut?" Stirnrunzelnd musterte er Sam.

Sam atmete noch schwer. Zumindest hatte der Schreck andere vielsagende Anzeichen ihrer Aktivitäten verringert. „Ja, ich war nur oben und bin schnell zur Tür gelaufen. Was wollten Sie Ed fragen?"

„Nun …" Daniel wollte es ihm eindeutig nicht mitteilen, was nur bedeuten konnte, dass es sich um Polizeiangelegenheiten handelte.

O je.

„Schon gut, Sam", rief Ed tiefer im Haus. „Lass ihn herein."

In seinen drei Wochen bei Ed hatte er niemanden außer ihnen beiden die Türschwelle übertreten sehen – abgesehen von dem Mann, den Ed am Abend zuvor getötet hatte.

„Mr. Simons", sagte Daniel mit dem Ansatz eines Lächelns, jedoch immer noch viel zu ernst. „Es ist schön, Sie endlich kennenzulernen."

Sam schloss eilig die Tür, als Ed sich näherte, um Daniel die Hand zu schütteln – ein Zusammentreffen zweier grundverschiedener Welten.

„Ich entschuldige mich dafür, dass es so lange gedauert hat", antwortete Ed freundlich lächelnd. „Seit ich hergezogen bin, war ich einfach viel zu beschäftigt. Und Sam meinetwegen ebenfalls."

„Kein Problem. Oh, hier scheint es kalt zu sein", fügte er mit einem Schaudern hinzu.

Das war nur Ed.

„Aber es riecht wunderbar."

„Vielen Dank. Darf ich Ihnen etwas zu trinken anbieten und dann setzen wir uns in die Küche? Oder wäre Ihnen das Wohnzimmer lieber?"

Das Wohnzimmer – in dem der Teppich mit Blutflecken bedeckt gewesen war.

„Warum nicht ins Wohnzimmer, danke. Wissen Sie, Sam hatte recht. Sie sind überhaupt nicht, wie ich es erwartet habe."

Das lag daran, dass er ein Vampir war.

Sam musste sich zusammenreißen. Die Sache war beunruhigend, was jedoch nicht gleich bedeutete, dass Daniel Ed irgendetwas zur Last legen wollte. Oder dass Ed sich gezwungen sah, gegen ihn vorzugehen. Zumindest hoffte Sam das. Doch obwohl er Ed glaubte, dass er und seine Freunde nichts von ihm zu befürchten hatten, schützte diese Tatsache keine anderen Menschen, die Ed als Bedrohung betrachtete – nicht einmal einen netten Familienvater mit Frau und zwei Kindern.

„Dann hoffe ich, Sie sind positiv überrascht." Ed sprühte vor Charme, genau wie bei ihrer ersten Begegnung. Wie sich herausgestellt hatte, ließ er sich von Sam schnell aus dem Gleichgewicht bringen, doch in der Gegenwart anderer Menschen – in der Gegenwart seiner Beute – schien er sich unter Kontrolle zu haben.

„Nur, wenn Sie versprechen, nächste Woche zu unserem Barbecue zu kommen", erwiderte Daniel, der bereits entspannter wirkte, als sie sich am Couchtisch niederließen – Daniel auf einem Sessel, Ed und Sam auf dem Sofa.

„Ich schulde Ihnen wohl zumindest einen Kuchen." Ed lachte. „Also, womit kann ich Ihnen dienen, Detective? Oh, und mir wäre es lieb, wenn Sam bleiben könnte, da er sich um all meine Angelegenheiten kümmert."

Zum Beispiel um die Reinigung des Hauses und des Pools und das Beseitigen von Beweisen.

Sam musste damit *aufhören*.

„Es freut mich, dass Sie doch länger bleiben, Sam. Aber ich dachte, Sie hätten einen anderen Job?", wandte sich Daniel nun an ihn.

„Ed … hat mir ein besseres Angebot gemacht", sagte Sam, während er sich weiterhin um ruhigere Atemzüge bemühen musste.

Er konnte nichts dagegen tun. Als Daniel seinen Aktenordner betrachtete, sah er panisch in Eds Richtung.

Ed erwiderte den Blick mit steinerner, kühler Miene.

Nicht Daniel, flehte Sam still. *Bitte nicht Daniel*.

„Wie Sie vielleicht gehört haben", begann Daniel, woraufhin Ed seine Aufmerksamkeit wieder auf ihn richtete, „wurden in letzter Zeit immer häufiger Personen als vermisst gemeldet. Außerdem gab es mehrere Morde nach ähnlichem Muster. Sehr hässliche, blutige Angelegenheiten. Wir konnten die Opfer identifizieren und bei zweien von ihnen war die letzte gewählte Rufnummer die Ihres Mobiltelefons."

Was?

„Deshalb muss ich Sie fragen, Mr. Simons, in welcher Beziehung Sie zu diesen Personen standen."

Daniel reichte Ed zwei Fotos, von denen eines eine Frau mittleren Alters zeigte und das andere einen jungen Mann. Es handelte sich um normale, fröhlich wirkende Aufnahmen, doch Sam erhaschte weiter hinten im Ordner einen kurzen Blick auf das Blutbad, zu dem sie geworden waren.

„Das ist Kathryn Deckard", sagte Ed aufrichtig überrascht. „Meine Maklerin. Und Mr. Lepke war der Tischler, den ich vor meinem Einzug mit Renovierungsarbeiten beauftragt hatte. Mit beiden habe ich seit Wochen nicht gesprochen."

„Ich werde Ihr Alibi für die beiden Abende brauchen, an denen wir den ungefähren Todeszeitpunkt ermittelt haben."

Das sollte kein Problem darstellen, da es sich nicht um Opfer von Ed handelte. Er hatte es ihm gesagt und wäre auch zu klug gewesen, sich Menschen auszusuchen, die mit ihm in Verbindung standen. Außerdem wirkte er ernsthaft traurig darüber, dass diese beiden zu den Mordopfern gehörten.

„Da war ich bei ihm", teilte er Daniel mit, als dieser ihnen die Zeitpunkte nannte. Was der Wahrheit entsprach, aber möglicherweise nicht ausreichen würde, falls sich weitere Zusammenhänge zwischen Ed und den Toten ergaben.

„Lange Arbeitstage?"

„Die haben wir immer."

„Detective, dürfte ich die Namen der anderen Opfer erfahren?", fragte Ed.

Daniel nannte sie und zeigte auch ihre Fotos.

„Dieser Mann hat meinen Pool gebaut", räumte Ed ein. „Und die Frau gehörte zu dem Unternehmen, das meinen Umzug in die Stadt organisiert hat."

„Also kannten Sie *alle*", sprach Daniel das Offensichtliche aus. „Könnte ein Zufall sein."

„Aber das glauben Sie nicht." Ed gab ihm die Fotos zurück.

Sam verspannte sich, denn er sah, dass Eds Muskeln sich ebenfalls anspannten.

„Sie wissen ja, was man sagt, Mr. Simons: Zwei sind Zufall, drei sind ein Muster. Und vier sind zutiefst beunruhigend."

Sobald Daniel sich abwandte, um alles in seinem Ordner zu verstauen, packte Sam Eds Hand und schüttelte flehend den Kopf. Nicht Daniel. Nicht mit diesen Zwillingen im Nachbarhaus. Sie würden eine andere Lösung finden. Es handelte sich doch nicht einmal um Eds Opfer!

Ed wirkte beinahe wieder kalt, hatte beinahe wieder die Miene des Monsters aufgesetzt, schien jedoch für Sam zu zögern.

„Sie könnten der Nächste sein."

Gleichzeitig schossen ihre Blicke in Daniels Richtung und Sam ließ Eds Hand los, bevor Daniel den Kopf hob.

„Sie glauben, jemand hat es auf *Ed* abgesehen?", fragte Sam.

„Es ist eine Möglichkeit. Gibt es vielleicht jemanden, der sich Zugang verschaffen möchte? Der sich diese Menschen ausgesucht haben könnte, um an Informationen über Sie oder Details über das Haus zu kommen?"

„Ich weiß es nicht", antwortete Ed. „Mir kommt niemand in den Sinn. Ich neige dazu, für mich zu bleiben."

„Eigentlich würde ich sagen, dass ich in dieser Situation noch erleichterter bin, dass Sie bleiben, Sam, aber da Sie seit seiner Ankunft für Mr. Simons arbeiten, könnten Sie ebenfalls in Gefahr schweben."

Sams Ängste waren so sehr auf die Cramers und Ed konzentriert gewesen, dass er bisher nicht die Möglichkeit einer weiteren Bedrohung in Betracht gezogen hatte.

„Vorerst muss mich keiner von Ihnen zum Revier begleiten, aber ich würde Ihre volle Kooperation in dieser Angelegenheit sehr begrüßen, wenn es neue

Entwicklungen gibt. Und es wäre das Beste, wenn Sie dafür sorgen könnten, dass man Sie leichter antrifft."

„Selbstverständlich, Detective", sagte Ed. „Schließlich möchte ich, dass Sie den Täter finden. Die Opfer waren gute Menschen. Lassen Sie es uns wissen, wenn wir behilflich sein können."

Nach einem ernsten Nicken setzte Daniel ein Lächeln auf. „Dann lasse ich Sie beide jetzt wieder in Ruhe, aber wir sehen uns doch hoffentlich am nächsten Wochenende?"

Ed lachte, schlüpfte mühelos wieder in die Rolle des zurückhaltenden Nachbarn. „Ein Barbecue könnte für mich ein wenig zu viel Sonne bedeuten, aber vielleicht lasse ich mich überreden. Ich konnte den ganzen Abend an nichts anderes als diese Torte denken."

Wäre Sam nicht so besorgt gewesen, hätte er bei dieser Aussage grinsen müssen, denn er hatte das Gefühl, dass Ed sie vollkommen ernst meinte.

„Ich werde es Marie ausrichten", sagte Daniel, während sie sich erhoben und zur Tür gingen. „Ich meine, *ich* habe sie gebacken, aber manchmal gefällt es ihr, mit mir anzugeben. Noch mal vielen Dank an Sie beide für Ihre Zeit."

„Bis bald, Daniel", verabschiedete sich Sam und schloss zügig die Tür.

Verdammt.

„Verdammt", sagte Sam.

Ed hätte es nicht besser ausdrücken können.

„Glaubst du wirklich, jemand will dich ermorden?"

„Oder mir Morde anhängen", antwortete Ed, während er Sam mit einer Geste bedeutete, ins Wohnzimmer zurückzukehren. „Es wäre ein zu großer Zufall. Die Zeitspanne und dass alles mit mir zusammenhängt."

„Und den Cramers." Sams Gesicht verfinsterte sich. „Es muss die Person sein, die sie auf dich angesetzt hat."

„Das habe ich mir auch schon überlegt."

Bisher war Ed niemals auf diese Weise vom Tod umgeben gewesen, obwohl ihm keines der Opfer als Nahrung gedient hatte. Jemand hatte es auf ihn abgesehen, aber er konnte sich keine noch unter den Lebenden weilende Person vorstellen, die ihm so viel Hass entgegengebracht hätte.

„Damit wären wir beim selben Ziel wie vorher", sagte Sam. „Wir müssen herausfinden, wer es ist. Du hast doch mitgehört, wie sie ihn ‚Midnight' genannt haben, oder? Sagt dir der Name irgendetwas?"

„Ich glaube nicht. Können wir über deine Auftraggeber noch etwas herausbekommen?"

„Die Cramers mögen es nicht, wenn ich Fragen stelle. Uns bleiben noch die Kontodaten, aber vielleicht schadet es nicht, wenn du sie beobachtest, da du dich so gut verbergen und schnell bewegen kannst. Ich würde als Erstes Fitz folgen, dem am Computer. Er ist am unberechenbarsten."

„Das werde ich heute Abend tun", stimmte Ed zu.

Dann trafen sich ihre Blicke und die ernste Atmosphäre des sorgfältigen Planens wich all den anderen unterdrückten Emotionen, wie zum Beispiel den vielen Gefühlsphasen, die Sam seit seinem morgendlichen Eintreffen durchlaufen hatte. Ed hätte niemals damit gerechnet, dass so viel Furcht und Misstrauen letztendlich zu Küssen führen würden.

Bevor er alles ruiniert hatte.

„Danke, übrigens", riss Sam Ed aus seinen Gedanken.

„Wofür?"

„Du weißt schon."

„Dafür, dass ich meinen Nachbarn nicht angegriffen habe?"

Sam lachte schnaubend. „Hättest du das denn?"

„Nur, wenn mir keine andere Wahl geblieben wäre."

„Und was bedeutet das?", fragte Sam vorsichtig.

„Wäre er hier gewesen, um mich zu verhaften, hätte ich es nicht zugelassen."

Obwohl die Antwort eine ernüchternde Wirkung auf Sam zu haben schien, wich er diesmal nicht vor Ed zurück oder wurde angespannt.

„Wir müssen dafür sorgen, dass sich die Situation nicht in diese Richtung entwickelt", fuhr Ed fort. „Dass die Polizei mich nun genauer beobachtet, ist schlimm genug."

„Wenigstens ist es Daniel. Er mag mich. Die ganze Familie mag mich. Und sie könnten lernen, dich ebenfalls zu mögen. Bei diesem Barbecue", sagte Sam nachdrücklich.

Ed verzog das Gesicht.

„Es nervt, ich weiß, aber wir müssen dafür sorgen, dass die Neu-Ryans so entzückt von ihrem schneidigen neuen Nachbarn sind, dass sie dich niemals für einen Mörder halten würden. Du kannst ja die Sonnenbrille tragen, die ich dir geschenkt habe." Sam grinste süffisant.

„Also gut, aber *du* backst den Kuchen."

Das Lachen, das daraufhin aus Sam hervorbrach, war so aufrichtig und unbekümmert, dass es einen Großteil von Eds Sorgen hinwegspülte.

„Und in der Zeit kann mein Team sich schon mal durch diese Kontonummern wühlen."

„Dein Team?" Ed runzelte die Stirn.

„Meine Freunde. Ist schon okay. Sie halten dich nur für John Wick."

„Wen?"

Sams amüsierter Gesichtsausdruck gefiel ihm wesentlich besser als der verängstigte. „Irgendwann sehen wir uns die Filme an. Ich schulde dir noch ein Date."

Aber das war nicht gut. Ed wollte, dass sie sich gut verstanden, wollte, dass es zwischen ihnen war wie in den letzten Wochen, doch sie durften sich nicht zu weit in die Richtung bewegen, in die Sams lieblicher Mund und geschickte Finger sie hatten führen wollen.

„Außerdem muss ich dir noch den Rest von einer gewissen modernisierten Sage erzählen."

„Sam ..."

„Es war keine Absicht", nahm Sam ihm die Entschuldigung vorweg.

„Da liegt das Problem. Ich habe mich nicht immer unter Kontrolle."

„Gestern Abend schienst du dich bei diesem Mann gut unter Kontrolle zu haben, bis du ihn beißen *wolltest*."

„Das war etwas anderes. Da ging es mir um Nahrung, nicht um ..." Ed überlegte, was er ausdrücken wollte. „Ich wollte ihn nicht küssen oder berühren und seine Hände an meinem Körper spüren. Es ist leicht, wenn ich nur schauspielere. Aber wenn ich jemanden wirklich will, dann ... verliere ich mich darin."

„Deshalb hast du mich so lange auf Abstand gehalten?"

„Das hast du doch ebenfalls. Du hast mich nicht zu diesem Date eingeladen, bevor du deinen Abschied geplant hattest."

„Genau genommen warst du derjenige, der es als Date bezeichnet hat", sagte Sam und sein Grinsen wurde noch breiter, als Ed mit einem Schmollmund reagierte. „Und ich habe zugestimmt. Aber wie hätte ich sonst damit umgehen sollen, da ich doch wusste, dass es bald enden würde?"

„Also ... wenn du kein Dieb wärst?"

„Wenn du kein Vampir wärst?", hielt Sam dagegen.

Für diesen Satzbeginn gab es zu viele Enden, als dass Ed sie alle hätte aufzählen können.

„Warte ..." Sam runzelte die Stirn, als er zu einer neuen Erkenntnis zu kommen schien. „Wenn du nicht mit jemandem intim werden kannst, den du magst, wann hast du dann das letzte Mal ..." Er riss die Augen auf, während Ed spürte, wie ihm Hitze in die Wangen stieg. „Du bist doch nicht etwa eine hundert Jahre alte Jungfrau?"

„N-nein!", stotterte Ed. „Ich habe mit Leuten geschlafen, bevor ich verwandelt wurde. Und auch seitdem. Mit meiner eigenen Art."

„Unsterbliche Langzeitfreunde? Freundinnen? *Beides*?"

„Kurze, flüchtige Bedürfnisbefriedigung", unterbrach ihn Ed, denn wenn sein Gesicht noch heftiger errötete, würden bald wie in einem Comic Dampfwolken aus seinen Ohren strömen. „Für den Fall, dass man das Territorium eines anderen Vampirs betritt, besteht eine Art ungeschriebene Übereinkunft, es zu verlassen, wenn derjenige es möchte. Wenn er nichts gegen die Anwesenheit eines anderen einzuwenden hat, benimmt man sich freundlich und kommt ihm nicht in die Quere. Wahlweise, wenn sich beide Seiten einig sind, kommt es vor, dass man ..."

„Es treibt wie Karnickel?"

„Sam!"

Sam lachte erneut und schien an ihrem Gespräch Spaß zu haben, was Ed nicht so ging. Er war nicht prüde. Es gab nur Dinge, über die man nicht redete!

„Und wann hast du so etwas das letzte Mal erlebt?", erkundigte sich Sam.

Und dann war da noch *das*. „Vor langer Zeit."

„Dann bleibe ich bei dem, was ich schon sagte." Sam streckte eine Hand aus, als wollte er Eds ergreifen, legte sie jedoch stattdessen auf seinen Oberschenkel. „Du brauchst Übung."

Nun stieß Ed selbst ein schnaubendes Lachen aus, denn er war verblüfft und ein wenig bezaubert davon, dass Sam nach allem noch immer auf so liebenswerte Art dickköpfig sein konnte. „Sie verhalten sich ausgesprochen unprofessionell, Mr. Coleman."

„Ähm, eigentlich heiße ich Goldman."

„Oh. Bist du überhaupt wirklich Sam?"

„Natürlich. Auf meiner Geburtsurkunde steht es allerdings nicht."

„Samuel?"

„Solomon."

Ed lächelte. Das gefiel ihm. „Gibt es sonst noch etwas, das du mir verschwiegen hast?"

„Na ja, ich habe nie studiert, also sind die meisten meiner Zeugnisse gefälscht, aber das Wissen ist echt. Ich habe nachgeholte Abschlüsse und alles andere, worüber wir uns unterhalten haben – meine Vorlieben, das Buch, das du mir gegeben hast, Musik und Kunst –, entspricht ebenfalls der Wahrheit." Die Hand, die noch auf Eds Oberschenkel lag, drückte sanft zu. „Und was ist mit Ihnen, Mr. Simons?"

„Eadric", sagte Ed einen Namen, den er schon mindestens so lange nicht mehr laut ausgesprochen hatte, wie er es nicht mehr ... wie Karnickel mit jemandem getrieben hatte, wobei ein Hauch seines altertümlichen Akzents in dem Wort mitschwang. „Zumindest war das mein ursprünglicher Name. Er hat zahlreiche Veränderungen durchgemacht."

„Die schließlich zu Ed geführt haben?"

„Mir gefällt Ed."

„Mir gefällt Eddie besser."

„U-und was mein Alter angeht, sind einhundert Jahre eine deutlich zu konservative Annahme."

„Wie deutlich zu konservativ?", hakte Sam nach.

„Das halte ich nicht für etwas, das man bei einem ersten Date preisgibt."

„Das hier ist kein Date, aber bedeutet es, dass ich noch eins bekomme?" Sams Hand auf seinem Oberschenkel drückte wieder zu, streichelte bis zu seinem Knie hinab und schließlich hinauf bis an seine Hüfte, wo sie liegen blieb.

Ed holte tief Luft. Er musste nicht atmen, aber es handelte sich um eine Gewohnheit, die niemals verschwand, selbst wenn es um Japsen und zittriges Keuchen ging.

Diesmal begann Sam langsam, presste anfangs nur seine Lippen auf Eds, bis sich allmählich ihre Münder für kurze Berührungen ihrer Zungen öffneten. Ein sanfterer und bedächtigerer Kuss bedeutete jedoch nicht, dass seine Erregung sich nur langsam daran erinnerte, wo sie beim letzten Mal aufgehört hatten. Sie regte sich bereits tief in seinem Unterleib und mit ihr regte sich der Hunger. Zwar hatte er erst am Tag zuvor eine Mahlzeit gehabt, doch diese beiden fleischlichen Instinkte in seinem Innern waren eng verknüpft.

Seine Sicht schärfte sich und er kämpfte darum, dass seine Augen ihre grüne Farbe behielten.

„Weiter so …", flüsterte Sam. „Du schaffst das. Ich vertraue dir."

Er setzte seine Küsse fort, ließ seine Zunge tiefer sinken, ließ sie mit einer gemächlichen Liebkosung Eds begegnen. Als sich Sams Hand jedoch wieder seinem Schritt näherte, stoppte er ihn und hielt sie auf seinem Oberschenkel, um stattdessen selbst eine Hand zu Sams Härte auszustrecken. Sie schien nur auf seine Berührung zu warten, reckte sich ihm durch Sams Hose entgegen. Sam mit vorsichtigen Bewegungen Wonne zu bereiten, machte es ihm leichter, sich zu beherrschen.

Bis Sam stöhnte und damit ein Signal direkt an seine wilde Seite sandte, die dafür sorgte, dass seine Augen flackerten und seine Vampirzähne sich vorschoben. Er löste sich, holte tief Luft und presste seine Stirn an Sams, während er gegen das an die Oberfläche drängende Raubtier ankämpfte.

Er wollte Sam nicht wehtun. Wollte ihm nie wieder wehtun oder Furcht einflößen. Doch selbst nun, da sein Gesicht sich verändert hatte, wirkte Sam nicht mehr allzu verängstigt. Er löste Eds Hand von seinem Schritt, um sie einfach festzuhalten, und beugte sich nach einem kurzen Schaudern zögerlich vor, um Ed trotz seiner Zähne sanft zu küssen.

„Wir arbeiten daran."

„Das würde mir gefallen." Ed hielt einige Sekunden inne, um sein Gesicht wieder menschlich aussehen zu lassen.

Nur war er kein Mensch. Und würde niemals wieder einer sein.

„Sam … ich werde trotzdem diese Leute töten müssen. Ich muss immer jemanden töten."

„Ich weiß." Sam senkte den Blick zu ihren Händen, wo er mit dem Daumen Eds Fingerknöchel streichelte.

„Du kannst mir nicht erzählen, das wäre für dich in Ordnung."

„Bei den Cramers ist es das. Und bei ihren Lakaien. Um Menschen wie sie würde ich nicht trauern." Er sah auf und schien in Eds Augen zu finden, was er gesucht hatte, denn er lächelte. „Wenn ich bleibe, um dein Leben zu organisieren, kann ich vielleicht auch dafür sorgen, dass du nur noch diese Art von Menschen töten musst."

So leicht würde es nicht werden. Es konnte nicht so reibungslos ablaufen, wie Sam es sich erhoffte. Denn eines Tages musste es enden. Doch im Augenblick fühlte es sich zwischen ihnen endlich wieder an wie in ihren ersten gemeinsamen Wochen. Besser noch. Und Ed liebte es so sehr, wie Sam ihn küsste.

„N-nun …" Er löste seine Finger aus Sams und atmete tief durch, um sich zu beruhigen. „Zurück zu den Investitionen?"

„Klar." Sam erhob sich und streckte eine Hand aus, um Ed beim Aufstehen zu helfen. „Aber sei ehrlich – diese Apple-Aktien, die du hast. Warst du da von Anfang an dabei, um dich in eine gute Position zu bringen, oder hast du die erst vor Kurzem gekauft, weil du es dir leisten konntest?"

SAM HÄTTE sich an diesem Abend jedes noch so feine Essen leisten können, das er wollte, nachdem er nun nicht nur das Bargeld von Ed, sondern auch den Anteil der Cramers auf seinem Konto hatte. Aus irgendeinem Grund saßen sie letztendlich doch im Lucifer's Rest.

„Wir haben eine schicke Suite im Hilton. Warum essen wir hier?"

„Weil Gerry jetzt, wo wir die Stadt doch nicht verlassen, eine neue Chance hat", erklärte Mim.

Sie befanden sich an ihrem üblichen Tisch, was sich leicht bewerkstelligen ließ, da die Bar selten sehr voll war. Mim hatte den Platz neben Sam genommen, sodass Gerry auf der anderen Seite des Tisches allein mit einem guten Blick auf Lara saß, die er wie ein liebestrunkener Welpe beäugte.

„Falls das bedeutet, dass du sie endlich um ein Date bittest: prima", sagte Sam, während er seine Speisekarte zur Seite schob. Er kannte sie sowieso auswendig. „Wenn nicht, würde ich lieber darauf verzichten, jeden Abend fettiges Essen runterzuwürgen. Wir sollten unser redlich verdientes Geld etwas mehr genießen."

Gerry schien ihn nicht zu hören, denn er war auf seinem Platz ganz nach vorn gerutscht und völlig darauf konzentriert, Laras Ankunft an ihrem Tisch zu erwarten.

„Du hast bessere Laune", stellte Mim fest.

„Mit Ed ist heute alles richtig gut gelaufen", antwortete Sam mit einem Schulterzucken.

Ed befand sich in diesem Augenblick irgendwo in der Stadt und folgte Fitz wie ein unglaublich schneller Schatten, ein sich unbemerkt durch die Straßen bewegendes Raubtier. Das war er nämlich, ein Raubtier, ein Vampir, ein Monster aus einem Märchenbuch – und doch hatte Sam jeden einzelnen Kuss und jede einzelne Berührung zwischen ihnen genossen und vertraute ihm trotz allem. Ed hätte keinen Grund mehr gehabt, ihn zu belügen oder ihm etwas vorzuspielen, wenn er doch allein durch Angst alles hätte erreichen können, was er wollte.

„Du bist ja schon wieder hin und weg." Mim rollte nicht mit den Augen, aber es war knapp.

„Wir wissen jetzt endlich, wo die Grenzen liegen – welcher Teil keine Lüge war."

„Du magst Simons wieder?", kehrte Gerry zum Gespräch zurück.

„Ich mochte ihn die ganze Zeit."

„Letzte Nacht warst du ganz schön eingeschüchtert", erinnerte ihn Mim.

„Manchmal bin ich das immer noch, aber ich vertraue ihm. Und er vertraut mir." Sam zog unauffällig die Liste mit den Kontonummern aus der Tasche und schob sie über den Tisch.

„Was ist das?" Gerry zog sie näher zu sich.

„Die Konten, auf die die Cramers sein Geld umgeleitet haben."

Mim und Gerry starrten einander an, dann wieder Sam.

„Eines davon gehört ihrem Informanten. Ed möchte wissen, ob wir ihn damit finden können."

„Sammy …" Mim drehte sich seitwärts, um ihn besser ansehen zu können. „Dir ist schon klar, dass Gerry sie mit diesen Nummern einfach alle hacken und die gesamte Beute stehlen könnte, und dann könnten wir …"

„Wir laufen nicht davon. Es wird sich am Ende lohnen."

Und Sam hatte nicht vor, Ed erneut zu betrügen.

Noch bevor Mim widersprechen konnte, näherte sich Lara ihrem Tisch und Gerry versteckte die Liste mit den Nummern. Sie hatten bereits Getränke bestellt, ein Bier für jeden von ihnen. Sams war hell genug, dass er durch den Boden des Glases die Serviette sehen konnte, auf die Lara es stellte, und darauf etwas Geschriebenes bemerkte.

Falls sie ihm ihre Nummer zukommen ließ, war sie an der falschen, sehr schwulen Adresse – und Gerry wäre untröstlich gewesen. In der Hoffnung, sich zu irren, warf er einen unauffälligen Blick auf die Serviette, sobald sie sich entfernt hatte. Als er las, was dort stand, wünschte er, es hätte sich um eine Telefonnummer gehandelt.

Wir müssen uns unterhalten, Mr. Coleman.

4

SAM WOLLTE Mim und Gerry nicht beunruhigen, aber wenn Lara seinen bei Ed verwendeten Decknamen kannte, steckten sie in Schwierigkeiten.

Nachdem er gewartet hatte, bis Lara im hinteren Teil der Bar verschwunden war, entschuldigte er sich bei seinen Freunden und folgte ihr. Da er im ersten Moment niemanden sah, fragte er sich anfangs, ob sie lediglich die Toiletten aufgesucht hatte und der Satz auf der Serviette von jemand anderem stammte. Doch als er sich bereits umgedreht hatte, um zum Tisch zurückzukehren, öffnete sich hinter ihm eine Tür mit der Aufschrift „Zutritt nur für Personal" und zwei Hände zerrten ihn in die Dunkelheit.

Sam warf sich herum und wollte zum Schlag ausholen, wurde aber gegen die geschlossene Tür gestoßen, während sich ein Messer an die Seite seines Halses presste.

„Für jemanden, der hier nicht zum ersten Mal angegriffen wird und weiß, dass man ihn beobachtet, stellst du dich ziemlich armselig an", zischte ihm eine Stimme in wenig beeindrucktem Tonfall zu.

Es war Lara, doch sie klang nicht mehr wie die nette Kellnerin der letzten … verdammt, *drei Wochen*, genau wie Sams Zeit bei Ed.

„*Du* steckst hinter der Sache?", fragte er, ohne sich zu bewegen, um den Kontakt mit der scharfen Messerklinge so gering wie möglich zu halten.

„Hinter welcher Sache genau?" Ein niederträchtiges Grinsen hatte sich auf ihre Lippen gelegt und in ihren Augen blitzte bisher verborgene Boshaftigkeit auf.

Sam musste lernen, Menschen besser einzuschätzen. Jedenfalls konnte er nicht einfach fragen: Bist du vielleicht die, die dem ortsansässigen Vampir etwas anhängen will?

„Du hast den Cramers den Auftrag gegeben", sagte er schließlich und beschränkte sich auf das, was sie definitiv wusste, wenn sie den Namen Coleman kannte. „Du bist Midnight?"

„Nicht ich", gab sie zu, „aber mein Boss. Was bedeutet, dass er dir durch die Cramers den Auftrag verschafft hat. Und jetzt bist du dabei, unsere Pläne zu durchkreuzen." Ohne das Messer zu senken, schob sie sich dichter an ihn, als ihm angenehm war, wobei sie ihre deutlich geringere Körpergröße nicht zu stören schien. „Du hast den Raub ausgeführt, bist aber heute trotzdem zu Simons zurückgegangen. Warum?"

„Ich … habe eine neue Abmachung mit den Cramers getroffen, die deinen Boss umgeht." Es hatte keinen Sinn, sich weitere Lügen auszudenken, über die er den Überblick behalten musste. „Ich dachte, wir könnten uns bei Simons mehr holen als das Geld seiner Auslandskonten."

„Wirklich?" Lara musterte ihn gründlich, bevor sie hinzufügte: „Oder hast du herausgefunden, dass Hunde, die nicht bellen, manchmal *beißen*?"

Sam bemühte sich, keine Reaktion zu zeigen. Er bemühte sich wirklich.

„Du *weißt* es." Sie lachte leise. „Und trotzdem bist du wieder hingegangen. Versteckst du irgendwo Bissspuren, *Mr. Coleman*?" Sie ließ ihren Blick über seinen Körper gleiten. „Oder hast du nur solche Angst vor ihm?"

Eine furchtbare Sekunde lang fragte er sich, ob Lara ebenfalls ein Vampir war. Allerdings hätte sie ihn dann nicht mit einem Messer bedroht. „Ich habe keine Ahnung, was du meinst."

Sie schnaubte. „Dann solltest du aufwachen, denn du hast doch bestimmt von den Leichen gehört, die aufgetaucht sind, nicht wahr?"

„Ed hat damit nichts …"

„Du solltest die nächste sein."

Sam erstarrte, denn das Messer war plötzlich wesentlich besorgniserregender.

„Ganz genau", säuselte sie und schien seine Angst zu genießen. „Du solltest sozusagen der Nagel zu seinem Sarg sein, damit die Polizei nicht mehr anders kann, als ihn zu verdächtigen."

„Ihr wollt ihm *wirklich* etwas anhängen. Warum? Er wird sich sowieso nicht verhaften lassen."

Lara grinste nur und tippte gegen das Messer, sodass es nun doch in Sams Haut schnitt und ihm ein Zischen entlockte. „Wir brauchen Neuigkeiten, Informationen, damit wir unsere Strategie neu ausrichten können. Du hast Midnight auf den Gedanken gebracht, dass es eine bessere Herangehensweise geben könnte."

„Herangehensweise? Wofür?" Sam konnte kaum glauben, wie sehr er sich in diesem Augenblick wünschte, dass Ed heute an Fitz' Stelle *ihn* beschattete.

„Neuigkeiten", wiederholte sie, anstatt seine Frage zu beantworten. „Informationen über Ed Simons aus erster Hand – was er weiß, was er plant."

„Das mache ich schon für die Cramers", sagte Sam unglücklich.

„Dann steckst du wohl zwischen Baum und Borke … und einem Holzhäcksler." Lachend drückte sie die Klinge tief genug in seine Haut, um ihn zum Wimmern zu bringen. „Rate mal, was davon *wir* sind."

„Schon gut!"

„Du kommst regelmäßig her und bringst mich auf den neusten Stand, ohne Fragen zu stellen."

„Verstanden. Okay. Ja."

„Braver Junge." Offenbar zufrieden trat sie zurück und nahm das Messer mit sich.

Instinktiv hob Sam eine Hand an seinen Hals und sah eine rote Spur auf seinen Fingern, als er sie senkte. „Was soll ich jetzt meinen Freunden sagen?"

„Lass dir etwas einfallen. Du hast sie doch ans Messer geliefert. Hättest mit ihnen verschwinden sollen, als ihr noch die Chance hattet. Jetzt …" Lara presste das Messer flach gegen seine Brust, woraufhin er hastig danach griff, damit es nicht herunterfiel und einen seiner Zehen abtrennte. „… werde ich Gerry noch ein wenig anschmachten und du hältst den Mund und spielst brav mit. Sonst findet die Polizei als Nächstes dich oder einen deiner Freunde." Gefährlich grinsend winkte sie ihm mit einer anmutigen Bewegung ihrer Finger zu und schob ihn aus der Tür.

Sam warf das Messer in eine Ecke und fragte sich, wie um alles in der Welt er als Tripelagent zurechtkommen sollte, wenn er sich kaum genug für sein doppeltes Spiel beruhigt hatte. Nachdem er im Toilettenraum seine Wunde ausgewaschen und sich bei Logan hinter der Bar ein Pflaster besorgt hatte, kehrte er an den Tisch zurück und behauptete, sich an einer der Toilettentüren eine Schramme zugezogen zu haben.

„Vielleicht brauchst du dann auch eine Tetanusimpfung", kicherte Mim.

Sam bemühte sich, mit ihnen zu lachen und sich nichts anmerken zu lassen. Es fiel ihm nicht leicht, da Lara jedes Mal, wenn sie sich ihrem Tisch näherte, überzeugend lieblich lächelte und damit schließlich Gerry dazu brachte, sie endlich zu einer Verabredung einzuladen.

Sie stimmte zu.

Immerhin war Gerry zu sehr damit beschäftigt, es zu feiern – und Mim damit, ihm auf die Schulter zu klopfen –, um zu bemerken, dass etwas nicht stimmte.

IRGENDETWAS STIMMTE nicht.

„Ich bin da!", rief Sam, doch als Ed das Foyer betrat, um ihn zu begrüßen, erkannte er bereits an seiner Körpersprache, dass etwas nicht in Ordnung war.

„Was ist passiert?"

Erst schien sich Sam zu wappnen, als wollte er zu einer Lüge ansetzen, dann hielt er inne, seufzte und sah Ed in die Augen. „Ich weiß, wer dir etwas anhängen möchte."

Wie sich herausstellte, kannte er *eine* der daran beteiligten Personen und als Ed hören musste, wie die betreffende Person Sam behelligt hatte und dass gar geplant gewesen war, ihn zur nächsten verstümmelten Leiche zu machen, ballten sich seine Hände zu Fäusten und seine Schläfen pochten.

„Sie dürfen nicht erfahren, dass ich es dir erzählt habe", sagte Sam nun, während er mit Ed an der Kücheninsel saß und eine Tasse Kaffee in den Händen hielt, aus der er langsam trank. „Ich muss mich weiterhin so verhalten, als würde ich allen anderen etwas vormachen."

„Natürlich. Ich werde nicht zulassen, dass dir oder deinen Freunden etwas geschieht. Das habe ich versprochen."

Als Sam sich daraufhin entspannte und sich auf seine Ellbogen sinken ließ, hob sich Eds Hand wie von selbst, um mit sanften Fingern auf dem Pflaster an Sams Hals zu landen.

„Ich werde nicht mehr deinen Auftraggebern folgen. Ich werde …"

„Doch, das musst du." Sam hob eine Hand, um sie auf Eds zu legen. „Wenn du stattdessen auf mich aufpasst, merken sie vielleicht etwas. Wir wissen nicht, wer Midnight ist. Er könnte ein Vampir wie du sein."

Das hatte Ed nicht glauben wollen, doch mittlerweile schien alles möglich zu sein.

„Nichts hat sich geändert", beharrte Sam. „Ich gebe ihnen Informationen, wie sie es wüschen, und lasse sie glauben, dass du nichts weißt. Währenddessen arbeiten wir weiter daran, herauszufinden, wer hinter der Angelegenheit steckt. Dann schalten wir sie aus."

„Das tue *ich*", korrigierte ihn Ed.

Sam nickte und senkte die Hand, damit Ed seine ebenfalls lösen konnte.

Normalerweise war Ed gut darin, in einer neuen Stadt zu planen. Allerdings hatte er sich bisher niemals mit einer Situation wie dieser konfrontiert gesehen. „Was ist unser nächster Schritt?"

„Hast du etwas über Fitz herausgefunden?"

„Ja", antwortete Ed höhnisch. „Er besucht einen Klub an der Siebenundvierzigsten Straße. Die Mädchen, die seinem Geschmack entsprachen, sahen kaum erwachsen aus. Er hat dort den größten Teil der Nacht verbracht – in einem Hinterzimmer mit jungen Frauen, Drogen und Alkohol."

„Klassischer Widerling", stimmte Sam zu.

„Ich hätte mich beinahe zu einer verfrühten Handlung hinreißen lassen, als er mit einem der Mädchen grober umgegangen ist als erlaubt, aber einer der Türsteher hat eingegriffen."

„Da siehst du, warum es mir um diese Leute nicht leidtut."

„Einige weitere Nächte werden mir seine anderen Lieblingsorte verraten. Ich bin ihm nach Hause gefolgt. Er bleibt für sich, wenn er keine Partnerin bei sich hat. Ihn allein zu überraschen wird leicht sein."

„Ähm … und wie genau machen wir das, wenn es so weit ist?"

„Ich mache es. Du musst überhaupt nicht dort sein."

„Aber du kannst ihn nicht einfach töten. Das würde die anderen warnen. Wir müssen uns Gedanken darüber machen, wie wir es inszenieren und was danach passiert. Sie dürfen nicht merken, dass es mit uns zu tun hat."

„Wer sagt denn, dass sie nicht diesen Midnight für den Täter halten?"

Sam lächelte. „Das ist es! Alle haben von den Morden gehört. Wenn wir die Cramers dazu bringen können, zu glauben, dass sie von ihrem ehemaligen Auftraggeber beseitigt werden, der aufräumen will, können wir vielleicht beide Seiten gegeneinander ausspielen. Dann machen sie Fehler."

„Und geben uns perfekte Gelegenheiten." Ed lächelte nun ebenfalls. Zum ersten Mal hatte er jemanden, mit dem er Pläne schmieden konnte.

„Aber ich brauche Informationen, die ich ihnen geben kann. Wahre Informationen, damit sie glauben, ich komme dir näher. Nicht dass ich etwas dagegen hätte, dir näher zu kommen", neckte Sam und beugte sich vor, um ihn ganz kurz zu küssen.

„Du weißt schon so viel", antwortete Ed noch strahlender lächelnd, „aber es gibt eine Sache, die ich dir noch nicht gezeigt habe."

Obwohl er etwas misstrauisch wirkte, folgte er Ed bereitwillig in die Bibliothek, hinter das seine geheime Treppe verbergende Bücherregal und schließlich in den Keller. Sam musste etwas Abscheuliches oder Besorgniserregendes erwartet haben, denn als er sich im Keller umsah, atmete er erleichtert durch.

Hier befanden sich einige praktische Dinge, wie zum Beispiel die zusätzliche Waschmaschine und der Trockner sowie ein kleiner Verbrennungsofen. Davon abgesehen gab es aber ein weiteres Bücherregal und reihenweise Fotos von Ed aus vergangenen Jahrzehnten, in denen er stets gleich alt wirkte – auch eines zu dem größeren im Wohnzimmer passendes, auf dem er vor dem Big Ben stand. Außerdem hatte Ed hier unten eine Dunkelkammer und an den Wänden hingen einige alte Zeichnungen und Gemälde in aufwendig gearbeiteten Rahmen.

Einige Zeit betrachtete Sam all das ehrfürchtig, bis er sich schließlich zu Ed umwandte und ihn musterte, als müsste er erst den Mut fassen, seine nächsten Worte auszusprechen. „Darf ich … etwas dazu fragen, was du bist?"

„Du darfst."

„Schläfst du?"

„Das ist nicht mehr notwendig."

„Und die Sonne verbrennt dich nicht?"

„Nein. Wenn ich ihr länger ausgesetzt bin, kann es schmerzhaft sein, aber ich kann das Haus verlassen, ohne in Flammen aufzugehen. Das meiste, was man über Vampire hört, entstammt dem Aberglauben der Menschen, die sich dadurch sicherer fühlen."

„Zum Beispiel in ein Haus eingeladen werden zu müssen, um es betreten zu können?"

„Und Kreuze, Knoblauch, das Überqueren von Gewässern …"

„In einem Sarg schlafen?"

„Stell dir das nur mal vor", schnaubte Ed und war erfreut darüber, dass es Sam zum Lachen brachte.

„Bist du unverwundbar?"

„Versuchst du etwa, meine Schwächen zu finden?"

„N-nein, ich wollte nur …"

„Ich wollte dich nur ärgern. Aber meine Wunden heilen schnell. Einmal habe ich einen Finger verloren und der ist nachgewachsen. Aber ich vermute, Dinge wie zu großer Blutverlust, eine Enthauptung oder Verbrennung ... Was die meisten anderen Menschen töten würde, dürfte auch mich töten."

„Existieren andere übernatürliche Kreaturen?"

„Vielleicht, nichts ist unmöglich, aber bisher sind mir noch keine Werwölfe oder Einhörner begegnet."

Das zauberte ein neuerliches Lächeln auf Sams Gesicht. „Was ist mit den anderen Vampiren? Wo sind die alle?"

„Wer weiß? Mit einigen bleibe ich in Kontakt, aber wir halten uns nie besonders lange am selben Ort auf. Es gibt nicht viele von uns. Vor einigen hundert Jahren haben wir übrigen uns darauf geeinigt, dass wir ohne gute Gründe oder Absichten keine neuen mehr erschaffen würden. Es ist zu gefährlich, lenkt zu viel Aufmerksamkeit auf uns alle und ehrlich gesagt hatten die meisten von uns kein Bedürfnis dazu. Soweit ich weiß, wurden seitdem kaum mehr als eine Handvoll erschaffen, wenn überhaupt noch alle unter uns weilen. Zu vielen meiner alten Bekannten habe ich in den letzten Jahrzehnten den Kontakt verloren. Ich vermute, einige von ihnen haben entschieden, dass ihr Leben lang genug war."

„Und du?", fragte Sam mit beunruhigtem Blick.

„Ich liebe das Leben", versicherte ihm Ed. „Ich werde ihm niemals überdrüssig. Es gibt immerzu Neues zu entdecken und gleichzeitig bleiben mir alte Dinge, die ich noch Jahrhunderte, nachdem sie unmodern geworden sind, heiß und innig liebe. Wie, ganz offenbar, Fliegen." Er lachte, womit er auch Sam dazu brachte. „Aber manchmal ist es einsam."

„Das glaube ich gern. *Jahrhunderte*", wiederholte Sam. „Aber es gab nie einen geliebten Vampir, mit dem du gern die Ewigkeit verbracht hättest?"

„Nein", sagte Ed leise.

Sams Lächeln war nicht zu übersehen, möglicherweise, weil die Frage durch Eifersucht hervorgerufen worden war, doch es war auch der Moment, in dem er seinen Blick ein weiteres Mal durch den Keller schweifen ließ und dabei das einmalige und markanteste unter Eds Bildern entdeckte.

Vielleicht wäre es weniger aufgefallen, wenn es andere derselben Art gegeben hätte, aber obwohl Ed häufig etwas mit Skizzen festgehalten hatte, bevor er in den Genuss von Kameras kam, waren hier außer einigen Fotos von ihm selbst keine Bilder von Menschen zu sehen.

Es handelte sich um eine schlichte Zeichnung in Schwarz-Weiß, mit akribischer Genauigkeit vor sehr langer Zeit angefertigt, die eine junge Frau mit hellem Haar und hellen Augen zeigte.

„Gehen wir wieder hinauf?", fragte Ed, als er bemerkte, dass Sams Blick auf dem Bild verweilte. Er war noch nicht bereit, über sie zu reden.

„Klar." Sams Blick kehrte langsam zu Ed zurück. „Wir haben noch viel zu tun. Aber danke, dass du mir das hier gezeigt hast."

Was Ed ihm gezeigt hatte, war überwältigend gewesen. Genau wie das Vertrauen, welches er ihm damit bewiesen hatte.

Obgleich er sich fragte, wer diese Frau sein mochte.

Ihre weiteren Pläne waren unkompliziert und beschränkten sich vorerst darauf, dass Sam sowohl Lara als auch den Cramers Bericht erstattete, während er sich weiterhin um die Aufgaben kümmerte, für die Ed ihn ursprünglich eingestellt hatte – Hausarbeit, Grundstückspflege, Finanzen. Staub zu wischen, zu saugen und den Pool zu reinigen war so beruhigend monoton und gewöhnlich, dass es Sam half, seine Gedanken zu ordnen und vorerst nicht darüber nachzugrübeln, wie anders sich alles anfühlen mochte, wenn Ed erst bereit wäre, seinem ersten Opfer das Leben zu nehmen.

Allmählich wurde es draußen dunkel. Sam hatte die grundlegenden Arbeiten erledigen wollen, damit sie sich den Rest der Woche darauf konzentrieren konnten, wie sie die feindlichen Gruppen am besten gegeneinander ausspielten. Er war erschöpft, was vermutlich auch daran lag, dass er in den letzten zwei Tagen nicht gut geschlafen hatte. Doch als er schließlich den Arbeitstag beenden wollte und sich nach Ed umsah, um sich zu verabschieden, entdeckte er ihn zu seiner Überraschung draußen im Pool. Normalerweise hatte Sam das Haus bereits verlassen, wenn Ed sein abendliches Schwimmen begann.

Aus dem umgebauten Radio an der Terrassentür dröhnte Musik von Blue Öyster Cult laut genug, um draußen gehört zu werden, und brachte Sam zum Lächeln. Er selbst fürchtete sich wohl auch nicht mehr so sehr vor dem von ihnen besungenen Sensenmann.

Anstatt komplizierte Schwimmzüge zu vollführen, ließ sich Ed lediglich ruhig auf dem Rücken treiben und bewegte hin und wieder leicht die Arme, um in seiner Position zu bleiben, während er die nach und nach am Himmel aufleuchtenden Sterne betrachtete. Da er die Tür einladend offen gelassen hatte, konnte Sam ihm problemlos unauffällig zusehen.

Wie er dort mit eng am Körper sitzenden Badeshorts und nackter Brust im Pool schwamm, wirkte er kein bisschen wie ein Raubtier. Manchmal fiel es Sam noch immer schwer, diese Dissonanz zu akzeptieren – diese Version von Ed verglichen mit der schnellen, brutalen. Andererseits – war nicht auch ein Löwe in der Lage, wie eine Hauskatze zu wirken, obwohl er dabei durchgängig gefährlich blieb?

„Möchtest du mir Gesellschaft leisten?", rief Ed, ohne in seine Richtung zu blicken. „Ich habe oben ein zweites Paar Shorts."

Sam fragte sich, ob ihn das zum Löwen*bändiger* machte.

Mim und Gerry erwarteten ihn nicht um eine bestimmte Zeit und Lara und den Cramers Bericht zu erstatten, konnte bis zum nächsten Tag warten.

Da er es genoss, wie Eds Blick sich an seinen größtenteils nackten Körper heftete, als er in seinen Shorts aus dem ersten Stock zurückkehrte, ließ er sich Zeit dabei, an den Rand des Pools zu treten, seine Kleidung auf einem der Terrassenstühle abzulegen und sich dann schlicht mit einem Schritt über die Kante ins Wasser gleiten zu lassen. Nach dem Auftauchen schüttelte er sich das Wasser aus Gesicht und Haar und näherte sich Ed am anderen Ende des Pools.

„Verrat mir", sagte Sam, als er sich nun ebenfalls auf den Rücken drehte, „wie viele davon du ohne dein Teleskop benennen kannst."

„Sterne? Oder Sternbilder?", fragte Ed und richtete den Blick wieder an den Himmel, während sie einander auf dem Wasser umkreisten.

„Spielt das eine Rolle?"

„Nein. Ich kenne die meisten von ihnen."

„Und wo bin ich?"

Ed änderte die Richtung, bis er dicht neben Sam trieb, und zeichnete unsichtbare Linien an den Himmel. „Die Zwillinge. Wie zwei Händchen haltende Strichmännchen."

Sam lachte. „Und wo bist du?"

„Die Fische sind da drüben." Ed zog seine Fingerspitze zu einem anderen Punkt. „Siehst du, wie sich die Enden treffen und dann eine Art geneigtes V bilden?"

„Erinnert nicht besonders an Fische."

„Damals mussten wir kreativer sein."

Sam blinzelte, als er begriff, was Ed soeben angedeutet hatte. „Willst du damit sagen …?"

„*So* alt bin ich nun auch nicht." Ed grinste. Allerdings stellte er nicht klar, wie alt er *war*.

„Weißt du was, eines Tages schaffe ich es noch, dich auf dieses Dach zu kriegen, damit wir das Teleskop einmal richtig benutzen können."

Ed rümpfte die Nase. „Dass ich mich an hoch gelegenen Orten nicht besonders wohlfühle, war keine Lüge."

„Das dachte ich mir. Gibt es dafür einen Grund?"

„Ich weiß es nicht. Vielleicht liegt es daran, dass es zu meiner Zeit nicht so viele hohe Gebäude gab."

„Und die war …?", versuchte es Sam ein weiteres Mal, doch Ed wich seinem Blick aus.

„Ist das hier unser erstes Date?"

„Würdest du es mir verraten, wenn es das wäre?"

„Wie gesagt sehe ich mein Alter eben nicht als ein Thema für ein erstes Date, also …"

Nach Eds erneutem Ausweichen wollte Sam ihn nicht weiter drängen. „Ich finde, das zählt nicht." Als Ed ihn überrascht ansah, grinste er. „Für ein richtiges Date müssen wir das Haus verlassen."

„Dann müssen wir darüber nachdenken, wann wir unser ausgefallenes nachholen." Ed lächelte ihm zu.

Sam näherte sich noch weiter, bis er seine Arme um Eds Taille schlingen und ihn endlich an sich ziehen konnte. Selbst im beheizten Pool war Eds Haut erfrischend kühl. „Das müssen wir wohl", murmelte er und beugte sich vor.

„Sam." Ed legte ihm die Arme um den Nacken, doch seine Finger bewegten sich unruhig und er ließ Sams Lippen nicht ganz seinen Mund erreichen. „Du spielst mir doch nicht nur etwas vor, weil du es für den einzigen Weg hältst, vor mir sicher zu sein, oder?"

„Wie bitte?"

Dass Ed noch immer Täuschung erwartete, überraschte ihn. Andererseits hatte Sam ihn aus Angst beinahe ein zweites Mal betrogen. Obwohl es sich bei Ed um die stärkste und tödlichste Kreatur handelte, der er je begegnet war, konnte er auf gewisse Weise doch so verletzlich sein, doch so menschlich.

„Deiner Meinung nach", antwortete Sam, „bringe ich mich doch in größere Gefahr, indem ich bei dir bleibe. Du hast mir die Chance gegeben, zu gehen, Eddie, aber ich bin geblieben. Ich möchte bleiben. Was übrigens eine passende Überleitung ist."

„Überleitung?"

Sam grinste und ließ sich noch nicht zu einem weiteren Kussversuch hinreißen, sondern hielt ihn nur mit den Händen auf seinem Rücken dicht bei sich. „Die Unterwelt faszinierte Persephone", begann er, woraufhin sich Eds Miene sogleich aufhellte. „Die Gebiete für Verdammte und Missetäter, das Elysium für Menschen, die ein gutes Leben geführt hatten – Finsternis und Licht gingen ineinander über, ganz wie auf dem Olymp oder auch auf der Erde.

Sie begriff nicht, warum so viele Hades verurteilten, jedoch zugleich sie und ihre Mutter und all die anderen Götter priesen, die den Tod Sterblicher verursachten. Wie konnte Hades sie ansehen und ihr dennoch einen Platz in seinem Heim anbieten?

‚Wie lange darf ich bleiben?', fragte sie, nachdem Hades ihr jeden Ort und jede Nuance der Unterwelt gezeigt hatte. ‚Solange du möchtest', antwortete er. ‚Wenn du möchtest.' ‚Aber meine Mutter wird mich suchen. Eines Tages muss ich zurückkehren und die Erde beschreiten, wenn es Zeit für das Ende des Winters ist.' ‚Dann bleibe, bis die Zeit gekommen ist, und wenn der Frost zurückkehrt und du es wünschst, magst auch du zurückkehren.'

Während sie mit Hades in seinen privaten Gemächern ruhte, wägte sie sein Angebot ab. Im Gegensatz zu den meisten jungen Göttern, roh und anzüglich in ihrer Gegenwart, hielt er respektvoll Abstand. Sie lagen auf ihrem eigenen Sofa ausgestreckt und zwischen ihnen befand sich ein Tisch mit Speisen.

Als Persephone nach einer wunderschön roten und reifen Frucht griff, warnte sie Hades: ‚Iss von der Unterwelt und du wirst an mein Angebot gebunden sein – dann musst du bleiben, im Frühling fortgehen und jeden Herbst zurückkehren. Da dieser Ort nicht für Sterbliche oder andere Götter bestimmt ist, bin ich dazu verdammt, allein zu sein oder für Gesellschaft Abmachungen zu treffen. Denk in Ruhe nach und entscheide dich.'

Er hätte sie nicht warnen müssen, dachte sie. Er hätte sie essen lassen und bei sich behalten können. Aber das war es, was Hades von Demeter und allen anderen unterschied. Er ließ sie ihr eigenes Schicksal wählen.

Sie nahm die Frucht, brach sie entzwei und aß hungrig von den saftigen Kernen."

Nun endlich zog er Ed näher an sich und setzte den Schlusspunkt mit einem Kuss.

Ed erbebte, erwiderte den Kuss leidenschaftlich, als ihre Körper sich trafen. Sam senkte seine Hände zu Eds Hintern, um ihn dazu aufzufordern, seine Beine um Sams Taille zu schlingen, doch dann keuchte Ed und wich ein wenig zurück, während seine Augen gelb flackerten.

„I-ich dachte, *du* wärst Hades."

„Passt nicht jeder von uns in beide Rollen?", erwiderte Sam liebevoll.

Er schob seine Hände wieder ein Stück hinauf, um Ed etwas Zeit zu geben, beugte sich dabei aber vor, um sanft die Stelle unter seinem Ohr zu küssen. Dann noch einmal. Dann *noch einmal*, wobei er seine Zungenspitze vorschnellen ließ, während er Eds Rücken streichelte und auf ein Zeichen wartete, dass er weiter gehen konnte.

Ed stieß ein Wimmern aus, dann ein Knurren, das wie das zufriedene Schnurren einer Katze klang. Er vergrub seine Finger im Haar an Sams Nacken und ermutigte ihn dazu, seine Küsse fortzusetzen.

Über die schnelle Umkehr lächelnd leckte Sam über Eds Haut und biss sanft zu – bis er Eds Atem auf seinem eigenen Hals spürte und mit ihm die leichte Berührung scharfer Reißzähne. Kurz erstarrte er, doch die Zähne bissen nicht zu, sondern glitten lediglich vorsichtig über seine Haut, bevor sie durch zärtlich küssende Lippen ersetzt wurden.

So leckte er weiter den salzigen Chlorgeschmack von Eds Haut und ließ seine Hände wieder tiefer sinken, hielt diesmal jedoch nicht am Bund von Eds Shorts inne, sondern schob sie unter den Stoff auf die glatte Haut von Eds Hintern.

„I-ich kann nicht." Ed riss sich so hastig los, dass Wassertropfen flogen. Eds Augen waren nun unübersehbar gelb und leuchteten in der Dunkelheit des Gartens, während die Terrassenlichter auf seinen Vampirzähnen glitzerten. „Es tut mir leid. Das tut es wirklich. Ich will es alles, aber es muss langsamer gehen. *Wesentlich* langsamer." Er schloss die Augen, und als er sie wieder öffnete, war das Unmenschliche aus ihnen gewichen.

Sam überbrückte den Abstand zwischen ihnen, mit klopfendem Herzen, aber unbeirrt. Denn das Herzklopfen wurde hauptsächlich dadurch verursacht, wie gut es sich angefühlt hatte. „Mir tut es auch leid. Du bist nur ausgesprochen unwiderstehlich." Lächelnd legte er seine Hände vorsichtig auf Eds Hüften.

„Genau wie du." Ed lehnte sich seiner Berührung entgegen. „Was ein großer Grund für meine Sorgen ist ..."

„Du wirst mir nicht wehtun", sagte Sam und legte eine beruhigende Hand an Eds Wange, obwohl es am Tag zuvor noch er selbst gewesen war, der Beruhigung nötig gehabt hatte.

„Ich möchte ganz sicher sein. Denk schon mal über unser Date nach und ... wir sehen uns morgen?", fragte Ed, während er sich noch an Sams Hand schmiegte.

„Hast du immer noch vor, heute Fitz zu beobachten?"

„Das sollte ich."

„Wenn wir dann sowieso beide den Pool verlassen, können wir auch gemeinsam duschen."

Ed lachte. „Man kann dir *sehr* schwer widerstehen, aber darauf sollten wir lieber verzichten."

„Na gut, aber morgen komme ich wieder."

„Und am Tag danach?"

„Und am Tag danach", bestätigte Sam, obwohl er wusste, dass es irgendwann enden würde. Das musste es.

Er fragte sich, ob es einen Weg gab, das Ende zu verhindern. Aber was hätte es bedeutet, länger bei Ed zu bleiben? Was wäre er bereit anzubieten oder zu erbitten, um bleiben zu können?

Da er noch nicht so weit war, sich näher mit dem Gedanken zu beschäftigen, begab er sich unter die Dusche des Poolhauses, um sich das Chlorwasser vom Körper zu spülen. Erst als er wieder angezogen war, tauchte Ed auf, um ebenfalls zu duschen.

Als er an ihm vorbeiging, stahl Sam noch einen letzten kurzen Kuss.

„Dürfte ich dir Gesellschaft leisten?" Ed überraschte ihn nicht lange danach, als Sam gerade auf sein Motorrad steigen wollte.

„Du meinst, du willst als Fledermaus mitfliegen?", scherzte Sam.

„Ebenfalls nur ein Aberglaube", versicherte ihm Ed lachend. „Ich meinte auf dem Motorrad. Wenn wir in der Nähe der Stadt sind, kann ich schlicht runterspringen."

„Runterspringen?", wiederholte Sam. Obwohl Ed ihm erzählt hatte, dass ihm sogar ein Finger nachgewachsen war, konnte er es sich schwer vorstellen. „Einen Helm muss ich dir wahrscheinlich nicht aufschwatzen."

„Mir wird nichts passieren", sagte Ed, während er sich mit seinem gewohnten schüchternen Lächeln hinter Sam niederließ.

Sam setzte seinen Helm auf und fuhr los. Eds Körper verströmte die typische Kühle und Sam gefiel es, wie er sie selbst durch seine Kleidung an seinem Rücken spürte. Ed hatte seine Arme um Sams Taille geschlungen, wie es vielleicht passiert wäre, wenn sie am Freitagabend tatsächlich ein echtes Date gehabt hätten. Das hier war anders, aber auf gewisse Weise sogar besser, da es nun keine Lügen mehr zwischen ihnen gab.

Viel zu bald tauchten die Lichter der Stadt vor ihnen auf.

„Wer von uns auch Hades sein mag", hauchte Ed auf die Haut unter dem Rand seines Helms, „ich bin froh, dass wir diesen *Winter* gemeinsam durchstehen."

Zwar war es Frühling, aber Sam wusste, was er meinte. „Nun ist der Winter unsres Missvergnügens", rief er über den rauschenden Fahrtwind hinweg.

„Und wird bald glorreicher Sommer", antwortete Ed mit einem Kuss auf Sams Nacken.

Dann streifte plötzlich kalter Wind Sams Rücken, als er sich vom Motorrad warf.

Sam sah sich überrascht um – er konnte nicht anders – und hätte schwören können, dass er Ed dort stehen sah, als hätte er die Zeit angehalten, bevor er einfach verschwand.

ED WÜNSCHTE, er hätte einfach verschwinden können, denn Fitz zu beobachten war noch lästiger als in der Nacht davor. Er wusste, dass es notwendig war, aber alles wäre so viel leichter gewesen, wenn er dem Mann einfach die Kehle hätte herausreißen können.

Glücklicherweise, vielleicht, weil es sich um einen Sonntag handelte, blieb er nicht allzu lange fort. Bald stolperte er allein nach Hause, womit er Eds Hoffnung bestärkte, dass er leicht zu beseitigen sein würde, wenn die Zeit erst gekommen war. Sie mussten lediglich die richtigen Spuren hinterlassen, damit ihre Feinde einander verdächtigten und nicht sie.

Ed sollte ebenfalls nach Hause zurückkehren. Er hätte lesen können, sein Teleskop benutzen, noch ein wenig schwimmen.

Oder etwas von der sexuellen Frustration abbauen, die sich in ihm angestaut hatte.

Sam war so vorsichtig mit seinen Küssen. So genau. Ed war nicht mehr mit einem Menschen zusammen gewesen, seit er *selbst* einer gewesen war, und so sehr er auch fürchtete, die Beherrschung zu verlieren, spürte er dabei doch einen herrlichen Nervenkitzel.

So eilte er ungesehen durch die Straßen, um noch einen letzten Blick auf Sam zu werfen, bevor er die Stadt verließ. Bald befand er sich auf dem Balkon im obersten Stock des Hilton, wo Sam und seine Freunde zurzeit wohnten. Wegen der zugezogenen Vorhänge konnte er nur soeben in den Raum spähen, was ihm jedoch genügte. Trotz der geschlossenen Tür hörte er jedes Wort.

Die Gruppe schien soeben von einem späten Essen zurückgekehrt zu sein.

„Genug mit dem Lucifer's Rest, ernsthaft", sagte Sam gerade. „Wenigstens nicht mehr so oft. Du siehst Lara doch morgen bei eurem Date. Da musst du nicht noch zum Stalker werden."

Bei diesen Worten verspürte Ed Schuldgefühle, weil er hier praktisch *Sam* stalkte, obwohl er nur für seine Sicherheit sorgen wollte.

„Oder geh einfach nicht mit ihr aus."

„Warum bist du plötzlich so gegen Lara?", fragte Gerry, dessen Lippen sich zu einem ausgeprägten Schmollmund verzogen.

„Ich bin nicht *gegen* sie. Ich finde nur, du solltest sie erst besser kennenlernen."

„Dafür verabredet man sich doch!"

„Hört ihr jetzt mal auf?", verlangte Mim, die sich mit einem Stapel Papier auf dem Sofa niedergelassen hatte. „Ich möchte morgen diese Bewerbungen abgeben. Wenn ich noch einen Tag länger hier rumsitzen und mir Gerrys blumige Schwärmereien über seine Traumtussi anhören muss, erwürge ich ihn mit seinem Laptopkabel."

Gerry warf ihr einen finsteren Blick zu, während Sam nur grinste. Diese harmlosen Sticheleien zeigten, wie gut sie befreundet waren. Wie eine Familie. Einst hatte Ed das selbst erlebt.

Mit *ihr*.

„Es ist doch nicht so, als hätte ich die ganze Zeit nur von Lara geträumt", verteidigte sich Gerry. „Immerhin habe ich schon alle Kontonummern zurückverfolgt."

„Tatsächlich?" Sam durchquerte den Raum, um Gerry über die Schulter zu schauen, der am Tisch saß und seinen Laptop eingeschaltet hatte.

„Alles war leicht zu finden und zu knacken. Falls Simons vorhat, den Cramers eins auszuwischen und sich sein Geld zurückzuholen, dürfte er damit kein Problem haben. Na ja, abgesehen von einem Konto. Siehst du die letzte Nummer? Gefunden habe ich es, es ist das einzige, das sich ebenfalls im Ausland befindet, aber reingekommen bin ich nicht. Jemand, der sich auskennt, hat da eine verdammt sichere Bank ausgesucht. Es ist möglich, dass ich es noch durch die Firewalls schaffe, aber es wird dauern."

„Versuch es. Es ist das Konto, das wir brauchen", antwortete Sam. „Morgen erzähle ich Eddie davon. Vielleicht erkennt er die Bank."

Das tat er nicht. Von seinem Beobachtungsplatz aus konnte er den Namen und den Ort sehr gut sehen.

„Alles für den lieben ‚Eddie'", brummte Gerry sarkastisch. „Wie kommt es eigentlich, dass du dich über meinen Geschmack bei Verabredungen beschweren darfst, aber dass du mit ihm ausgehst, ist total prima?"

„Ich gehe nicht mit ihm …" Sam unterbrach sich und sagte stattdessen: „Du kennst ihn doch überhaupt nicht."

„Eben. Du hast meine Freundin wenigstens kennengelernt."

„Sie ist nicht deine Freundin."

„*Noch* nicht. Also, wann stellst du uns deinen Mörderfreund vor?"

„Nie, wenn du ihn so nennst."

„Weißt du, Gerry hat nicht unrecht", mischte sich Mim ein und setzte sich auf, um ihre Bewerbungen auf den Couchtisch zu legen. „Wann lernen wir Mr. Simons kennen? Oder willst du ihn doch nur benutzen und dann abhauen, wenn wir hier fertig sind?"

„So ist das nicht", widersprach Sam, was Ed zum Lächeln brachte – obwohl er mittlerweile nicht mehr zweifelte.

„Dann werden wir Fernbeziehungskumpel?" Gerry hielt Sam eine seiner Fäuste hin.

„Nein." Sam schob sie von sich. „Ich weiß es nicht. Ich bin noch nicht so weit, darüber nachzudenken."

„Dann halt dich auch raus, was Lara angeht."

„Gerr…"

„Und ich arbeite weiter an *Eddies* Projekt."

„Na schön." Mit einem Schnauben verschränkte Sam die Arme und wandte sich an Gerrys Tisch gelehnt ab … wobei er genau in Eds Richtung blickte.

Obwohl Sam ihn nicht sehen konnte, nahm Ed es zum Anlass, das Lauschen zu beenden.

Er war ebenfalls noch nicht bereit, darüber nachzudenken, was als Nächstes kam. Gleichwohl wärmte es ihm das sonst kalte Herz, dass er Sam wirklich wichtig zu sein schien.

Er sprang vom Hotel und überquerte in Sekundenschnelle die Straße. Nachdem er leise in der Gasse auf der anderen Seite gelandet war, wandte er sich um, damit er noch einen letzten Blick auf Sams Zimmer werfen konnte.

Plötzlich hörte er ein Rascheln und spürte, dass er nicht allein war. Doch als er in Richtung des Geräuschs eilte, fand er auf der Straße zu viele Passanten vor, um unter ihnen die Person ausfindig machen zu können.

Verdammt. Er hätte auf Sam hören sollen.

5

DA BETRAT Sam an diesem Morgen zum ersten Mal seit zu vielen Tagen das Haus, ohne sich abgelenkt oder aufgewühlt zu fühlen, und dann war es Ed, der unruhig die Hände rang.

„Was ist passiert?"

Hastig ratterte Ed eine Erklärung herunter, wie er am Abend zuvor bei Sams Hotel vorbeigeschaut hatte. „Nur um dich zu sehen und sicher zu sein, dass es dir gut geht. Ich bin nur länger dortgeblieben, weil dein Freund die Kontonummern erwähnt hat – wobei auch ich nichts Näheres zur Bedeutung der auffälligen darunter sagen kann. Dann bin ich gegangen und habe kurz in der Gasse gegenüber angehalten. Dort war jemand. Die Person hat mich gesehen, aber ist geflohen, bevor ich *sie* sehen konnte."

„Ein anderer Vampir?", fragte Sam, während ihm ein kalter Schauer über den Rücken lief.

„Das ist unmöglich. Wir spüren einander, wenn wir in der Nähe sind."

„Dann einer von den Cramers? Vielleicht beschattet mich auch Alvarez oder Shaw?"

„Nein. Ich kenne ihren Geruch. Das war jemand Neues."

„Du kennst ihren *Geruch*?", fragte Sam überrascht. „Meinen auch?"

„Selbstverständlich."

„Also selbst wenn du mir nicht folgst, könntest du mich sofort an so ziemlich jedem Ort finden?"

Ed riss die Augen auf und seine Finger bewegten sich noch nervöser. „Es tut mir leid. Das muss fürchterlich klingen. Ich verspreche, dich nie wieder heimlich zu beobachten!"

„Eddie." Sam lächelte und legte ihm sanft eine Hand auf den Arm, um die nervösen Bewegungen zu unterbrechen. „Schon gut. Du hast dir nur Sorgen gemacht und du hast nichts gehört, was du nicht hören solltest."

Das brachte Ed endlich ebenfalls zum Lächeln. „Sofort könnte ich dich nicht an jedem Ort finden. Ich müsste erst deinen Geruch aufspüren. Und selbst bei meiner Geschwindigkeit kann es dauern, alle Straßen abzusuchen."

„Eigentlich ist es ein ganz netter Gedanke, dass du mich immer finden könntest." Sam ließ seine Finger über Eds Unterarm zu seiner Hand gleiten, damit er sie ergreifen und ihn zum Wohnzimmersofa führen konnte. „Vielleicht war es nur jemand, den du zufällig erschreckt hast."

„Das hoffe ich, aber sicher bin ich nicht. Die meisten Leute treiben sich nicht in dunklen Gassen in der Nähe des Hilton herum und diese Person hat eindeutig versucht, unentdeckt zu bleiben."

„Wie du?", neckte Sam.

„Es tut mir so leid", wiederholte Ed. „Ich habe alles in Gefahr gebracht, weil ich nicht auf dich hören wollte."

„Es spielt keine Rolle. Falls es Lara oder ihr Boss waren, wissen sie jetzt nur, dass du mich beobachtet hast."

„Normalerweise kann ich so etwas besser", fuhr Ed in leicht schmollendem Tonfall fort. „Es sind doch die Grundregeln. Zeige nie dein Gesicht, wo es verdächtig wirken könnte. Kehre niemals zum Tatort zurück. Und hinterlasse niemals Beweise, die gegen dich verwendet werden könnten."

Sam erbleichte, als ihm klar wurde, dass er selbst gegen eine dieser Regeln verstoßen hatte.

„Was ist?"

„Du hast dich dumm verhalten, weil du um mich besorgt warst. Ich habe mich einfach nur dumm verhalten." Er erinnerte Ed an seine Begegnung mit Lara und erzählte noch einmal, wie er das *Messer* fortgeworfen hatte. „Mit meinem Blut und meinen Fingerabdrücken."

„Du warst verstört. Es ist absolut verständlich."

„Aber solche Fahrlässigkeiten dürfen wir uns nicht erlauben." Sam zog sein Handy aus der Tasche und zeigte Ed die Nachricht, die er an diesem Morgen von den Cramers erhalten hatte.

Heute Abend erster Bericht oder die Zusammenarbeit ist beendet.

„Dass dich jemand gesehen hat, ändert nichts, Eddie. Wenn die ersten Leichen auftauchen, müssen wir nur dafür sorgen, dass sie sich anstelle von uns gegenseitig verdächtigen. Und ich habe eine Idee …"

SAM HATTE eine fabelhafte Idee, für die sie eine von Eds Kameras benötigten.

Die ganze Woche arbeiteten sie hart – und gönnten sich unterdessen einige intime Momente. Küsse. Verstohlene Berührungen. Hin und wieder presste Sam Ed gegen eine der Hauswände. Sie schwammen ein weiteres Mal gemeinsam im Pool. Doch Ed achtete darauf, es zu unterbrechen, sobald es zu heftig wurde, da er fürchtete, mit der Leidenschaft auch seinen Hunger zu wecken.

Nun war es wieder Freitag und er war noch wesentlich hungriger geworden.

Für eine Erpressung eigneten sich die von ihm aufgenommenen Fotos nicht, aber jemandem mit dem gelegentlichen Klicken und Blitzen einer Kamera zu folgen, woraufhin sich derjenige umdrehte und hinter sich niemanden entdeckte, war eine gute Methode, Menschen nervös zu machen. Außerdem hatte es Ed einen Vorwand dafür verschafft, neue Bilder von der Stadt aufzunehmen. Und das eine oder andere von Sam.

„Ich wünschte, Gerry würde Lara nicht für derart perfekt halten. Aber die Wahrheit kann ich ihm auch nicht sagen", teilte Sam Ed mit, während er ihm dabei zusah, wie er in der Dunkelkammer seine neuesten Fotos aufhängte. „Sie hatten jetzt zwei Verabredungen und treffen sich heute Abend zum dritten Mal. Er ist ihr völlig verfallen. Wenn er und Mim sich nicht diese neuen Jobs gesucht hätten, säße er wahrscheinlich den ganzen Tag im Lucifer's Rest."

„Gerrys Herz mag vielleicht gebrochen werden, aber wir sorgen dafür, dass ihm nichts passiert", antwortete Ed.

Sam stieß ein unverbindliches Brummen aus, fügte jedoch bald mit einem neckenden Lachen hinzu: „Weißt du, eines Tages kannst du vielleicht mal ein Foto von mir machen, wenn ich etwas davon merke."

Ed hatte einige beeindruckende Aufnahmen von der Stadt und den von ihnen Verfolgten gemacht, doch am besten gefiel ihm eine von Sam, der darauf das Lagerhaus der Cramers verließ – kein besonderer Hintergrund, nur Backstein und Glas mit Sams Profil, das ein herausforderndes Grinsen zeigte.

„Bietest du mir an, für mich zu posieren?", fragte Ed und erbleichte dann, als er über seine Worte nachdachte. „N-nicht, dass ich damit meine …"

„Eddie, wenn du mich darum bittest, posiere ich sehr gern für dich."

Ed schluckte schwer, gefangen in Sams Blick. Er machte ihn sehr hungrig, was bedeutete, dass er unmöglich weitere zärtliche Momente in Erwägung ziehen konnte, bevor er Nahrung fand. Er fragte sich, ob Sam das Thema absichtlich vermieden hatte, aber sie konnten es nicht für immer ignorieren.

Bevor Ed etwas sagen konnte, erklang jedoch die Türklingel. Die vertraute Unterbrechung ließ sie beide lächeln.

Zügig stiegen sie aus dem Keller hinauf, allerdings überließ Ed das Öffnen der Tür Sam, da es draußen noch nicht dunkel war.

„Marie. Und hallo, Kinder. Wie kann ich helfen?"

„Hallo, Sam. Ist Mr. Simons da? Ich wollte ihn etwas wegen des Barbecues fragen."

„Klar, kommen Sie rein."

Sie hatten sich darauf geeinigt, dass sie allen weiteren Besuchen der Neu-Ryans mit freundlicher Akzeptanz begegnen würden.

Als Marie mit den Zwillingen im Schlepptau ins Foyer trat, näherte sich Ed, um sie zu begrüßen. „Mrs. Neu-Ryan, es ist mir ein Vergnügen. Und das müssen Ihre lieben Kinder sein." Er schüttelte ihr die Hand und lächelte den beiden Fünfjährigen zu, die sich neugierig in seinem Haus umsahen.

„Wow", sagte Marie, bevor sie sich wieder fing. „Tut mir leid. Aber mein Mann hat Sie gut beschrieben. Es freut mich, dass wir uns endlich kennenlernen. Allerdings ist es mir etwas peinlich, weil ich Sie gleich um einen Gefallen bitten wollte. Hätten Sie vielleicht einen Tisch, den Sie uns für den Samstag leihen könnten? Wie ich es auch plane, unsere scheinen einfach nicht auszureichen."

Obwohl sich Ed bemüht hatte, jeden Gedanken an das Barbecue zu verdrängen, behielt er sein freundliches Lächeln bei. „Ich glaube, ich habe wirklich noch einen in der Garage." Es handelte sich nur um einen schlichten Tisch, weshalb er sich noch nicht die Mühe gemacht hatte, einen Platz dafür zu finden.

„Ich zeige ihn ihr, dann kann sie sich ansehen, ob er sich eignet", bot Sam an. „Du kommst zwei Minuten mit den Kindern zurecht, oder?" Er sagte es mit einem neckenden Grinsen, als rechnete er mit einer panischen Reaktion von Ed.

Die bekam er nicht. „Das werde ich. Wie wäre es, wenn ich euch das Haus zeige?", fragte er auf Augenhöhe der Zwillinge geduckt, die begeistert nickten.

Sam führte Marie durch das Esszimmer zu einer Seitentür, die das Haus mit der Garage verband. Um den Schein zu wahren, besaß Ed ein Auto, das er jedoch selten benutzte. Währenddessen führte Ed die Kinder in die entgegengesetzte Richtung, um ihnen das Wohnzimmer zu zeigen.

„Macht euch keine Sorgen darum, Dinge anzufassen", sagte er. „Ich bin nicht streng. Warum sollte man etwas besitzen, wenn man dann keinen Spaß daran haben darf? Aber einiges ist zerbrechlich, okay?"

Sie reagierten kaum, da sie bereits zu sehr damit beschäftigt waren, sich die Radios anzusehen, die Fotos und die eine oder andere Vase, Uhr oder Figur. Schließlich blieben sie vor einer alten Holztruhe an der Wand stehen, wertvoll und mit verschlungenen Schnitzereien verziert, aber auch schwer, was vermutlich der Grund gewesen war, aus dem sie sich nicht auf Sams Liste mit zu stehlenden Gegenständen befunden hatte.

„Wollt ihr wissen, was drin ist?", fragte Ed, während er sich neben sie hockte. Wie zuvor nickten sie nur schüchtern.

„Dann seht nach, aber seid vorsichtig. Der Deckel ist sehr schwer."

Gemeinsam öffneten die Zwillinge den Verschluss, hoben den Deckel an und enthüllten eine weitere Sammlung von Fotos, größtenteils mehrere Jahrzehnte alt von Landschaften und Städten. Vielleicht würde Ed sie noch irgendwo aufhängen.

Die Kinder wirkten enttäuscht, da sie sich nicht für alte Fotos interessierten, bis Ed hineingriff, um ihnen den doppelten Boden vorzuführen.

„In dieser Truhe gibt es ein Geheimfach. In Wirklichkeit ist sie wesentlich tiefer, als sie aussieht." Er nahm den falschen Boden heraus, um den Kindern zu erlauben, einen Blick auf seine wertvollsten Comichefte zu werfen, die dort in Plastikhüllen sorgfältig gestapelt waren. „Ich habe noch andere gelagert, aber diese hier sind meine liebsten."

„Sie mögen Spider-Man?", fragte Dawn und betrachtete ehrfürchtig Heft 42 von The Amazing Spider-Man, die Kultausgabe mit dem ersten Auftritt von Mary Jane und dem Zitat: „Sei ehrlich, Tiger, du hast gerade den Jackpot geknackt."

„Allerdings", antwortete Ed. „Superhelden sind wie moderne Sagen, fantastische Geschichten über Gut und Böse, bei denen es etwas zu lernen gibt – und dazu noch mit sehr hübschen Bildern. Spider-Man mag ich am liebsten", fügte er flüsternd hinzu, was den Zwillingen ein zustimmendes Kichern entlockte.

Dann betrachteten sie wieder die Comicstapel, als handelte es sich um Schätze, die sie durchforschen wollten.

Ed nahm das oberste Heft vom Stapel, unter dem ein identisches lag. „Von diesem hier habe ich sogar zwei, also würde es mich nicht stören, es euch auszuleihen, solange eure Mutter nichts dagegen hat." Er streckte ihnen das Heft entgegen und wartete ab, welcher Zwilling als Erstes mutig genug sein würde, es zu nehmen. Joey griff als Erster danach, aber Dawn war schneller als ihr Bruder.

„He!", protestierte er.

„Und solange ihr es euch teilt", fügte Ed hinzu.

Dawn erlaubte Joey, eine der Ecken festzuhalten, während sie das Heft noch ehrfürchtig betrachteten.

„Wenn eure Mutter es erlaubt, könnt ihr es mit nach Hause nehmen und die Hülle entfernen. Ich möchte euch bitten, gut darauf achtzugeben, aber wenn doch etwas passiert, werde ich nicht böse sein."

Das schien sie weiter zu beruhigen und letztendlich erlaubte Dawn Joey sogar, das Heft allein zu tragen, als sie sich von der Truhe abwandten und den Rest des Zimmers erkundeten. Es dauerte nicht lange, bis sie die Vorhänge an der Terrassentür auseinandergezogen und den Pool entdeckt hatten.

„Dürfen wir hingehen?", fragte Joey, während beide Kinder zu Ed stürzten und ihn an je einer Hand zur Terrassentür zogen.

Ihr Geruch stieg Ed in die Nase und ihm lief das Wasser im Mund zusammen. Kinder rochen anders als Erwachsene, frisch und neu ohne die späteren Pheromone, als würden sie auch anders schmecken – süßer.

Ed schüttelte den Kopf. Er war eindeutig zu hungrig.

„I-ich weiß nicht, ob ihr ohne eure Mutter nah ans Wasser gehen solltet", sagte er und stemmte sich gegen sie, bevor sie ihn ins Freie zerren konnten. „Und ich bin allergisch gegen Sonnenlicht, weshalb ich nur im Dunkeln schwimme."

„Wie kann man gegen Sonne 'lergisch sein?" Joey rümpfte die Nase.

„Dürfen *wir* tagsüber schwimmen?", fragte Dawn, bevor Ed antworten konnte.

„Nun …"

„Kinder", schalt Marie, die soeben mit Sam zurückkehrte.

„Ich hätte nichts dagegen." Ed wandte sich zu ihr um. „Es ist Frühling und wird jeden Tag wärmer. Solange Sie mir rechtzeitig Bescheid sagen, können Sie mich gern mit den Kindern zum Schwimmen besuchen."

„Sind Sie sicher?"

„Bitte, Mama, dürfen wir?", bettelte Joey.

„Bitte, Mama?", wiederholte auch Dawn.

„Heute haben wir keine Zeit und morgen ist das Barbecue, aber … vielleicht ein andermal, wenn Mr. Simons wirklich nichts dagegen hat."

„Überhaupt nichts. Und Ed reicht völlig."

Sam schenkte ihm ein warmes, zufriedenes Lächeln. Die Kinder waren begeistert und Marie wirkte, als ob ihr Ed eine wundervolle Möglichkeit verschafft hätte, den bevorstehenden Sommer etwas stressfreier zu gestalten.

„Danke, Ed. Auch für den Tisch."

„Und das Comic!" Joey hielt es grinsend in die Höhe.

„Wenn das in Ordnung ist", sagte Ed.

Da Sam Marie bereits geholfen hatte, den Tisch in den von ihrem Vater ausgeliehenen Pick-up zu laden, waren sie bald wieder allein. Ed spürte Sams Blick.

„Was ist?"

„Du kannst ja auch ziemlich gut mit Kindern umgehen."

Ed wünschte nur, sie röchen nicht wie Appetithäppchen.

Dieser Gedanke erinnerte ihn an die Uhrzeit, an die Sonne, die sich dicht über dem Horizont befand und an den wachsenden Hunger, der auch Sams Duft appetitlich wirken ließ.

„Du hattest die ganze Zeit über Comichefte in dieser Truhe? Ich muss ein besserer Dieb werden." Sams leises Lachen brach ab, als er Eds steife Haltung bemerkte. „Was ist?"

„Es ist Zeit, Sam. Ich weiß, wo Fitz heute Abend sein wird. Wenn er seinem üblichen Muster folgt, besucht er wieder den Klub an der Siebenundvierzigsten."

„Heute Abend?" Sams heitere Miene verflog.

„Ich bin hungrig. Das sollte ich nicht zu lange riskieren." Ed blickte demonstrativ in Richtung Tür, durch die soeben die Familie das Haus verlassen hatte.

„O-okay. Na gut."

„Ich werde exakt so vorgehen, wie wir es geplant haben."

„Ich komme mit."

„Was?" Eds Blick kehrte rasch zu Sam zurück. „Das musst du nicht. So musst du mich nicht sehen."

„Ich weiß", antwortete Sam entschlossen. „Aber ich begleite dich trotzdem."

SAM MUSSTE Ed begleiten. Selbst wenn der Gedanke daran seinen Puls erneut zum Rasen brachte wie noch vor einer Woche.

Ed bereitete sich minutiös auf den Abend vor, wählte schlichte Kleidung und warnte auch Sam: „Trag so wenige Kleidungsstücke wie möglich. Keine Jacke. Dadurch sinkt die Wahrscheinlichkeit, etwas Verräterisches zurückzulassen. Park dein Motorrad am Hilton, damit es so aussieht, als wärst du die ganze Nacht dort gewesen. Ich hole dich ab."

„Mit dem Auto?"

„Nein."

„Aber das Hilton ist an einem ganz anderen Ende der Stadt als der Klub."

„Dessen bin ich mir bewusst", antwortete Ed lächelnd.

Von da an konnte Sam an nichts anderes als die Vorstellung denken, wie Ed ihn mit übermenschlicher Geschwindigkeit durch die Stadt mitnahm, was ihn zumindest ein wenig von den Gedanken an ihr Vorhaben ablenkte.

Fitz hatte es verdient. Er war ein schrecklicher Mann, der schreckliche Dinge getan hatte. Sam hatte nachgeforscht und herausgefunden, dass jedem von ihnen mindestens Körperverletzung vorgeworfen worden war, manchen Schlimmeres, nur ohne direkte Verurteilung wegen Mordes. Was nicht bedeutete, dass sie keine begangen hatten, und selbst wenn nicht …

Hatten sie es verdient. Jeder von ihnen.

Die Fahrt in die Stadt kam ihm seltsam kurz vor. Ehe er sich's versah, war er bereits beim Hilton angekommen und stellte sein Motorrad in der Tiefgarage ab, wo ihn die Kameras gut aufzeichnen konnten. Dann begab er sich in einen nicht überwachten Winkel des Treppenhauses, um auf Ed zu warten.

Seine einzige Warnung war ein geflüstertes „Halt dich fest".

Durch Sams Magen ging ein Ruck wie beim Abwärtsfahren auf der Achterbahn, gefolgt von einer wahnsinnigen Beschleunigung, welche die Lichter der Stadt um ihn herum verschwimmen ließ. Da er nur Eds Kühle deutlich spürte, suchte er hastig nach Halt, als könnte er sonst fallen, und schlang die Arme fest um Eds Nacken.

Als sie anhielten, befanden sie sich auf dem Dach eines Gebäudes, von dem aus auf der anderen Straßenseite Fitz' Lieblings-Stripklub zu sehen war.

Als Ed ihn absetzte, taumelte Sam und fürchtete, sich übergeben zu müssen, sobald sein Magen ihn eingeholt hatte. Doch Ed legte eine Hand an seine Taille und die andere in seinen Nacken, und die kühle Berührung vertrieb die Übelkeit.

„Geht es dir gut?"

„Das sollten wir öfter machen", antwortete Sam.

Das Lächeln, das Ed ihm daraufhin schenkte, war wunderschön. Doch als sie sich einander näherten, holte er tief Luft, als wollte er Sams Duft einatmen und seine Augen färbten sich kurz gelb.

„L-lieber nicht", sagte Ed. „Ich rieche Fitz, aber ich sehe vorsichtshalber nach, ob er wirklich im Klub ist. Wenn er später aufbricht, folgen wir ihm und beenden es direkt in seiner Wohnung."

Es war wichtig, dass sie besonders vorsichtig vorgingen, da sie nicht einfach Beweise vernichten wollten, sondern lediglich diejenigen, die zu ihnen führten.

Ed verschwand und kehrte Sekunden später zurück, um ihm mitzuteilen, dass Fitz tatsächlich in einem der Hinterzimmer den Abend genoss. Sie suchten sich einen Platz, um zu warten, was Sam für den schwierigsten Teil des Abends gehalten hatte, denn Geduld war nicht die angenehmste Tugend. Doch wie schon bei der Fahrt in die Stadt verging die Zeit stattdessen wie im Flug und bald verließ Fitz das Gebäude und stolperte mit unsicheren Schritten die Straße entlang.

Jetzt erlebte Sam zum ersten Mal, wie es für Ed war, jemanden zu beschatten. Ganz plötzlich befanden sie sich in einer anderen Straße, auf einem anderen Dach oder hinter einem Haus, stets mit guter Sicht auf Fitz, ohne selbst von ihm gesehen zu werden. Als sie schließlich das Gebäude mit Fitz' Wohnung erreicht hatten, ganz sicher waren, dass sich niemand im Hausflur befand, und gewartet hatten, bis Fitz die Wohnungstür aufschloss …

„Bereit?", flüsterte Ed.

„Bereit."

Ed brachte sie zügig hinein und verbarg sich im Schatten, während Sam in Fitz' Wohnzimmer stehen blieb.

„Was willst du denn hier?", stieß Fitz undeutlich hervor, während er die Tür hinter sich zuschlug.

„Falls Sie etwas über Midnight wissen", sagte Sam ruhig, „ist jetzt der richtige Zeitpunkt, um es mir zu sagen."

„Machst du Witze?", fragte er lachend und holte sein Messer hervor.

„Jedes bisschen könnte helfen, um das hier für Sie leichter zu machen."

„Ganz schön frech von dir, hier einfach reinzukommen – und dann noch unbewaffnet. Über Midnight weiß ich gar nichts, aber selbst wenn ich was wüsste, würde ich dir trotzdem eher dein hübsches Gesicht verschönern, als es dir zu sagen." Dann stürzte er sich knurrend auf Sam und holte mit betrunkener Wut aus, doch Sam machte sich nicht einmal die Mühe, dem Messer auszuweichen.

Fitz' Hand erstarrte mitten in der Luft, als Ed ihn beim Handgelenk packte.

Mit leuchtenden Augen und bereits sichtbaren Reißzähnen stand er da und drückte so fest zu, dass Sam das Knacken von Knochen hörte. Noch bevor Fitz aufschreien oder das Messer fallen lassen konnte, schob Ed die Hand mit einem Ruck nach unten, sodass Fitz' Messer zwischen seine eigenen Rippen gestoßen wurde.

Nun versuchte er zu schreien, doch Ed drehte ihn um und warf ihn mit einer solchen Wucht gegen die Wand, dass ihm die Luft wegblieb. Ungläubig blinzelnd starrte er in Eds monströses Gesicht.

„Ich bitte um Verzeihung. Normalerweise verursache ich meinen Opfern keine unnötigen Schmerzen, aber wir müssen es glaubhaft wirken lassen."

Dann beugte er sich vor, um in Fitz' Hals zu beißen, während er gleichzeitig das Messer in seiner Seite drehte, und auch diesmal brachte Fitz keinen ganzen Schrei heraus, sondern nur ein schwaches Stottern.

„W-was zum … w-was zum Teufel …?" Er versuchte Ed von sich zu stoßen, doch Ed war unbeweglich wie eine Wand.

Sam sah von dem Platz aus zu, an dem Ed ihn stehen gelassen hatte, in der Mitte des Raums, aber doch nur wenige Meter von der Stelle entfernt, an der Ed aß – wesentlich vorsichtiger als beim letzten Mal, ohne einen einzigen Tropfen entkommen zu lassen.

Bis er das Messer aus Fitz' Seite zog, um ihn auf dem Boden verbluten zu lassen.

„Es soll sich niemand darüber wundern, wie viel Blut Ihnen fehlt", erklärte Ed. Dann schwang er, noch immer Fitz' Hand unter seiner haltend, das Messer aufwärts, um durch die Haut an seinem Hals zu schneiden und die Bisswunde zu verbergen. Anschließend beugte er sich über die Wunde und trank von dem hervorquellenden Blut, wobei er das Messer endlich fallen ließ.

Der Blick von Fitz' glasigen Augen fand Sam und blieb an ihm haften, flehte ihn durch die Schmerzen hindurch wortlos an, ihm zu helfen. Das hätte Sam nicht getan, selbst wenn er das hier für falsch und grausam gehalten hätte, doch noch wartete er darauf, dass das Entsetzen ihn packte.

Obwohl sein Magen sich zusammenzog, sein Puls raste und seine Atmung sich beschleunigt hatte, war es nicht wie in der letzten Woche. Damals hatte er auch um sein eigenes Leben gefürchtet. Jetzt wusste er, dass er es nicht musste.

Ed trank langsam, doch irgendwann wurde Fitz' Blick leer und Ed ließ ihn in die Lache seines eigenen Blutes sinken. Sam sah Zufriedenheit und gestilltes Verlangen in seinem Gesicht, als er sich die Lippen sauberleckte. Lediglich an seinem Ärmel war ein wenig Blut zurückgeblieben.

„Hast du irgendetwas angefasst?" Mit noch leuchtenden Augen wandte er sich Sam zu.

„N-nein", antwortete Sam.

„Dann warte hier."

Erneut so schnell, dass er vor Sams Augen verschwamm, bewegte Ed sich durch die Wohnung, bis er schließlich neben Fitz' Leiche stehen blieb.

„Alles, wie es sein sollte. Die einzigen Fingerabdrücke hier sind seine. Sam? Geht es dir gut?"

Die Realität kehrte zurück. Sam konnte nicht genau sagen, wie viel Zeit vergangen war, doch als Ed sich nun näherte, war er wieder Ed – mit grünen Augen und besorgt gerunzelter Stirn.

„Ja", antwortete Sam, vielleicht ein wenig überrascht, aber ehrlich. „Es geht mir gut."

ED GING es so, so gut.

Der viele Alkohol und die Drogen hatten Fitz' Blut nicht sauer gemacht. Es hatte immer noch fantastisch geschmeckt und Ed verspürte den üblichen herrlichen Rausch. Er wartete darauf, dass etwas anderes diesen Abend verderben würde – vielleicht ein Geständnis von Sam, dass er mit Eds wahrem Wesen nicht umgehen konnte und es nicht ertrug, wenn er Menschen das Leben nahm.

Ed brachte sie vorerst beide zu seinem Haus. Sams Motorrad befand sich noch in der Tiefgarage des Hotels und die Aufzeichnungen der Überwachungskameras zeigten, dass er dort eingetroffen war und es nicht wieder verlassen hatte. Sie waren wie Geister, denn es gab nicht den geringsten Beweis dafür, dass sie sich an irgendeinem anderen Ort aufgehalten hatten.

Sam hatte noch immer nichts gesagt.

„Würdest du gern duschen?", fragte Ed.

„Muss ich das?"

„Nein. Ich kann an dir nichts entdecken. Trotzdem sollten wir vorsichtshalber unsere Kleider waschen."

„Ja. Gute Idee."

So betraten sie den Keller und zogen sich bis auf die Unterwäsche aus, um ihre Kleidung in die Waschmaschine zu stecken. Ed hielt es für unhöflich, Sams größtenteils nackten Körper zu betrachten, denn obwohl sie einander bereits in Badeshorts gesehen hatten, überließen die enger anliegenden, die Sam als Unterwäsche trug, wesentlich weniger der Fantasie.

Andererseits hatte Sam ihn bereits völlig nackt gesehen und der Gedanke daran ließ ihn erröten. Er errötete noch heftiger, als er bemerkte, dass Sam ihn anstarrte.

„Willst *du* duschen?", fragte Sam.

„Ich spüle mich nur kurz ab. Sam …"

„Ich warte darauf, mich zu fürchten", unterbrach ihn Sam in trotz der Worte ruhigem Tonfall. „Angewidert oder entsetzt zu sein. Stimmt mit mir etwas nicht, weil ich es nicht bin? Weil ich in diesem Moment nichts anderes will, als dich zu küssen?"

Ed hob überrascht den Kopf. Offenbar würde der schwere Schlag, mit dem er gerechnet hatte, mit dem anscheinend auch Sam gerechnet hatte, doch nicht kommen. „Nein. Wir haben das Leben eines bösen Menschen beendet, mir etwas Notwendiges verschafft und dich sicherer gemacht. Nicht um ihn zu trauern ist nicht falsch."

Sam nickte, als wüsste er das bereits, wäre aber dennoch ein wenig besorgt darüber … wie wenig ihn die Sache besorgte. Doch sein Blick wurde mit jeder Sekunde entschlossener, als er sich Ed näherte, während im Hintergrund die Waschmaschine dröhnte. „Ich glaube, es gefällt mir, dass du so erschreckend stark bist und trotzdem so sanft mit mir umgehst."

„N-nun … du hast es verdient, dass man sanft mit dir umgeht", antwortete Ed und ergriff Sams Hand, um ihn aus dem Keller zu führen, bevor seine Nervosität ihn übermannte.

Er plante nach wie vor eine kurze Dusche, um eventuell übersehene Spritzer zu entfernen, wollte Sam dabei jedoch nicht aus dem Blick verlieren. Er ließ sogar die Badezimmertür einen Spalt geöffnet. Als er wenige Minuten später mit einem um die Hüften geschlungenen Handtuch in sein Schlafzimmer zurückkehrte, saß Sam mit seinem Handy auf dem Bett und wirkte verdutzt.

„Mein Kalender hat mich gerade an etwas erinnert."

„Woran?"

„Wir müssen für morgen einen Kuchen backen."

Ed lachte. „Heute noch?"

„Ich müsste ziemlich früh morgens herkommen. Oder …"

„Oder?" Ed näherte sich ihm langsam.

„Oder ich könnte hier übernachten."

„Oder du könntest hier übernachten", wiederholte Ed.

„Also sage ich meinen Freunden, sie sollen nicht mit mir rechnen?" Er gestikulierte mit dem Handy.

„Du kannst ihnen gleich eine Nachricht schicken."

Er trat noch näher, und als Sam seine Beine spreizte, schob er sich zwischen sie. Nachdem er ihm das Handy abgenommen und es auf dem Nachttisch platziert hatte, legte er die Hände an Sams Wangen und küsste ihn. Im Augenblick war er nicht hungrig. Wenn es also einen Moment gab, in dem er sich Selbstbeherrschung zutraute, war es dieser.

Sam schlang die Arme um seine Taille und während sie sich küssten, löste er das Handtuch und ließ es zu Boden fallen. Ed fühlte Hitze in seine Wangen steigen, als er nun nackt zwischen Sams Beinen stand, wich aber nicht zurück. Stattdessen schob er Sam nach hinten und kletterte zu ihm auf die Matratze.

Sam rutschte ein Stück auf dem Bett nach oben, wobei er sich bemühte, in Kontakt mit Eds Mund zu bleiben, doch letztendlich mussten sie sich kurz voneinander lösen, bis sie sich in Position gebracht hatten. Dann hob Sam seinen Blick zu Ed, der sich nun über ihm befand, bevor er ihn über seinen gesamten Körper gleiten ließ. Ed wollte Sam auf dieselbe Weise sehen.

Er legte seine Hände an den Bund von Sams Unterwäsche und wartete auf ein Zeichen der Zustimmung, welches er in Form eines heftigen Nickens erhielt. Er zog ihm die Shorts aus und warf sie auf den Boden. Sam war so schön – jede einzelne menschliche Narbe und jeder bezaubernde Bräunungsstreifen.

Als Sam ihm eine Hand in den Nacken legte, um ihn für einen weiteren Kuss hinabzuziehen, ließ er sich endlich auf Sams Körper sinken. Die Berührung ihrer nackten Haut brachte Ed zum Zittern. Sie rieben sich aneinander, drehten sich schließlich auf die Seite und Sam schob eine Hand zwischen sie, damit er sie um Ed legen konnte. Ed stieß in seine Hand und spürte, wie sich in seiner Kehle ein Knurren aufbaute.

„Du schaffst das. Du wirst schon sehen", sagte Sam, während er sie noch etwas weiter drehte, bis Ed auf dem Rücken lag. Dann schob er sich an Eds Körper hinunter, bis er sich zwischen seinen Beinen befand.

Eds Blick schärfte sich und seine Reißzähne schoben sich vor, so sehr er es auch zu verhindern versuchte. Aber, so dachte er sich, vielleicht würde es ihm diesmal gelingen, es dabei zu belassen. Sam betrachtete ihn, musste es bemerkt haben, seine animalische Seite gesehen haben, und doch zauderte und zögerte er nicht, als er sich hinunterbeugte, um Ed in den Mund zu nehmen.

Ed stieß ein Brüllen aus und krallte sich im Laken fest.

Im Gegensatz zu Sam war er nicht beschnitten, doch auch das schien ihn nicht zu stören. Er ließ seine Zunge mit beinahe ehrfürchtiger Sorgfalt über die

Haut von Eds Schaft gleiten, bis zu seinen Hoden hinunter und wieder hinauf zur Eichel, bevor er ihn tief in den Mund nahm und kräftig saugte.

Obwohl es ein fantastisches Gefühl war, dass Sam sich ihm so leidenschaftlich widmete, wollte er jedoch nicht auf diese Weise zum Höhepunkt kommen. Er wollte, dass Sam ihn mit ihm teilte.

So löste er Sam sanft von sich, legte die Hände an seine Schultern und drehte ihn auf den Rücken, während er ihn wegen seiner Vampirzähne besonders vorsichtig küsste. Er traute sich mit ihnen nicht zu, Sam auf dieselbe Weise zu verwöhnen, doch durch die von Sams Mund hinterlassene Feuchtigkeit konnten sich ihre Körper nun leicht und mühelos gleitend aneinander reiben.

Ed schob eine Hand zwischen sie, legte seine langen Finger um Sam und begann, ihn erst mit langsamen, dann immer schneller werdenden Bewegungen zu streicheln, während er sich dabei auch selbst umfasste und sich gegen Sam presste.

„Scheiße … Ich werde … Ich halte nicht lange durch", keuchte Sam, während er den Rücken durchbog und seinen Hinterkopf in Eds Kissen presste. Ihre geradezu verzweifelte, kopflose Leidenschaft ließ ihn erzittern, genau wie Ed.

Er bemühte sich, das Tempo ein wenig zu senken und hob Sams Hüften an, während ihre Schäfte sich noch immer berührten. „Heute Nacht werden wir es nicht so weit schaffen, wie ich es gewollt hätte, aber ich wünsche mir einen Vorausblick auf dein Stöhnen, wenn wir es dann tun."

Er hob seine Finger an den Mund, doch Sam stoppte ihn, um sie stattdessen in seinen zu nehmen. Als er sie zwischen seine Lippen saugte, rieb sich Ed noch heftiger an ihm, da er daran denken musste, wo sich diese Lippen noch vor wenigen Augenblicken befunden hatten – und an die sündhafte Torte vor all diesen Wochen. Als sie wirklich nass waren, ließ Sam von ihnen ab, damit Ed die Hand senken und ihn wie versprochen damit necken konnte.

Mit langsamen, rhythmischen Bewegungen streichelte er ihre Schwänze, während er in ihn eindrang. Der Fingerspitze folgte ein Wimmern, doch eine geschickte Krümmung des ganzen Fingers lockte das Stöhnen hervor, das Ed hören wollte.

Wieder stieß er ein Knurren aus. Er konnte sich eingestehen, dass ein Teil von ihm jeden Millimeter von Sam verschlingen wollte. Sich darauf zu konzentrieren, Sam zu verwöhnen, half ihm jedoch dabei, sich im Zaum zu halten.

Sam war so furchtbar verlockend, stöhnte mit jedem seiner sanften Stöße noch lauter und zog ihn für einen weiteren Kuss zu sich hinab. Es war merkwürdig, jemanden mit seinen Vampirzähnen zu küssen, wenn die andere Person keine besaß. Es zwang ihn zur Vorsicht und half ihm, seine wilde Seite zu bändigen, selbst als er nun an Sams Hals schnupperte und die Zähne über seine Haut gleiten ließ. Ed biss nicht zu, Sam zuckte nicht zusammen und es war alles so wundervoll.

Er kam dem Ende näher, stieß heftiger in seine Hand, doch da er vorher mit einem zweiten Finger in Sam eindringen wollte, hielt er sich zurück, bis er ihn dazu weit genug geöffnet hatte. Dann stöhnten sie beide auf, denn sie waren beinahe so weit, beinahe …

Sam war der Erste, hielt zwischen Eds Fingern und der Reibung ihrer Schwänze nicht länger durch, doch Ed folgte ihm bald. Noch mit der klebrigen Flüssigkeit zwischen ihren Körpern bewegten sie sich weiter, bis sich ihre Atmung beruhigt und Ed seine Finger aus Sam gelöst hatte.

Seine Sicht normalisierte sich und seine Zähne zogen sich zurück, während er sich von Sam rollte, um den Moment danach zu genießen.

„Ich habe ja gesagt, dass du es schaffst." Sam lachte und Ed stimmte mit ein.

„Eines Tages würde ich es gern ganz in die Tat umsetzen." Sam für sich öffnen und ihn nehmen.

„Unbedingt. Aber fürs Erste …" Sam neigte den Kopf, um ihn mit einem innigen Lächeln zu betrachten. „Ist all dein Hunger gestillt?"

Ed musste zugeben: „Sehr."

6

SAM FAND Eds Bett unglaublich bequem. Vielleicht lag es daran, dass es niemals benutzt wurde.

Er erwachte in diesem perfekten natürlichen Tempo, das einer Nacht mit erholsamem Schlaf entsprang, als zwischen den Vorhängen die Morgensonne hereinfiel. Bei diesem Gedanken blinzelte er und wurde wacher, denn obwohl die Sonne soeben erst aufging, war er bei Ed nicht an aufgezogene Vorhänge gewöhnt.

„Oh! Guten Morgen", erreichte ihn Eds Stimme von der Kommode her. „Stört dich das Licht? Ich dachte, du würdest es vielleicht bevorzugen. Ich weiß nicht mehr viel darüber, was die Etikette am Morgen vorschreibt."

Sam nahm seinen Anblick langsam in sich auf. Er hatte eine seiner weniger geschmacklosen Strickjacken übergezogen, doch seine Füße steckten erneut in diesen Häschenpantoffeln, während er die Schubladen nach einem weiteren Satz Kleidung durchsuchte. Er hatte die Sonne *für Sam* hereinscheinen lassen und bemühte sich nun, Kleider für ihn zu finden, da seine anderen noch gewaschen wurden.

Sam streckte sich auf der großen Matratze aus und genoss das Gefühl der Bettwäsche auf seiner noch nackten Haut. „Ich kann mir keine schönere Art vorstellen, aufzuwachen. Außer vielleicht mit dir im Bett."

Lächelnd und mit leicht errötenden Wangen ging Ed erst zum Fenster, um das Licht auszusperren, bevor er sich an Sam heranpirschte.

„Du bist wirklich sexy, Eddie. Vor allem die Pantoffeln." Sam zwinkerte ihm zu.

Ed errötete heftiger und schüttelte die Pantoffeln von den Füßen, um sie zur Seite zu schieben. „Ich kann mich auch wieder ausziehen, wenn du möchtest."

„Hmm …", brummte Sam, als Ed über ihn kroch und ihn auf die Matratze presste. „Verlockend. Aber ich gehe nicht davon aus, dass du dich schon mal um den Kuchen gekümmert hast?"

„Das gehört zu *deinen* Aufgaben", antwortete Ed finster.

Sam lachte. „Dann musst du mich wohl aufstehen lassen."

„In einer Minute", sagte Ed leise und senkte den Kopf, um ihn zu küssen.

Selbst wenn Ed bekleidet war, fühlte es sich so gut an, ihn auf sich liegen zu haben, während die weiche Baumwolle der Bettwäsche Sams nackte Haut liebkoste. Eds Hände waren nicht mehr so zaghaft wie noch vor einiger Zeit, als sie über Sams Körper glitten.

„Daran könnte ich mich gewöhnen", sagte Sam.

„Ich ebenfalls." Ed machte es sich auf ihm bequem und streichelte sanft die Seite seines Halses. „Allerdings müssen wir vorsichtiger sein. Ich habe Spuren hinterlassen. Schwach, aber doch sichtbar."

Sam berührte sie mit den Fingerspitzen, doch es handelte sich lediglich um zwei oberflächliche Kratzer, die entstanden waren, als Ed seine Reißzähne über die Haut gezogen hatte. Sie passten zu seiner Schnittverletzung an derselben Stelle. „Gärtnern ist gefährlich", sagte er, da es nicht die schlechteste Ausrede war.

Ed kicherte, bevor er ihn erneut küsste, doch als ihre Umarmung leidenschaftlicher wurde, presste Sam seine Hüften gegen Eds, woraufhin das vertraute Gelb in Eds Augen aufblitzte.

„W-wir konzentrieren uns lieber aufs Backen." Ed schob sich vorsichtig von seinem Körper. „Die Wäsche ist fertig, aber ich dachte, du willst vielleicht lieber etwas anderes anziehen." Er deutete auf das blaue Hemd und die Jeans, die er ausgesucht hatte. Sie waren ähnlich groß, sodass ihm Eds Kleidung vermutlich passen würde.

„Danke. Ich würde gern kurz duschen", sagte Sam, während er sein Handy vom Nachttisch nahm, „während du schon mal alles für den Kuchen zurechtlegst." Er hatte das Rezept gespeichert, aber als er das Gerät nun einschaltete, bemerkte er einige ungelesene Nachrichten.

„Die Cramers?", erkundigte sich Ed. „Haben sie Fitz gefunden?"

„Nein. Und vielleicht wird es ein paar Tage dauern, bis sie ihn vermissen. Die hier sind von Mim." Sam öffnete die Nachrichten, während Ed über seine Schulter schaute.

Ich hoffe, du hattest letzte Nacht Spaß, Romeo, war die erste.

Gefolgt von: *Gerry jedenfalls schon.*

„Uh", stöhnte Sam. „Das berühmte dritte Date."

„Dritte Date?", fragte Ed und schien ernsthaft darüber nachzudenken. „Was bedeutet es, dass wir eigentlich nicht einmal unser erstes hatten?"

„Dass wir beide es wirklich wollten", beschloss Sam und legte sein Handy ab, um Ed an sich zu ziehen und sanft und langsam zu küssen. „Und wie du sagtest, haben wir ja noch nicht alles … in die Tat umgesetzt."

Ed erbebte in seinen Armen. „D-das würde ich sehr gern tun. Aber wir sollten wieder warten. Nur zur Sicherheit."

„Bist du wirklich so besorgt?", fragte Sam, während er mit den Fingern durch Eds leicht zerzaustes Haar streichelte. Wie er so hier neben ihm im Bett lag, wirkte er nicht wie ein gefährlicher Mörder.

„Wenn es um deine Sicherheit geht, werde ich immer besondere Vorsicht walten lassen." Dann lächelte er. „Aber solange wir vorsichtig sind, können wir schauen, was passiert. Und jetzt …" Er streckte einen Arm über Sam hinweg, um nach dem Handy zu greifen. „… sollten wir erst einmal schauen, ob wir alles Nötige für den Kuchen haben."

SIE HATTEN alles Nötige – abgesehen vom Rhabarber, der im Garten wuchs und den Ed nicht hereinholen wollte, da er an diesem Tag bereits mehr Zeit im Freien verbringen musste, als ihm lieb war.

„Ist deine Sonnenbräune so unschön?", neckte Sam, als er frisch duftend, und in Eds Kleidung sehr gut aussehend, mit den roten Stängeln zurückkehrte. „Verbrennst du?"

„Ich implodiere", brummte Ed. Doch als Sam die Augen aufriss, bereute er den Scherz. „Nicht im Ernst! Nach längerer Zeit kann die Haut ziemlich rot werden, aber wenn ich mich wieder ins Haus begebe, lässt es schnell nach. Es ist nur schmerzhaft."

Nachdem er den Rhabarber in der Spüle abgelegt hatte, wandte sich Sam mit einem Stirnrunzeln zu ihm um. „Ich behalte dich im Auge und passe auf, dass du nicht zu sehr von der Sonne gebacken wirst. Das sparen wir uns für den Kuchen auf. Ich wünschte, wir müssten nicht hingehen, aber es ist gut für dein Image."

„Ich weiß. Also, wie kann ich dir behilflich sein?" Ed musterte die Zutaten und Utensilien, die sie auf der Kücheninsel bereitgestellt hatten.

„Kannst du den Rhabarber waschen und schneiden?"

Bei Eds Geschwindigkeit war dies eine leichte Aufgabe, und so machte er sich an die Arbeit und hatte bereits einen kleinen Berg Rhabarberstücke geschnitten, noch bevor Sam mit dem Abmessen des Zuckers begann.

„Und trotzdem erledige ich die Hausarbeit." Sam schüttelte den Kopf.

„Dafür *bezahle* ich dich. Und nur weil ich etwas schnell und gut erledigen kann, heißt es noch lange nicht, dass ich es gern tue." Doch während das auf Hausarbeit zutreffen mochte, war es bei anderen Dingen nicht der Fall. Denn wenn es ums Töten ging, vor allem bei Menschen wie Fitz, gefiel es ihm sehr wohl, was er war und was er tat.

„Manchmal gefällt es mir", stieß er hervor, bevor Sam sich wieder dem Backen widmen konnte. „Es hat mir gefallen. Letzte Nacht. Ich muss sicher sein, dass du das begreifst."

Sam schien von einer Bewegungslosigkeit erfasst zu werden, als hätte ihn die Realität überrollt wie eine Welle. Er schüttete den Zucker in die Schüssel und stellte den Messbecher ab. „Ich habe den Auftrag hier – den ursprünglichen Auftrag, bei dem ich dich bestehlen sollte – nicht nur angenommen, weil ich keine andere Möglichkeit hätte oder das Geld brauchte. Ich *brauchte* das Geld, aber es gefällt mir, es als Dieb zu verdienen. Wir hatten darüber gesprochen, es zu unserem letzten Job zu machen, wenn das Geld für ein neues Leben in einer neuen Stadt reichen würde. Aber ein Teil von mir hat insgeheim geplant, meine alten Angewohnheiten nicht ganz abzulegen, schon allein wegen des Nervenkitzels. Einen Plan auszuführen, jemandem eins auszuwischen, vor allem einem schlechten Jemand, kann … Spaß machen. Du bist die erste Person, bei der ich Schuldgefühle hatte."

„Sam", sagte Ed und hielt sein Handgelenk fest, bevor er nach der nächsten Zutat greifen konnte. „Stehlen ist nicht ganz dasselbe, wie jemanden zu töten."

„Ich weiß. Aber mir hat die letzte Nacht auch gefallen. Es hat sich … gerechtfertigt angefühlt. Wenn etwas schiefgegangen wäre und du dich gezwungen gesehen hättest, Daniel zu töten …"

„Dann hätte ich mich furchtbar gefühlt", sagte Ed und dachte an diese Kinder, an seine Frau.

„Und das reicht mir." Lächelnd entzog ihm Sam seine Hand, um mit dem Backen fortzufahren. „Kannst du den Ofen vorheizen?"

Es würde nicht von Dauer sein, sagte Ed sich, um die früher oder später unvermeidliche Enttäuschung von vornherein abzumildern. Und doch fragte er sich bei jeder weiteren mit Sam verbrachten Minute, ob es nicht doch von Dauer sein könnte.

Während sich der Kuchen im Ofen befand, blieben sie in der Küche und planten die Taktik für das Barbecue: Ed so viel Zeit wie möglich im Haus oder im Schatten verschaffen und davon abgesehen eine möglichst charmante nachbarschaftliche Präsenz zeigen.

„Wir können Spaß haben", sagte Sam. „Es muss nicht aufgesetzt sein. Lass uns den Tag genießen."

„Und wenn jemand fragt, in welcher Beziehung wir zueinander stehen?", wollte Ed wissen.

„Mich stört es nicht, ehrlich zu sein, wenn es dich nicht stört."

Das war keine faire Antwort, denn damit gab er die Aufgabe, ihre Beziehung zu definieren, an Ed zurück. „Unsere berufliche Beziehung hat sich verselbstständigt und nun … beschäftigen wir uns mit anderen Optionen?"

„In der Hoffnung, dass wir es irgendwann vom Rummachen zu einem richtigen Date schaffen?"

„S-sam!", stotterte Ed entrüstet.

Sams Lächeln und sanftes Lachen sorgte wie stets dafür, dass ihm alles gar nicht mehr so schwer vorkam. „Ich bemühe mich, diesen Teil nicht laut auszusprechen", sagte er, während er näherrückte, um Ed zu küssen.

Auch das wurde immer weniger schwer.

Nachdem der fertig gebackene Kuchen abgekühlt war, schlüpfte Ed in leichte, aber langärmlige Kleidung und nahm seine Sonnenbrille. Dann legten sie mit seinem Auto die kurze Entfernung zu seinen Nachbarn zurück. Da es kein bewölkter Tag und beinahe Mittag war, brannte die Sonne schmerzhaft heiß und grell vom Himmel herunter. Ed biss die Zähne zusammen und bemühte sich, dennoch ein Lächeln aufzusetzen.

Auch wenn das Haus der Neu-Ryans das nächstgelegene war, wohnten in der Umgebung einige weitere Menschen, die man als Nachbarn betrachten konnte, von denen sämtliche der Einladung gefolgt zu sein schienen. Außerdem Dutzende Kinder und zahlreiche Polizisten.

„Mr. Sam! Mr. Ed!"

Oh. Ed hoffte, „Mr. Ed" würde sich nicht durchsetzen.

Dawn und Joey kamen eilig auf sie zu, um sie zu begrüßen. Joey trug ein T-Shirt mit T-Rex-Motiv, Dawn ein Sommerkleid mit einem Muster aus undefinierbaren Monstern.

Da sich in Sams Händen der Kuchen befand, packte jedes Kind eine von Eds, um ihn zu den Tischen mit Speisen zu ziehen.

„Wir haben gut auf Ihr Comic aufgepasst, Mr. Ed!", versicherte ihm Dawn.

„Keine Marmeladenflecken und so!", stimmte Joey zu.

Ed musste lachen. Er war nicht daran gewöhnt, mitten am Tag unter Menschen zu sein und von Kindern mit solcher Aufmerksamkeit bedacht zu werden. Dann bemerkte er, dass sie nicht die Einzigen waren, die ihm große Aufmerksamkeit schenkten. Offenbar wussten die Nachbarn, wer er war – oder die Polizisten unter ihnen erkannten ihn als Verdächtigen in einem aktuellen Mordfall.

„Reißt ihm nicht die Arme ab!", rief Daniel, während er sich hastig näherte, um ihn zu retten. „Es freut mich sehr, dass Sie beide gekommen sind."

Es war das erste Mal, dass er Daniel ohne Anzug sah. In Jeans und T-Shirt wirkte er sehr jung und ungezwungen und ganz wie der Familienvater, als er sich nun die Kinder schnappte und sich jedes über eine Schulter hängte, während sie ausgelassen kicherten.

Ed konnte nachvollziehen, warum Sam von dieser Familie so angetan war. Er hätte es ebenfalls nicht gern gesehen, wenn ihnen etwas zugestoßen wäre, erst recht nicht seinetwegen.

„Bedienen Sie sich beim Essen", sagte Daniel und setzte die Kinder wieder ab, woraufhin sie zu den anderen stürmten. „Marie hat drinnen Getränke und würde Ihnen bestimmt wahnsinnig gern das Haus zeigen. Obwohl wir Ihres noch nicht sehen durften!" Er klopfte Ed scherzhaft auf die Schulter.

„Das durften Sie tatsächlich noch nicht. Jetzt fühle ich mich wie ein furchtbarer Nachbar", antwortete Ed. „Das müssen wir ändern. Vielleicht, wenn Sie die Kinder einmal zum Schwimmen zu mir bringen."

„Marie hat davon gesprochen. Sind Sie wirklich sicher? Wenn Sie diese Kinder einmal einladen, werden sie praktisch einziehen wollen." Er genoss die Rolle des Gastgebers sichtlich, gut gelaunt und ausgelassen. „Einige der Nachbarn erkennen Sie vielleicht, aber das da drüben sind Maries Vater und ihr Bruder." Er deutete auf einen gut aussehenden älteren Mann und einen jüngeren Mann im Studentenalter. „Ein paar meiner Familienmitglieder müssten hier auch irgendwo sein. Die anderen sind Arbeitskollegen, also Entschuldigung dafür, dass hier hauptsächlich Polizisten rumlaufen."

Er wurde in eine andere Richtung gerufen, doch bevor er sie verließ, winkte er Maries Bruder herüber.

„Mikey! Zeig Ed und Sam doch bitte die Büfettschlange und stell sie vor. Und bring den zu den Nachtischen." Er reichte Sams Kuchen weiter.

Mike war ein netter junger Mann, unbeschwert und freundlich, genau wie sein Vater Joe, dem der kleine Joey seinen Namen verdankte. Bald waren Ed und Sam in all diesem Treiben gefangen, dem hektischen Kennenlernen neuer Menschen, deren Namen und Gesichter Ed vermutlich wieder vergessen würde. Ein schlichtes freundliches Lächeln von seiner Seite schien allerdings schnell dafür zu sorgen, dass die misstrauischen und neugierigen Blicke von Nachbarn und Polizisten sich in Luft auflösten.

„Dumme Frage, die ich dir schon eher hätte stellen sollen", flüsterte Sam, während sie sich mit der Schlange vorwärtsbewegten. „Du *kannst* essen, oder? Du musst es nur nicht?"

„Ja. Und es schmeckt erträglich. Ich habe nur kein Verlangen danach und es kann mich nicht ernähren." Ed füllte seinen Teller mit kleinen Mengen, da er nur einige Bissen essen würde, um den Schein zu wahren.

Der Vorwand seines „Leidens" machte es ihnen leicht, zum Essen ins Haus zu gehen, anstatt sich mit den anderen um die Tische zu drängen. Sam griff dabei wie selbstverständlich nach seiner Hand, doch als sein Daumen über Eds Handgelenk strich, das zu lange der Sonne ausgesetzt gewesen war, stieß Ed ein Zischen aus.

Stirnrunzelnd führte ihn Sam mit nun sanfterem Griff ins Haus und blieb gleich hinter der Tür stehen, um mit seinem kühleren Handrücken vorsichtig über Eds gerötete Haut zu streichen.

„Es ist nicht schlimm. Schau nur", sagte Ed und entzog ihm den Arm, um ihn im schattigen Eingangsbereich vor sich auszustrecken. Schon nach wenigen Sekunden verschwand die Röte.

Abgesehen vom Sonnenlicht war es kein allzu unangenehmes Gefühl gewesen, von so vielen Menschen umgeben zu sein, die ihn kennenlernen wollten. Nicht mit Sam an seiner Seite. Solange er also nicht zu viel Zeit in der Sonne verbrachte, sollte alles gut gehen.

ALLES SCHIEN gut zu gehen – bis sie Marie in der Küche begrüßten und einer ihrer Arbeitskolleginnen vorgestellt wurden.

„Der mysteriöse Ed Simons aus dem großen Haus am Ende der Straße", sagte Linda – eine reizende Frau, in deren Augen jedoch ein wenig mehr die Reporterin aufblitzte. „Obwohl Marie ständig von Ihnen erzählt, habe ich immer noch das Gefühl, so wenig zu wissen. Wie war Ihr Leben vor Riverside? Was hat Sie zum Herziehen bewegt?"

Sam kam sich wie ein Idiot vor, weil er Ed nicht auf diese Art von Fragen vorbereitet hatte. Wie sich allerdings herausstellte, machte einen jahrhundertelange Erfahrung zu einem routinierten Lügner.

„Den größten Teil meines Lebens habe ich im Ausland verbracht", antwortete Ed mit einem leichten Schulterzucken. „Die letzten paar Jahre war ich in Europa, aber die Staaten haben mir gefehlt. Riverside ist es vor allem wegen des Hauses geworden. Ich war nur eine Prunktreppe weit davon entfernt, mich für Long Beach zu entscheiden, aber letztendlich konnte mir dieses Haus mehr von dem bieten, was mir wichtig ist."

Er war *wirklich* gut darin. Nur Sam brachte ihn aus dem Konzept.

„Und wie haben Sie zwei sich kennengelernt?", fragte Linda.

„Ich arbeite für Ed", sagte Sam. „Ich bin sein Assistent."

„Tut mir leid, ich dachte, Sie wären ein Paar."

„Oh, ähm …"

„Na ja …"

„Wusst' ich's doch!", rief Marie, zügelte sich jedoch schnell wieder. „Tut mir leid. Ich weiß, dass ich eine schrecklich neugierige Nachbarin bin, aber ich hatte einfach den Eindruck, dass zwischen Ihnen etwas ist."

Selbst wenn sie es nicht bereits durch ihr Zögern verraten hätten, wären Eds rote Wangen ausgesprochen vielsagend gewesen.

„Da mag es wohl jemand jünger." Linda stupste Ed spielerisch mit dem Ellbogen an.

„Linda! So weit sind sie nicht auseinander", mahnte Marie und fügte hastig hinzu: „Nicht, dass es etwas ausmachen würde."

„Sie müssen mich für einen schlimmen Mann halten", sagte Ed und senkte verschämt den Kopf, was Sam zum Lachen gebracht hätte, wenn ihm nicht klar gewesen wäre, dass Ed es vollkommen ernst meinte. „So einfach meinen Angestellten zu verführen."

„Überhaupt nicht!", versicherten beide Frauen praktisch im Chor.

„Und das sollten sie auch nicht", sagte Sam. „Das Verführen ging ganz von mir aus. Hauptsächlich für eine Gehaltserhöhung."

Ed schnaubte spöttisch, woraufhin Sam lachte und die Frauen mit einstimmten.

„Entspann dich." Sam besänftigte Ed mit einem keuschen Küsschen auf die Wange. „Ich würde dich nicht ärgern, wenn du es mir nicht so leicht machen würdest."

„Ach, Sie zwei sind einfach süß", sagte Marie, während sie mit Linda schwärmende Blicke tauschte. „Und jetzt verstehe ich auch, warum Sie sich so in dieses Haus zurückgezogen haben. Sie waren mit Ihrer Liebesgeschichte beschäftigt. Ich bin nur froh, dass wir Sie endlich ins Sonnenlicht locken konnten, Ed. Sie leiden doch hoffentlich nicht zu sehr darunter?"

Ed hatte die Sonnenbrille an seinem Hemd befestigt. „Ich muss nur zum Ausgleich ein wenig Zeit im Haus verbringen."

„Ich glaube, Sie haben noch nicht erzählt, was Sie beruflich machen", kehrte Linda zu ihrem Ausfragen zurück.

„Ich bin hauptsächlich Sammler. In der Vergangenheit habe ich als Kurator für Museen gearbeitet und Objekte für andere Sammler beschafft. Zurzeit habe ich mich allerdings dafür entschieden, eine Pause einzulegen, um meinen eigenen

Besitz zu katalogisieren, wobei mir Sam behilflich ist, und mir Gedanken darüber zu machen, was ich als Nächstes tun möchte."

„Irgendwelche Hobbys?", fragte Marie.

„Er ist ein ziemlich guter Fotograf", sagte Sam.

„Wirklich? Bei Channel Five sind wir immer auf der Suche nach freien Mitarbeitern."

„Oh, von einem professionellen Fotografen bin ich weit entfernt."

„Für mich sehen deine Fotos ziemlich professionell aus", widersprach Sam. „Es könnte für dich eine echte … Spider-Man-Gelegenheit sein."

Ed lachte hilflos und errötete erneut.

„Da fällt mir ein", sagte Marie. „Ich muss Ihnen noch dieses Comicheft zurückgeben. Die Kinder waren wirklich begeistert davon."

„Sie können es behalten", antwortete Ed bereitwillig.

„Sie müssen nicht …"

„Wirklich, ich bestehe darauf. Ich habe ein zweites Exemplar. Sie können es haben."

Sam war wirklich stolz, nicht nur weil Ed die Nachbarn so gekonnt um den Finger wickelte, sondern weil alles davon aufrichtig war. Er fragte sich, wie oft Ed sich gestattete, Menschen nahezukommen, sie kennenzulernen und Freundschaften zu knüpfen. Vermutlich beinahe niemals, weil es, wie Ed gesagt hatte, immer schwerer wurde, sich zu verabschieden. Denn da er ein Vampir war, musste er dies stets tun, wenn die Menschen in seinem Leben älter wurden … und starben.

Wie es auch Sam eines Tages tun würde.

Das Gespräch entfernte sich ein wenig von ihm, da er viel zu viel Zeit mit diesem Gedanken verbrachte. Als er wieder zu sich kam, war das Gesprächsthema zu Eds Fotografie zurückgekehrt.

„Sie könnten mir Ihre Arbeit doch wenigstens zeigen. Dann kann ich es selbst beurteilen."

„Ich bin nicht sicher, ob ich meinen Namen in den Abendnachrichten sehen möchte."

„Sollte doch kein Problem sein, wenn es aus gutem Grund geschieht", mischte sich eine neue Stimme ein und lenkte ihre Aufmerksamkeit auf die Küchentür. „Und nicht aus einem schlechten", fügte der Fremde mit einem breiten Lächeln hinzu, das jedoch nicht seine blauen, durchdringenden Augen zu erreichen schien.

Mit seinem kurzen blonden Haar stand er groß und auffällig in der Tür. Daniel war bei ihm, weshalb Sam sich wegen ihres ähnlich nordeuropäischen Äußeren fragte, ob es sich um einen Verwandten handelte.

„Ed, Sam, das ist Detective Cheroneau", sagte Daniel – also *kein* Verwandter, wenn es sich nicht gerade um einen sehr entfernten Cousin handelte. „Er wurde in die Stadt versetzt und arbeitet mit mir an den, ähm … Morden."

„Daniel!", schalt Marie.

„Aber beim Barbecue müssen wir nicht über die Arbeit reden!"

„Ich hätte nichts dagegen", murmelte Linda.

„Schatz, wolltest du Linda nicht Mikey vorstellen?", lenkte Daniel ab, als wäre er daran gewöhnt, gierige Reporter abzulenken.

„Natürlich!", antwortete Marie. „Du hast meinen kleinen Bruder noch nicht kennengelernt. Wir sind gleich wieder da", fügte sie an Sam und Ed gewandt hinzu, bevor sie Linda mit sich aus der Küche zog.

Beinahe umgehend wurde auch Daniel wieder zu jemandem gerufen – die Tücken seiner Rolle als Gastgeber –, was dazu führte, dass Sam und Ed plötzlich mit Cheroneau allein waren, der nicht den Eindruck machte, als wollte er ebenfalls bald verschwinden und sie in Ruhe lassen.

„Neu in der Stadt, Detective?" Sam versuchte ihn einzuschätzen.

Doch er sagte nur: „Nennen Sie mich Hal."

Sein Lächeln wirkte gefährlich berechnend.

Wie das eines Polizisten, der eine Spur hatte.

Falls Ed es sah, ließ er es sich nicht anmerken, was Sam wieder daran erinnerte, dass er Erfahrung im Umgang mit solchen Dingen hatte. „Ich bin ebenfalls neu in der Stadt", sagte Ed. „Bin vor etwas über einem Monat im Nachbarhaus eingezogen."

„Ich weiß. Sie haben all diese Renovierungsarbeiten gemacht."

„Das stimmt. Na ja, ich habe sie nicht selbst gemacht."

„Natürlich nicht. Sie haben jemanden beauftragt. Wer war es noch gleich? Oh, Moment. Er wurde ermordet."

Und da packte es ihn, das Kältegefühl, von dem Sam geglaubt hatte, er hätte es endgültig verbannt. Er hätte wissen müssen, dass bisher alles zu gut gelaufen war.

„Keine Sorge", sagte Cheroneau mit einem falschen Lächeln. „Selbst wenn es einen Interessenkonflikt geben sollte, weil Sie und Daniel sich gut verstehen, haben Sie nach meinen Informationen zum Fall doch ein Alibi. Nicht wahr, Mr. Simons?" Ruhig musterte er Eds beeindruckend neutrale Miene. „Mr. Coleman bürgt für Sie. Das wäre natürlich etwas anderes, wenn Sie miteinander schlafen würden."

Mist. Vielleicht hätten sie mit ihrer Beziehung nicht so unbesorgt umgehen sollen.

„Tut mir leid, da musste ich mal den Detective raushängen lassen. Aber um ganz ehrlich zu sein, ist auch das nicht genug. Es gibt keine Beweise, die Sie mit einem der Morde in Verbindung bringen, nur verdächtige Zufälle. Und Daniel hält sehr viel von Ihnen beiden. Zurzeit haben Sie nichts zu befürchten."

Er klopfte Ed auf die Schulter, wie Daniel es getan hatte, allerdings schwang darin etwas völlig anderes mit – als wollte er ihm mitteilen, dass er sich nicht so leicht täuschen ließ wie die Neu-Ryans.

„Noch viel Spaß beim Barbecue."

Gerade als Sam gedacht hatte, sie hätten nichts zu befürchten.

„ICH DACHTE wirklich, wir hätten nichts zu befürchten", sagte Sam, nachdem sie Eds Haus betreten hatten. „Das *haben* wir auch nicht. Wir wissen jetzt nur, wer der andere Detective ist, der an dem Fall arbeitet. Er muss sich so verhalten, weil sie keine Anhaltspunkte haben. Er ist verzweifelt und möchte uns dazu bringen, irgendetwas zu verraten, damit ..."

„Sam", sagte Ed, um ihn zu bremsen, da er begonnen hatte, eilig im Foyer auf und ab zu gehen.

„Tut mir leid", entschuldigte sich Sam, dem man sonst so selten seine Jugend und Unerfahrenheit anmerkte. „Ich plappere vor mich hin."

„Und ob." Ed lächelte. „Was ich bei dir süß finde. Allerdings glaube ich wirklich, dass wir uns keine Sorgen machen müssen. Wir haben alles Mögliche getan. Wir haben alles richtig gemacht. Wie du sagtest, versucht er nur verzweifelt, uns zu verunsichern." Daran musste Ed glauben, bis er Gründe für eine gegenteilige Annahme hatte. „Wolltest du jetzt zum Hotel zurück?"

Sam senkte die Schultern und ein Teil der Anspannung wich aus seinem Körper. „Ich weiß, dass Cheroneau uns erschreckt hat – na ja, zumindest *mich* –, aber eigentlich hatte ich für diesen Abend andere Pläne, wenn du Lust hast."

Ed hatte immer Lust auf das, was Sam plante.

Das dachte er, bis Sam seine Hand ergriff und ihn in Richtung der Dachterrasse zog. Beinahe hätte er mit dem Einwand abgelehnt, an diesem Tag bereits genug Adrenalin verspürt zu haben. Hätte Sam doch nur nicht so begeistert ausgesehen, als er seine Hand nahm.

Als sie das Dach erreichten, begannen gerade die ersten Sterne am Himmel zu glitzern und sie wurden von zwei Terrassenstühlen und Eds Teleskop erwartet.

„Wie ...? *Wann* ...?"

„Ich habe nach wie vor ein Talent für Täuschung", antwortete Sam. „Und ich dachte, nach dem langen Tag mit anderen Menschen hätten wir uns etwas Ruhe verdient."

Sie machten es sich auf den Liegestühlen bequem, auf denen man sich gut zurücklehnen konnte und Sam zog das Teleskop näher heran, um hindurchzusehen. Dann lud er Ed mit einer Geste dazu ein, dasselbe zu tun.

Ed musste zugeben, dass der Ausblick vom Dach aus wesentlich besser war als vom Garten.

So betrachteten sie eine ganze Zeit die Sterne, wobei Ed Sternbilder erklärte, während Sam ihn bewundernd ansah, bis Sam schließlich das Teleskop zur Seite schob, um die Lücke zwischen ihnen zu überwinden und sich auf Eds Stuhl an ihn zu kuscheln.

Unter den Sternen küsste Sam ihn auf liebliche Weise, bewegte seine Zunge langsam, als wollte er so diesen Augenblick verinnerlichen. Darum bemühte sich auch Ed, wollte ihn so lange wie möglich bewahren. Als Sams Hände von seinem

Gesicht zu seinem Körper wanderten, wurde ihm klar, wie sehr er sich wünschte, dass all das niemals enden würde.

„E-erzähl mir mehr …" Er entzog sich Sams Händen, bevor sie sich tiefer als bis zu seinem Hosenbund verirrten. „Über Hades und Persephone."

„Was gibt es da mehr zu erzählen?" Sam lachte leise.

„Was passiert, nachdem sie beschlossen haben, zusammenzubleiben?"

Die Frage hing schwer zwischen ihnen in der Luft. Sam löste sich von ihm, damit er Ed in die Augen sehen konnte. „Ich weiß es nicht. Für sie ist es leichter. Sie sind beide Götter. Unsterblich."

„Du glaubst, das macht es leichter?"

„Ich weiß es nicht …", wiederholte Sam.

Ed konnte Sams Gesicht nachzeichnen und es sich einprägen wie ihren Kuss, um sich in hundert Jahren genau daran zu erinnern, wie Sam in dieser Nacht ausgesehen hatte. Er war nicht sicher, ob es ausreichen würde, aber die Alternative …

Dass Ed gefiel, was er war, bedeutete nicht, dass er nichts daran bereute.

„Es macht nicht alles leichter", sagte er.

Sams Hand kehrte zu Eds Gesicht zurück und ihre Körper pressten sich auf dem Liegestuhl dicht aneinander. Mit dem Daumen strich Sam über die Haut unter Eds Augen, als wollte er ihm mitteilen, dass es ihn nicht störte, wenn sie gelb und gefährlich leuchteten. Dass er alles an Ed akzeptierte. Allerdings war das nicht damit zu vergleichen, sein Menschsein aufzugeben.

„Darüber müssen wir uns nicht gerade jetzt Gedanken machen", erwiderte Sam.

„In Ordnung." Ed küsste ihn, bevor weitere Worte gesprochen werden konnten, denn er wollte möglichst viel von ihrer Zeit genießen, ehe die Tage sich mehrten und der Hunger zurückkehrte.

Als ihre Küsse leidenschaftlicher wurden, schob er mit ungeduldigen Händen Sams Hemd hinauf, um über seine Bauchmuskeln streicheln zu können. Hektisch, fieberhaft vor Lust, öffnete er den Knopf von Sams Jeans und dann den seiner eigenen, denn er sehnte sich danach, sie wieder gemeinsam in die Hand zu nehmen, erneut dieses Zusammentreffen ihrer Haut zu spüren.

Sam keuchte und löste sich aus ihrem Kuss, um seine Lippen zu Eds Hals zu senken, während er sich seiner Berührung entgegenschob.

Eds wilde Seite erwachte und drängte ihn dazu, seine Zähne wieder über die Kratzer an Sams Hals gleiten zu lassen. Er tat es nicht. Er wollte sie nicht noch verstärken. Dennoch flackerten seine Augen gelb auf und seine Reißzähne schoben sich vor, als er stattdessen mit der Zunge über die Stelle leckte. Sam hatte einen ganz besonderen Duft und das Verlangen, ihn zu beißen, war nie völlig verschwunden. Doch die Bewegungen ihrer Hüften lenkten seine Aufmerksamkeit auf Besseres.

Sam bot ihm bereitwillig seinen Hals dar, und als sie gemeinsam den Höhepunkt erreichten, hastig und ungleichmäßig keuchend, hob er den Kopf, um Ed auf die Lippen zu küssen.

„Willst du *jetzt* zusammen duschen?", neckte Sam mit verführerischem Grinsen.

Ed lachte. „Das wäre fantastisch."

MIT ED war alles fantastisch, selbst Dinge, die es nicht hätten sein sollen. Sogar seine regelmäßigen Treffen mit seinen Erpressern störten Sam kaum, obwohl er dabei den Cramers nach dem Auffinden von Fitz' Leiche gegenübertreten musste.

„Ich schwöre Ihnen, Goldman, wenn Sie irgendetwas wissen ...", knurrte Alvarez ihm ins Gesicht, was Sam jedoch keine Angst mehr machte.

Er wusste, dass Ed zusah.

„Das tue ich nicht", antwortete er.

„Vielleicht war es Midnight", sagte Shaw mit einem ungewohnt ängstlichen Blick, da sie üblicherweise so zäh und unerschütterlich wirkte.

„Wer *ist* er denn dann?", bellte Alvarez, während er Sam noch immer beim Kragen gepackt hielt. „Wissen Sie es etwa, hä?"

„Das tue ich nicht", wiederholte Sam. „Simons ebenso wenig. Das schwöre ich. Verraten hat er mir jedenfalls nichts."

„Wir müssen vorbeugen", sagte Brock, der beinahe selbst ein wenig ängstlich wirkte. „Ein Friedensangebot machen. Wir bieten Midnight einen Anteil unseres neuen Deals an, damit er uns in Ruhe lässt. Darum muss es ihm gehen. Keine Feinde, wo man sich Freunde machen kann, stimmt's, Goldman?"

Wegen Fitz' Tod waren sie nicht gerade am Boden zerstört, sondern vor allem darüber besorgt, welche Folgen es für sie selbst haben mochte. Da sie keinen Grund hatten, Sam zu verdächtigen, ließen sie ihn gehen.

Sein Treffen mit Lara verlief weniger angenehm.

„Ich habe gehört, dass Fitz' Schnittwunden zu sauber und schlicht waren, um vom ursprünglichen Mörder zu stammen", sagte sie, nachdem sie Sam wieder in ein Hinterzimmer gezerrt und gegen die Wand gestoßen hatte. „Er ist viel zu schnell gestorben."

„Ich war es nicht", sagte Sam, wobei er sich der in ihren Worten verborgenen Drohung bewusst war. „Und Schnittwunden sind nicht Eds Stil."

„Du könntest es allein getan haben."

„Du glaubst wirklich, dazu wäre ich in der Lage?"

Der Blick, den sie ihm zuwarf, sagte deutlich, dass sie es nicht tat.

„Nicht dass wir etwas dagegen hätten, wenn die Cramers ins Gras *beißen* würden ..." Sie musterte ihn misstrauisch. „... aber es würde uns nicht gefallen, wenn du und Simons ohne unser Wissen im Alleingang aufräumen."

„Wir waren es nicht. Ed glaubt, die Cramers haben Fitz ausgeschaltet, um mehr Geld für sich zu haben. Ich dachte, ihr hättet es getan. Aber bei den vielen Unstimmigkeiten zwischen ihnen hat Ed vermutlich recht. Es würde mich nicht wundern, wenn sie sich bei deinem Boss melden und versuchen, sich einen größeren Anteil vom ursprünglichen Betrag zu sichern."

„Das würden sie nicht wagen."

Doch in ebendiesem Augenblick – Sam hätte es nicht besser planen können – vibrierte Laras Handy und ihren Gesichtsausdruck, als sie die Nachricht las, hätte Sam sich gern eingerahmt.

„Diese Spinner. Die sind wirklich lebensmüde. Die Cramers wollen sich mit Midnight treffen."

„Muss ich dir sagen, wo ihr sie findet?"

„Nein, das wissen wir. Aber du kannst mir sagen, auf welchen von ihnen man am ehesten verzichten könnte."

„Alvarez", antwortete Sam, wobei er sich bemühte, nicht allzu zufrieden zu klingen, als sich auch dieses Treffen zum Besseren wendete.

Vor allem, weil Lara eigentlich ein weiteres Date mit Gerry geplant hatte, dieses aber nun absagen musste, um sich mit den neuesten Entwicklungen zu beschäftigen. Mit etwas Glück würde Alvarez als Nächstes sterben und einer der anderen könnte Ed später als Nahrung dienen.

Diese Nacht verbrachte Sam im Hotel, wo er sich von seinen Freunden dafür aufziehen lassen musste, dass er sich so selten dort aufhielt. Falls sie von der Sache mit Fitz gehört hatten, sagten sie es nicht.

Je weniger sie darin verwickelt waren, desto besser.

Als der Mittwoch kam, stellte Sam fest, dass sich die langen Nächte allmählich bemerkbar machten. Wenn er bei Ed war, fiel es ihm zu leicht, die Müdigkeit nicht zu beachten. So kehrte er ins Hotel zurück, um etwas Schlaf nachzuholen, während Mim und Gerry noch arbeiteten.

Er plante, noch etwas zu trinken, heiß zu duschen und sich in sein Bett fallen zu lassen. Jedoch hatte er es erst einen Meter weit in sein Zimmer geschafft – sein *eigenes*, mit seiner eigenen Tür, die ihn vom Rest der Suite trennte –, als er die Leiche entdeckte.

Shaws Leiche, mitten auf dem Boden, mit weit aufgerissenen Augen, schrecklich blutenden Wunden und einem Messer im Hals.

Dem Messer, auf dem sich Sams Fingerabdrücke und sein Blut befanden.

7

MITTLERWEILE HATTE Sam mehrere tote Menschen gesehen. Nach Fitz war er davon überzeugt gewesen, nun damit umgehen zu können. Er hatte sich geirrt.

Wenn es so überraschend geschah, war es nicht leichter.

„Geht es dir gut?", fragte Ed, was er nun schon etwa ein Dutzend Mal getan haben musste.

Sobald Sam wieder in der Lage zum Atmen gewesen war, hatte er ihn angerufen. Nur Minuten später war er eingetroffen, und obwohl es beruhigend war, mit ihm auf dem Bett zu sitzen und sich sanft den Rücken streicheln zu lassen, konnte Sam nicht aufhören, Shaws Leiche anzustarren.

„Nein", antwortete er.

Nachdem er Lara nahegelegt hatte, Alvarez auszuschalten, versuchten sie nun stattdessen, ihm Shaw in die Schuhe zu schieben.

„Midnight muss ein Vampir sein."

„Aber in dieser Nacht", widersprach Ed, „die Person, die dich beobachtet und mich in der Gasse bemerkt hat …"

„Dann war es vielleicht Lara, aber das hier … Wem hätte das sonst gelingen können, ohne gesehen zu werden?"

Ed hörte auf, seinen Rücken zu streicheln, um stattdessen noch dichter an ihn zu rücken und einen Arm um ihn zu legen. „Vampire sind nicht die einzigen Personen, die klug und erfinderisch sein können. Denk nur an dich selbst."

Sam stieß ein armselig klingendes Lachen aus. „Im Moment fühle ich mich wie keines von beidem. Ich hätte wissen müssen, dass sie uns den ganzen Mist nicht abnehmen."

„Es spielt keine Rolle. Falls Midnight uns ängstigen wollte – mir kann er keine Angst machen. Er ist derjenige, der sich fürchten sollte. Ich kümmere mich darum, Sam. Alles wird gut."

„Mim und Gerry kommen bald nach Hause."

„Bis dahin ist das erledigt. Bleib du einfach sitzen. Ich besorge mir einige Utensilien vom Reinigungspersonal. Es ist nicht das erste Mal, dass ich eine Leiche von einem ungünstigen Ort fortschaffen muss."

Sam nickte dankbar, doch er fühlte sich noch wie betäubt und verspürte Übelkeit. Er nahm kaum wahr, wie Ed ging und zurückkam, bis Ed ihn aufforderte, sich abzuwenden.

Er musste die Leiche zerstückeln, um sie entsorgen zu können.

Kaum hatte Sam den Satz registriert und begriffen, was Ed vorhatte, schmeckte er Galle und stürzte ins Badezimmer, um sich zu übergeben.

Ed rief ihm zu, er solle sich Zeit lassen und das Zimmer nicht betreten, bevor es vorbei wäre. Nachdem er seinen Mageninhalt von sich gegeben hatte, gehorchte Sam nur allzu gern und stolperte in den Hauptraum, um sich den geplanten Drink zu gönnen und den bitteren Geschmack aus seinem Mund zu spülen.

Er hätte nicht sagen können, ob eine Stunde verging oder nur Minuten. Als Ed ihm schließlich mitteilte, er sei fertig, waren Mim und Gerry noch nicht eingetroffen.

„Ich muss mich um den Rest kümmern, aber danach hole ich dich ab und du kannst heute doch bei mir übernachten. Schick deinen Freunden eine Nachricht oder schreibe einen Zettel. Ich bin bald zurück."

Sam nickte mit einem nur flüchtigen Blick auf Ed, der blutige Hände hatte, während es ihm jedoch gelungen war, seine Kleidung zu schützen.

Obwohl Sam wusste, dass er nicht in das Zimmer zurückkehren sollte, musste er es tun. Er musste wissen, ob wirklich alles entfernt worden war.

Bemerkenswerterweise war es das tatsächlich – jeder Blutfleck, jeder kleinste Hinweis, das Messer. Hätte er die Leiche nicht selbst gesehen, hätte er glauben können, sie wäre niemals dort gewesen.

„Sam", erklang plötzlich Eds Stimme neben seinem Ohr. Seine Hand, kalt wie üblich und nun frei von Blut, legte sich um Sams und löste das leere Glas aus seinem Griff. Sam war nicht aufgefallen, dass er es leer getrunken hatte. „Hast du deinen Freunden Bescheid gesagt?"

„Nein ... ich ..."

„Ich mache es." Ed zog Sams Handy aus seiner Tasche und tippte rasch einige Nachrichten. „Alles wird gut. Das habe ich dir versprochen, und dieses Versprechen gilt auch weiterhin. Ich lasse nicht zu, dass dir etwas passiert."

„Aber Mim und Gerry ... Sind sie nicht in Gefahr? Vielleicht sollte ich sie heute Nacht nicht allein lassen."

„Hätte Midnight *diese* Art von Botschaft senden wollen, hätte stattdessen einer von ihnen hier gelegen."

Beim Gedanken daran erschauderte Sam.

„Ihnen wird nichts passieren."

„Ja ..."

„*Sam*", sagte Ed drängender.

Endlich wandte Sam sich ihm zu, um ihn das erste Mal seit seinem Eintreffen wirklich anzusehen. Er war makellos, genau wie das Zimmer. Er hatte alles gereinigt, sich selbst von vornherein vor Verschmutzung bewahrt und dabei wie versprochen Sam beschützt.

Und nun wirkte er seinetwegen so beunruhigt, so aufrichtig besorgt und betrübt.

Eds gerunzelte Stirn und das Mitgefühl in seinem Blick ließen beinahe die Übelkeit zurückkehren, doch stattdessen sank er nach vorn in Eds Arme.

„Eins verspreche ich dir: Wenn wir herausfinden, wer dieser Midnight ist, werde ich ihn und Lara zerreißen. Ich werde sie alle für dich töten, jede einzelne Person, die dich bedroht, bis es niemand mehr wagen würde."

Obwohl es sich um ein finsteres Versprechen handelte, tröstete es Sam. Er nickte mit dem Kopf an Eds Schulter und sah nun doch Flecken auf seinem Hemd – von seinen Tränen.

„Halt dich fest", forderte ihn Ed auf, während er selbst seine Arme fester um Sam schloss. „Ich bringe dich nach Hause."

OBWOHL ED Sam nicht wie einen Gefangenen oder ein Haustier einsperren wollte, wünschte sich ein Teil von ihm, dass Sam nie wieder sein Zuhause verließ.

Shaw und sämtliche Beweise hatte er tief im Wald vergraben, wo sie niemand finden würde. Nun hatte er vor, noch seine und Sams Kleidung zu verbrennen, damit tatsächlich nichts von diesem ungeplanten Tod zurückblieb.

Zumindest war er nicht so früh und mit vollkommen verschwendetem Blut geplant gewesen.

Alles ähnelte so sehr der Nacht von Fitz' Tod, als sie sich ebenfalls still gemeinsam im Keller ausgezogen hatten. Doch damals hatte Sam alles zum Guten gewendet und ihm gezeigt, dass er damit zurechtkam, dass er mit der Situation und Eds wahrer Natur umgehen konnte. Shaws Tod hatte ihn eindeutig schwerer getroffen, ihn an seine eigene Verletzlichkeit erinnert.

Zwar hätte es vermutlich ausgereicht, ihre Kleidung lediglich zu waschen, doch als Ed sie in den Ofen schob, stieß Sam einen erleichterten Seufzer aus. Er wollte eindeutig schlicht alles loswerden. Als Ed sich darum gekümmert hatte und Sam ins Obergeschoss führen wollte, bemerkte er, dass Sam wieder die Zeichnung betrachtete.

„Und wenn es etwas Persönliches ist?", fragte Sam.

„Wie bitte?"

„Die ganze Sache." Sam starrte die Zeichnung an, wie er Shaws Leiche angestarrt hatte. „Wenn alles von jemandem in Gang gesetzt wurde, der dich kennt? Einem anderen Vampir. Vielleicht sogar dem, der dich erschaffen hat." Mit einem wilden Leuchten in den Augen fuhr er zu Ed herum. „Vielleicht von *ihr*."

Ed lachte. Es war nicht seine Absicht und eine schrecklich taktlose Reaktion, während Sam sich so verstört fühlte. Der Gedanke war nur so viel absurder, als Sam glaubte. „Sam, sie kann nicht Midnight sein."

„Dass alle ‚er' gesagt haben, muss noch lange nicht heißen …"

„Sie kann es nicht sein, weil sie nicht diejenige ist, die mich erschaffen hat."

„Hat sie nicht?", fragte Sam und betrachtete überrascht die Zeichnung, als wäre er völlig sicher gewesen, die richtigen Schlüsse gezogen zu haben.

„Sie starb als Mensch, vor sehr langer Zeit. Sie war Hypatia. Meine Frau."

Nun wandte sich Sam noch hastiger zu ihm um, was er ihm nicht vorwerfen konnte. Bisher hatte er ihm nichts davon erzählt.

Einige angespannte Sekunden verstrichen, bevor Sam schließlich sagte: „Aber du magst Männer."

Wieder lachte Ed leise und schenkte Sam ein kleines, trauriges Lächeln, das jedoch nicht mehr so viel Kummer in sich trug, wie es das einst getan hätte. „Und sie mochte Frauen." Er schob sich an Sam vorbei, um das Bild zu betrachten, das er vor solch langer Zeit gezeichnet hatte. „Sie war meine beste Freundin. Damals waren andere Zeiten und eine Ehe hat uns geschützt."

„Damals?", versuchte es Sam vorsichtig aufs Neue.

„Mitte des 11. Jahrhunderts", antwortete Ed. Es wäre albern gewesen, noch länger zu warten, auch wenn er kein genaues Datum nannte. „Letzten März habe ich meinen neunhundertachtundneunzigsten Geburtstag gefeiert."

Das ließ er kurz wirken, bevor er Sam ansah, um seine Reaktion einschätzen zu können. Er hatte den Eindruck, dass Sam in erster Linie Erleichterung darüber verspürte, nun auch das Letzte erfahren zu haben, was zwischen ihnen ungesagt gewesen war.

„Unsere Ehe wurde niemals vollzogen", fuhr Ed fort. „Alle hielten sie schlicht für unfruchtbar und bemitleideten uns, was uns half, da man uns dann bereitwilliger in Ruhe ließ. In unseren gemeinsamen Jahren hatten wir beide Geliebte und haben einander beschützt."

„Geliebte?"

„Nicht im Sinne von *Liebe,* aber Partner. Meine Liebe war Pati, wenn auch nur platonisch. Nach ihrem Tod habe ich mich nicht mehr so sehr darum bemüht, zu verbergen, wie ich war. Glücklicher- oder unglücklicherweise war mein letzter Geliebter als Mensch der Vampir, der mich ebenfalls zu einem gemacht hat."

„Wer war er?"

„Ødger", antwortete Ed mit einem Hauch seines alten Akzents. „Man könnte wohl sagen, dass er Pati ein wenig ähnelte. Vielleicht habe ich mich damals deshalb von ihm angezogen gefühlt – blondes Haar, blaue Augen. Nicht mein *Typ*", fügte er mit einem liebevollen Blick auf Sams dunklere Haut und Haare hinzu, „und niemand, in den ich mich verliebt oder den ich als besonders guten Partner betrachtet hätte. Aber hin und wieder reden wir noch. Er hätte keinen Grund, mir übelzuwollen. Wir hatten unsere gemeinsame Zeit. Wir hatten unsere Zeit ohneeinander. Es ist einvernehmlich. Wie ich schon einmal sagte, bereue ich zwar manches, war ihm aber immer dankbar dafür, was er aus mir gemacht hat. Und das weiß er. Ich musste mich nicht mehr davor fürchten, dass jemand herausfand, wie ich war. Denn wenn das passierte, fanden sie heraus, dass ich nun auch etwas ganz anderes war, etwas wesentlich Gefährlicheres als das, was sie mir vorwerfen wollten."

„Ich weiß nicht, warum ich dachte, damals wäre es leichter gewesen", sagte Sam leise.

„An einigen Orten konnte es das sein. Aber an anderen wurde es als unnatürlich betrachtet, was sich auch im geltenden Recht widerspiegelte. Vampire hat es allerdings nie gestört. Nachdem ich zu einem wurde, habe ich auch … mit Frauen meiner Art experimentiert, aber meine Neigungen haben sich nicht geändert."

Sam lachte kurz, nur um gleich darauf wieder die Stirn zu runzeln. „Und du bist sicher, dass … Ødger … es so sieht?"

„Das bin ich. Aber wenn du möchtest, kontaktiere ich ihn."

„Vielleicht wäre das gut. Ich kann mir einfach nicht vorstellen, wie jemand, der dich einmal hatte, dann ohne dich leben kann, ohne verrückt zu werden."

„N-nun …" Ed bemühte sich vergeblich, im Angesicht des bewundernden Blickes, mit dem Sam ihn bedachte, ein Stottern zu vermeiden. „Er war niemals wie du."

Tausend Jahre, von denen er zu viele allein verbracht hatte. Doch unter all den Männern in Eds menschlichem Leben und all den Vampiren, mit denen er seitdem zusammen gewesen war – im Grunde allen Personen, die er in seinem Leben kennengelernt hatte –, war bisher niemand gewesen, der eine solche Wirkung auf ihn gehabt hatte.

Auch wenn er ihn in einen stammelnden Narren verwandelte, vergaß Ed allerdings nicht, dass es Sam war, der an diesem Abend Bedrohliches erlebt hatte und in dessen Gesicht sich noch immer Kummer abzeichnete, als stünde er kurz vor einem Zusammenbruch. Da er ihm nun alle Fragen beantwortet hatte, ging er also zu ihm.

Als er ihn in die Arme schloss, wurde ihm wieder bewusst, wie leicht bekleidet sie beide waren. Doch er achtete nicht darauf, wie sehr Sams Körper an seinem seine Wangen erröten ließ. Stattdessen küsste und umarmte er ihn, möglicherweise ein wenig zu fest, als er von einem besitzergreifenden Gefühl erfasst wurde.

„I-ich verstehe schon!", keuchte Sam in seinen Armen. „Du kannst dir ein Leben ohne mich auch nicht vorstellen."

Das konnte er wirklich nicht.

Ein letztes Mal küsste er ihn sanft. „Komm. Ich koche dir einen Tee und bringe dich ins Bett."

Es verblüffte Sam, dass eine Tasse Tee und Eds Bett genügten, um ihn augenblicklich zum Einschlafen zu bringen.

Zwar war er vollkommen erschöpft gewesen, hatte jedoch befürchtet, Shaws leblose Augen und blutige Wunden würden ihn bis in seine Träume verfolgen – begleitet vom drohend aufragenden Schatten des unbekannten Midnight. Doch er träumte nicht, was vielleicht damit zusammenhing, dass Ed sich zu ihm legte und bei ihm blieb, bis er eingeschlafen war.

Die Nachrichten, die sein Handy am Morgen anzeigte, waren nur von Mim und Gerry, die ihn weiterhin damit aufzogen, dass er so viel Zeit mit „Mr. Simons" verbrachte. Die Cramers hatten sich nicht gemeldet. Vermutlich wussten sie noch nichts von Shaws Ableben.

Ein Teil von Sam wäre am liebsten bei Ed geblieben und hätte sich in seinem Haus versteckt, bis alles vorbei war. Da er aber noch immer um Mim und Gerry besorgt war, bat er Ed um einen freien Tag. Er wollte abwarten, ob auf Midnights „Botschaft" konkretere Forderungen folgen würden. Die Nachricht oder der Anruf von Lara, mit denen er gerechnet hatte, waren bisher nicht eingegangen. Sie wollten ihn schmoren lassen – und wenn das der Fall war, schmorte er lieber an einem Ort, an dem er seine Freunde im Auge behalten konnte.

„Ich könnte mitkommen …"

„Nein, schon gut. Dann müsstest du dich den ganzen Tag über verstecken. Oder meine Freunde kennenlernen. Und beides dürfte für dich im Augenblick eine ziemliche Qual werden."

Obwohl Ed lachte, widerstrebte es ihm sichtlich, Sam allein zu lassen.

„Mir passiert schon nichts", versicherte er ihm. „Sie wollten mich erschrecken. Wahrscheinlich haben sie damit gerechnet, dass ich die Nacht bei dir verbringen würde. Aber früher oder später werden sich Lara oder Midnight bei mir melden. Dann sage ich dir gleich Bescheid."

Da sich Sams Motorrad noch in der Tiefgarage des Hotels befand, rief er ein Taxi. Als er die Suite betrat, war es noch früh am Tag.

„Casanova kehrt zurück", sagte Mim, die es sich wie üblich auf dem Sofa bequem gemacht hatte und nicht so wirkte, als wollte sie sich in nächster Zeit mit etwas anderem als ihrem Handy beschäftigen.

Gerry saß am Tisch vor seinem Laptop. Keiner von beiden schien zu wissen, dass hier am Vorabend ein Mord begangen worden war. „Hey, Sam! Mir kommt es vor, als hätten wir dich seit Wochen kaum gesehen."

„Heißt das, du schwänzt heute die ‚Arbeit'?" Mim schob ihre Beine vom Sofa, um die Füße wieder auf den Boden zu stellen. „Wir haben nämlich heute auch keinen Dienst."

„Nicht, bis ich mich mit Lara treffe", warf Gerry ein.

„Das betrachtest du auch als Arbeit?", fragte Sam mit beißendem Spott, da der Gedanke daran ihm neue Übelkeit verursachte.

Mim lachte.

Gerry warf ihm einen finsteren Blick zu. „Nein. Was ich dabei bekomme, ist viel besser als ein Gehaltsscheck."

Igitt. „Hör zu, Gerr …" Sam verstummte, da er nicht wusste, wie er fortfahren sollte.

Was hier vor sich ging, konnte er ihnen nicht verraten. Denn wenn Gerry sich daraufhin von Lara trennte, würde Midnight wissen, dass er geplaudert hatte. Und dann befänden sie sich wirklich in Gefahr.

„Weißt du überhaupt ihren Nachnamen?", fragte er stattdessen.

„Ähm … na ja …"

„Ernsthaft?" Mim wandte sich erneut lachend zu ihm um.

„Bisher war es nicht wichtig!"

„*Wow.*"

„Was magst du überhaupt an ihr?", fragte Sam weiter, während er zum Sofa ging, um sich neben Mim niederzulassen.

„Wir haben viele Gemeinsamkeiten."

Erlogene.

„Und sie hört sich gern meine Ideen und Erklärungen an. Selbst das Technikzeug."

Heuchlerisch.

„Und sie, ähm … ist auch bei anderen Dingen nicht übel."

Das … mochte durchaus wahr sein. Wenn man allerdings bedachte, wie selten Gerry Möglichkeiten zum Vergleichen bekam, hätte sie durchaus auch nur durchschnittlich sein können.

Jedenfalls wollte Sam nicht darüber nachdenken. Er wollte über nichts von all dem nachdenken. Er wollte den freien Tag, um den er gebeten hatte. „Habt ihr Lust, rauszugehen? Zum Frühstücken oder so? Zur Abwechslung mal ein *gutes* Frühstück?"

„Und ob", stimmte Mim bereitwillig zu.

„Aber ich wollte mich noch einmal mit dieser Firewall beschäftigen. Ich bin *so* nah dran." Gerry deutete mit Daumen und Zeigefinger einen nur millimetergroßen Abstand an.

Sie mussten sich Zugang zu diesem Konto verschaffen – nun mehr als je zuvor, da Midnight offenbar alles über Sam wusste –, aber wenn er nicht bald wieder etwas mehr Ruhe und Gelassenheit fand, würde Sam die bedrohliche Lage nicht länger ertragen können. Er brauchte eine Pause – und einen Kaffee. „Das kannst du später machen. Komm schon."

Da sie im Hilton wohnten, war es leicht möglich, auch zu Fuß einen Ort zu erreichen, der ein erstklassiges Frühstück anbot. Wegen der vielen Jahre, in denen sie durch kleine Gaunereien überlebt und wenn nötig sogar Essen gestohlen hatten, waren sie nicht daran gewöhnt, dafür leichtfertig große Summen auszugeben. Das war Sam heute egal, auch wenn er über die Rechnung, die am Ende folgen würde, normalerweise sicher die Nase gerümpft hätte.

Er war ziemlich sicher, dass schon allein Gerrys Fruchtparfait zwanzig Dollar kostete. Und das war erst der Anfang. Sam hatte eigentlich nur einen Kaffee gewollt, hatte diesen allerdings zu einem Caffè Latte hochgestuft und dazu ein Omelett bestellt.

„Wie kommt es eigentlich, dass du uns mit deiner Anwesenheit beehrst?", erkundigte sich Mim, nachdem ihnen das Essen serviert wurde und sie sich genüsslich darüber hermachten.

„Wie du schon sagtest, habe ich ununterbrochen gearbeitet. Da habe ich euch Idioten vermisst."

Sie schnaubte. „Verrätst du uns dann endlich mal deinen Zeitplan?"

„Ein paar Wochen wird es noch dauern. Aber wenn Gerry wirklich an dieses letzte Konto rankommt, könnte es schneller gehen."

„Und dann kratzen wir wie besprochen die Kurve?"

Sam erstarrte mit in das Omelett gestochener Gabel. Er hatte sich bemüht, auch darüber nicht nachzudenken.

„Du willst bleiben, stimmt's?", fragte sie. „Bei ihm."

Gerry hielt ebenfalls mit dem Essen inne und plötzlich war es an ihrem Tisch still.

„Ich verstehe das", sagte Gerry, der keine angenehme Stille mochte, ganz zu schweigen von einer unangenehmen. „Seit ich Lara habe, möchte ich auch nicht mehr weg."

Sam legte die Gabel auf den Teller und starrte seinen halb vollen Caffè Latte an.

„Sammy", sagte Mim nun leiser und beugte sich auf der anderen Seite des Tisches vor. „Ich möchte absolut keine Details darüber wissen, wie dieses Schwein Fitz beseitigt wurde und wie die anderen ihm folgen werden, aber ich traue Simons nicht. Du bist da in wesentlich ernsteres Zeug verwickelt, als wir geplant hatten."

„Ich vertraue ihm", antwortete Sam, der mit diesem Gespräch gerechnet hatte, wenn auch nicht unbedingt beim Frühstück. „Selbst wenn ihr es nicht tut. Ich würde ihm mein Leben anvertrauen." Er hob den Kopf, um unbeirrt Mims Blick zu erwidern. „Ich möchte auch, dass alles vorbei ist und uns nichts mehr bedroht, aber Ed ist keine der Bedrohungen."

„Also geht es dir jetzt nur um ihn?"

„Falls ihr immer noch die Stadt verlassen wollt, möchte ich trotzdem nicht, dass zwischen uns alles endet. Ihr seid meine besten Freunde. Und wenn ihr bleibt, möchte ich trotzdem alles wie geplant machen, nur eben hier. Mit Ed als Teil des Ganzen."

„Du liebst ihn, stimmt's?", fragte Gerry mit einem sanften Lächeln.

„Ich habe nicht gesagt …"

„Sam." Mims Blick war unnachgiebig.

Er seufzte. „Ja. Ich glaube schon."

„*Scheiße.*" Sie stürzte sich wieder auf ihre Pfannkuchen. „So viel zu einem letzten Beutezug im Einkaufszentrum. Aber vielleicht behalte ich den Job, auch wenn wir im Geld schwimmen. Es macht irgendwie Spaß, Gören wegen Ladendiebstahls rauswerfen zu können. Und ein paar davonkommen zu lassen, wenn sie es mit genug Stil durchziehen." Sie grinste um einen großen Bissen herum.

Sam lächelte ihr zu. Ihr war eindeutig klar, dass keiner von ihnen leichtfertig von Liebe sprach. Sie hatten einen zu großen Teil ihres Lebens mit einer sehr begrenzten Menge davon verbracht.

117

„Dann bleiben wir?" Gerry hüpfte praktisch auf seinem Stuhl auf und ab.

„Ja, Gerr, wir bleiben", antwortete Mim monoton.

„Ich kann es kaum erwarten, Lara davon zu erzählen!"

„Gerry ..." Sams Magen zog sich wieder zusammen.

„Ich möchte, dass ihr mehr Zeit mit ihr verbringt. Und dasselbe gilt für Ed! Wir müssen ihn endlich kennenlernen."

Eine interessante Vorstellung – Sam, seine Freunde, Ed und eine der Personen, die sie erpressten ... bei einem freundlichen Plausch.

„Das werdet ihr, versprochen."

Irgendwann. Immerhin war es Ed gelungen, dass die Neu-Ryans seinem Charme erlegen waren. Also konnte es ihm auch bei Mim und Gerry gelingen. Was er wirklich war, mussten sie niemals erfahren.

„Du bildest also eine neue Generation von Ladendieben aus." Sam widmete sich endlich wieder seinem Frühstück. „Und was ist mit dir Gerry? Wie läuft es bei der Computer-Crew?"

Es tat gut, sich mit ihnen zu unterhalten. Mim und Gerry waren in Bezug auf Ed noch misstrauisch, aber akzeptierten ihn und Sams Gefühle.

Denn Sam liebte ihn. War ihn in *verliebt.*

Das musste er jetzt nur noch Ed sagen.

Bei der Rückkehr zum Hotel ließen sie sich Zeit. Falls sie in Riverside bleiben würden, mussten sie sich nach etwas Dauerhafterem umsehen. Obwohl sich Sam fragte, wie viel Zeit er letztendlich dort verbringen würde. Vermutlich nicht so viel wie bei Ed – wenn dieser nichts dagegen hätte.

„Kümmer dich um das Konto, Gerry. Ich wollte kurz duschen. Und egal, ob du Erfolg hast – sollen wir uns später einen Film ansehen?"

„Bin dabei", antwortete Gerry.

„Und während Gerry hart arbeitet", sagte Mim, als sie sich wie üblich mit dem Handy auf das Sofa fallen ließ, „sehe ich nach, was läuft."

Sam lächelte und fühlte sich endlich wieder entspannt und zuversichtlich, auch wenn es ihm ein wenig davor graute, zum ersten Mal seit der letzten Nacht das Zimmer betreten zu müssen. Am Horizont gab es Hoffnung und Akzeptanz. Er würde das durchstehen, und es begann damit, dass er in dieses Zimmer ging und sich saubere Kleidung besorgte.

Als er eintrat, war der Teppich noch immer sauber, ohne Anzeichen von etwas Ungewöhnlichem.

Weshalb er so heftig zusammenzuckte, als hinter ihm eine Stimme ertönte.

„Mr. *Coleman.*"

Sam wandte sich so schnell auf dem Absatz um, dass er beinahe gestürzt wäre. Er hätte schreien können – die Tür stand noch offen. Doch dann erkannte er, wer dort saß, beinahe hinter dem Kleiderschrank verborgen auf dem Sessel in der Zimmerecke.

Mit blondem Haar und blauen Augen.

BLONDES HAAR. Blaue Augen. Wie Hypatia.

Aber er war Eds *Schöpfer*. Er konnte unmöglich Midnight sein.

„Hallo?" Eine unbekannte Stimme meldete sich, als er versuchte, Ødger zu erreichen.

„Ähm … ja, ich bin auf der Suche nach …" Vampire benutzten selten ihre wahren Namen und Ed war nicht sicher, wie sein Schöpfer sich zurzeit nannte. Er hatte ihn stets nur als Ødger gekannt.

„Mr. North? Sind Sie ein Freund von Oscar North?"

„Ja, genau." Ein wenig offensichtlich. Andererseits hatte sich Ed auch nicht allzu weit von *Eadric* entfernt. „Hier ist Ed Simons, ein alter Freund. Es ist die letzte Nummer, die ich für … Oscar habe. Könnte ich ihn sprechen? Oder ist sie nicht mehr aktuell?"

„Es tut mir so leid, Mr. Simons. Ich hatte auf Ihren Anruf gehofft", sagte der Mann am anderen Ende mit aufrichtigem Bedauern. „Beinahe sämtliche Informationen zu Mr. Norths Bekannten und Kollegen wurden entweder entwendet oder zerstört. Ich war nicht sicher, ob sich unter dieser Nummer noch jemand melden würde, aber ich hatte gehofft, von Ihnen zu hören."

„Verzeihung, aber ich bin nicht sicher, ob ich Ihnen folgen kann. Was ist passiert? Wer sind Sie?"

„Ich bin Mr. Norths Anwalt. Und sein Testamentsvollstrecker."

Ed spürte, wie ihm das Blut aus dem Gesicht wich. „Sein *was*?"

WAS?

Es war Cheroneau.

„Gerry wird da draußen sicher bald alles Nötige über mein Konto herausfinden, aber falls Sie ungeduldig sind … Mein richtiger Name ist Black. Vielleicht verstehen Sie jetzt, warum Midnight so gut passt."

Sam stand wie erstarrt mitten im Raum.

„Am besten schließen Sie die, damit wir ungestört sind, finden Sie nicht?" Cheroneau – Black, *Midnight* – deutete auf die Tür und sein Lächeln war noch unheilvoller als beim Barbecue.

Beim Gedanken an Shaw und die anderen verstümmelten Leichen warf Sam hastig die Tür zu. Black konnte kein Vampir sein, denn das hätte Ed bei ihrer Begegnung gespürt. Es machte ihn jedoch nicht weniger gefährlich.

Er hatte all das hier bewerkstelligen können, weil er Polizist war.

Langsam erhob sich Black, um sich mit diesem beunruhigenden Lächeln Sam zu nähern. Er trug einen eleganten Anzug unter einem langen Trenchcoat – sehr passend für einen Detective, vor allem einen Partner von Daniel. Allerdings bezweifelte Sam, dass Daniel auch nur die geringste Ahnung hatte, wer der Mann wirklich war.

„Irgendjemand wird Sie früher oder später töten, Mr. Coleman. Oder *Goldman*. Aber Simons wird es nun nicht mehr sein. Er mag Sie. Ich glaube, er würde alles für Sie tun. Ein kluger Mann, selbst ein Vampir", fuhr er fort, wobei sich seine Augen vielsagend weiteten, „für den Sie nur ein hübsches Gesicht wären, hätte Shaw einfach Ihnen angehängt. Stattdessen hat er Sie gerettet."

In Blacks Gegenwart verspürte Sam dasselbe eiskalte Grauen wie bei Lara. „Sagen Sie mir, was Sie wollen."

„Druckmittel. Mehr wollte ich von Anfang an nicht. Die habe ich jetzt."

„Wofür?"

Das Lächeln wurde breiter. „Arbeiten Sie sich weiter durch die Cramers und ihre Leute. Ich bin geduldig. Sie erleichtern mir meine Arbeit. Und sagen Sie Simons ruhig, wer ich bin. Ich weiß, dass Sie ihm auch alles andere gesagt haben. Machen Sie ihm klar, dass er einen Detective, der an einem auf ihn hinweisenden Fall arbeitet, nicht so einfach ausschalten kann. Vor allem, da es so viele Mittel gibt, alles noch *deutlicher* auf ihn hinweisen zu lassen – oder auf Sie –, wenn ich nicht in großzügiger Stimmung bin. Und falls er auf die Idee kommt, Lara etwas anzutun, versichern Sie ihm, dass Sie dann wesentlich schwerer zu identifizieren sein werden als Miss Shaw. Ich könnte auch mit Daniel anfangen. Oder seiner Frau. Oder …"

„Schon verstanden." Es bestand kein Zweifel daran, was Black andeutete und dass er vollkommen rücksichtslos vorgehen würde. „Ich sage Ed alles, was Sie wollen."

„Gut. Es ist ganz einfach: Befolgen Sie meine Anweisungen, und wenn die Cramers erst ausgeschaltet sind … Was ich dann von Ihnen und *Ed* verlange … dürften Sie beide überleben, versprochen."

„Stellst du gerade passende Accessoires zusammen?", brüllte Mim aus dem Wohnzimmer. „Dusch endlich! Die besten Filme fangen in weniger als einer Stunde an!"

„Bin gleich fertig!", rief Sam durch die Tür. „Ich hatte einen Anruf!"

„Von deinem Romeo? Sag ihm, du gehörst heute uns!"

Sam verzog das Gesicht, vor allem, weil Black so selbstzufrieden wirkte. „Sie sind kein Vampir, aber was sind Sie dann? Eine Art Monsterjäger?"

Black lachte leise. „Das hier ist keine Fernsehserie. Ich werde nicht aus dem Fenster springen oder Ähnliches. Ich bin nur ein normaler Mensch, ganz wie Sie. Was bedeutet, dass ich es mir hier gemütlich mache und erst gehe, wenn Sie und Ihre Freunde auf dem Weg zum Kino sind. Also sollten Sie jetzt brav duschen gehen. Und keine Dummheiten machen."

Er wandte sich ab, um sich wieder auf dem Sessel niederzulassen.

Sam nahm einige Kleidungsstücke aus dem Schrank und überprüfte, ob er sein Handy hatte, bevor er durch die Suite zum Badezimmer eilte, wobei ihn Mim und Gerry neckend dazu aufforderten, sich zu beeilen.

Im Badezimmer angekommen ließ er sich auf den Rand der Badewanne sinken, um Ed anzurufen.

„Sam …? Ich wollte dich gerade anrufen. Ich habe … beunruhigende Neuigkeiten."

„Du auch?"

„Wie meinst du das? Geht es dir gut?"

„Einigermaßen. Nein. Ich weiß es nicht." Sam schloss fest die Augen und atmete tief durch. „Du zuerst."

„Ich glaube, Midnight hat meinen Schöpfer ermordet."

„Was?" Sam riss die Augen wieder auf. „Den Vampir, der dich erschaffen hat? Er ist tot?"

„Ich wollte ihn kontaktieren, aber … habe nur seinen Anwalt erreicht. Ødger war über meinen Umzug nach Riverside informiert. Eine der wenigen Personen, die es wussten. Doch er wurde vor einem Monat tot aufgefunden und alle Informationen über mich waren verschwunden – bis auf sein Testament. Ob es meine Schuld war?" Eds Stimme bebte. „Wenn ich das eigentliche Ziel bin …"

In Sam stieg die Übelkeit der letzten Nacht auf. Denn Black war immer noch dort draußen, nicht weit von Gerry und Mim. Und er hatte einen Vampir getötet, ein so schwerer Schlag, dass Ed verstörter klang, als Sam ihn je gehört hatte. „Es war nicht deine Schuld. Ich glaube nicht, dass man es speziell auf dich abgesehen hat, Eddie, sondern nur auf den nächsten Vampir. Beim Beseitigen deines Schöpfers haben sie die nötigen Informationen gefunden, um zu wissen, wen sie sich als Nächstes vornehmen müssen."

Kurz herrschte Stille, abgesehen von einem zittrigen Atemzug. Dann sprach Ed wieder, wobei er klang, als müsse er Tränen zurückhalten. „Ich habe versucht, mich mit anderen in Verbindung zu setzen. Einigen geht es gut, aber mehrere konnte ich nicht erreichen. Wenn du recht hast, löscht Midnight möglicherweise jeden von uns, den er finden kann, aus."

„Ich wüsste nur gern, warum." Sam versuchte zu begreifen, was er damit erreichen wollte. „Was will er? Lara sagt, es geht nicht nur ums Geld und er behauptet, er wäre kein Monsterjäger oder Vampirjäger oder was auch immer."

„Solche Leute sind nicht so verbreitet, wie es einem moderne Medien vorgaukeln. Aber warte … *er* behauptet?" Eds Tonfall wurde besorgter.

„Ich weiß, wer Midnight ist", gestand Sam. „Er ist hier."

8

SAM BAT Ed, nicht überstürzt ins Hotel zu kommen, nicht wenn MIM und Gerry dort waren und sie so wenig über Cheroneau wussten – Midnight.

Black.

Wenn es ihm gelungen war, so viele Vampire zu töten, darunter Eds Schöpfer, wäre es gefährlich gewesen, ihn zu unterschätzen. Sie mussten möglichst viel über ihn in Erfahrung bringen, selbst wenn Black damit rechnete.

Also ging Sam mit seinen Freunden ins Kino und bemühte sich zu vergessen, in was für einer miesen Situation sie steckten.

Er versuchte sich zu entspannen, versuchte Spaß zu haben. Doch als er nach ihrer Rückkehr wieder dieses Zimmer betreten musste, flößte es ihm noch mehr Furcht ein als zuvor. Black war verschwunden, doch wesentlich besser fühlte er sich dadurch nicht.

An diesem Abend gelang es Gerry, sich Zugang zu Blacks Konto zu verschaffen und an alle Informationen zu kommen, die Sam sich erhofft hatte – sogar an Blacks Namen –, was ihm nun sinnlos erschien. Er gab vor, sich darüber zu freuen, bedankte sich bei Gerry und versicherte ihm, es Ed gleich zu erzählen. Innerlich fühlte er sich in die Enge getrieben und unsicher, was sie nun tun könnten, ohne alles noch schlimmer zu machen.

Einen Polizisten konnten sie nicht töten. Und für den Fall, dass sie es dennoch versuchten, hatte Black sicherlich vorgesorgt.

Bevor sich Sam an diesem Abend schlafen legte, rief er noch einmal Ed an.

„Möchtest du, dass ich dich holen komme?"

„Nein. Bitte komm – ich hätte dich sehr gern bei mir. Aber Mim und Gerry möchte ich heute nicht allein lassen. Könntest du einfach herkommen und über Nacht bei mir bleiben?"

„Selbstverständlich."

SELBSTVERSTÄNDLICH KONNTE Ed für Sam da sein. Nach dem Sonnenuntergang war es ihm ein Leichtes, die Stadt zu durchqueren und das Hotel bot ihm zahlreiche Möglichkeiten, sich unbemerkt hineinzuschleichen. Kurz fragte er sich, wie es Black gelungen war, aber kam dann zu dem Schluss, dass ein Detective dies vermutlich überhaupt nicht nötig hatte.

Kaum hatte Ed den Raum betreten, sank Sam dankbar in seine Arme. Ed sank ebenso gegen Sam, umarmte ihn vermutlich ein wenig zu fest, denn er konnte die schmerzhafte Leere in seiner Brust nicht abschütteln.

„Verdammt, ich bin so egoistisch", sagte Sam und sah ihn an, als sie aneinandergeschmiegt unter der Bettdecke lagen. „Ja, ich fürchte mich, aber du ... du musstest soeben erfahren, dass du jemand Wichtigen verloren hast." Er hob eine Hand an Eds Wange und streichelte mit dem Daumen über seine Haut. „Und deine Augen sind rot. Das habe ich noch nie gesehen."

Das lag daran, dass Ed beinahe niemals weinte. Und wenn er es doch einmal tat, beseitigten seine natürlichen Heilkräfte zügig alle Anzeichen. Diesmal war seit den Tränen noch nicht genug Zeit vergangen. „Es ist albern", brachte er mit erstickter Stimme hervor. „Wir haben selten miteinander geredet und ich habe ihn nicht mehr gesehen, seit ... ich weiß nicht einmal mehr seit wann."

„Es ist nicht albern", antwortete Sam, der noch einmal seine Wange streichelte, bevor er die Hand senkte, um sie über Eds Herzen ruhen zu lassen. Obwohl er dabei sicher bemerkte, dass es nicht schlug, falls es ihm bisher nicht aufgefallen war, wirkte er nicht beunruhigt. Stattdessen ließ er seine Finger sanft über die Stelle gleiten.

Keiner von ihnen hatte sich ausgezogen, doch auch durch Eds Hemd fühlte sich die zärtliche Berührung gut an.

„Ich habe nie meine Eltern kennengelernt", fuhr Sam fort. „Aber wenn ich heute herausfinden würde, wer sie waren und dass sie bereits gestorben sind, würde ich wahrscheinlich auch weinen. Und das obwohl ein Teil von mir sie dafür hasst, mich aus irgendeinem Grund im Stich gelassen und staatlichen Einrichtungen ausgeliefert zu haben. Ohne sie wäre ich nicht hier. Und obwohl ich nicht weiß, wer sie sind, kommt es mir manchmal vor, als hätten sie diese große Lücke hinterlassen ..."

„Ja", flüsterte Ed, da er glaubte, Sam zu verstehen. Denn auch wenn es der Wahrheit entsprach, dass er Ødger niemals geliebt oder für den besten Partner gehalten hatte, war er doch immer noch sein Schöpfer gewesen, ohne welchen Ed nicht mehr existiert hätte. „Ich habe mich bemüht, mich von anderen fernzuhalten, damit ich mich nie wieder so fühlen muss."

„Wie beim Tod deiner Frau?"

„Ja."

„Und würdest du darauf verzichten, sie oder deinen ... Schöpfer gekannt zu haben, um dieses Gefühl des Verlusts zu vermeiden?"

Ed lächelte, denn diese Frage stellte er sich häufig und es gab nur eine Antwort. „Auf keinen Fall. Weshalb es vielleicht unverständlich ist, dass ich so viele Jahre ohne Freunde verbracht habe."

„Mag sein, aber immerhin warst du klug genug, um bei mir eine Ausnahme zu machen." Sams Grinsen war beinahe wieder das alte, zeigte nur noch einen Hauch von Angst und Kummer.

Ed beugte sich vor, um seine Lippen zu einem keuschen, aber langen Kuss auf Sams zu pressen. Obwohl er fürchtete, sich mit Sam mehr als Freundschaft zu gestatten könnte ein wesentlich größerer Fehler sein als sein einsames Leben, änderte es nichts an Sams Wirkung auf ihn.

Schließlich forderte er Sam zum Schlafen auf und versicherte ihm, dass er sich in dieser Nacht um nichts anderes Sorgen machen musste. Ihr weiteres Vorgehen konnten sie am Morgen besprechen. Sam stimmte zu und schmiegte sich an ihn.

Obwohl Ed nicht schlief, hatte er nichts dagegen, hier mit Sams Wärme an seiner Seite ein wenig zu ruhen. Hin und wieder stand er auf, um sich zu strecken, wobei er schließlich das Buch über griechische Mythologie entdeckte, das er Sam geschenkt hatte. Er nahm es mit ins Bett, um es zu lesen, während sich Sam unbewusst wieder an ihn kuschelte.

Die ersten Sonnenstrahlen spähten zwischen den Vorhängen hindurch, als Sams müde Stimme fragte: „Wo bist du gerade?"

„Bei Psyche und Amor." Ed blickte mit einem warmen Lächeln auf ihn hinab. „Meine Lieblingsgeschichte."

„Und sie endet glücklich", sagte Sam und erwiderte das Lächeln. „Nachdem Psyche sich mit Amor als Göttin vereint."

„Sam ..." Ed legte das Buch auf den Nachttisch.

„Ich weiß, dass du kein Gott bist. Black ist es gelungen, jemanden wie dich zu töten."

„Vermutlich mehrere wie mich."

„Das mit deinem Schöpfer tut mir wirklich leid."

„Danke", sagte Ed leise.

Es war das erste Mal seit Ewigkeiten, dass er um jemanden trauerte. Er hatte andere Vampirfreunde verloren, doch diese hatten frei entschieden, ihr Leben zu beenden. Das hier war anders. Hier hatte man ihm jemanden genommen, auf dessen Verlust er nicht vorbereitet gewesen war.

„Er hat mir alles vermacht, wovon allerdings das meiste in der Nacht seines Todes gestohlen wurde. Zwar gibt es eine Versicherung, aber Geld interessiert mich nicht. Bei meiner letzten Begegnung mit ihm hätte ich niemals vermutet ... dass es meine letzte Begegnung mit ihm sein würde."

Sam drückte ihn fest an sich.

„Ich muss mich persönlich mit seinem Anwalt treffen, damit ich alles bestätigen und mein Erbe an mich nehmen kann, aber ich habe ihm gesagt, dass jetzt kein guter Zeitpunkt ist. Erst beenden wir das hier und ziehen Black zur Rechenschaft. Ich möchte immer noch wissen, warum er es tut."

„Der Grund ist mir egal", sagte Sam, in dessen Augen eine neue Unerschrockenheit leuchtete. „Ich habe es so satt, mich ständig fürchten zu müssen. Vor ihm. Vor den Cramers. Er und Lara sind diejenigen, die sich fürchten sollten. Das werden wir ihnen schon noch zeigen." Dann sah er mit sanfterem Blick Ed an. „Es ist Freitag. Du brauchst wieder Blut, und es muss Alvarez sein."

„Meinst du, wir sollten den Mord Black anhängen, wie er es bei mir versucht hat?"

„Das dürfte schwierig werden, bis wir mehr Informationen haben. Trotzdem habe ich einige Ideen. Allerdings lässt sich das meiste nicht vor dem Abend umsetzen."

„Und womit beschäftigen wir uns bis dahin?"

Sam verlagerte sein Gewicht, schlang seine Beine um Eds und zog ihn näher an sich, um ihn liebevoll zu küssen.

„Raus aus den Federn, Sammy!"

„RAUS AUS den Federn, Sammy!", rief Mim – Sekunden bevor sie Sams Tür aufriss und das Zimmer betrat.

Sam fuhr hoch. Auch wenn die beiden von Ed wussten, war es etwas vollkommen anderes, mit ihm im Bett überrascht zu werden. Er dachte noch fieberhaft über eine Ausrede nach, als er bemerkte, dass er Ed nicht mehr spürte.

Weil sich Ed nicht im Bett befand.

Diese vampirische Schnelligkeit war ein Geschenk des Himmels.

„Guten Morgen, Langschläfer", sagte Mim an den Türrahmen gelehnt. Sie trug bereits ihre Wachfrau-Uniform, die eigentlich nicht vorteilhaft aussehen dürfte, aber Mim war eine Ausnahme. „Wir machen uns jetzt auf den Weg zur Arbeit. Willst du hier den ganzen Tag rumliegen oder spielst du heute noch den Hausmann für Simons?"

„Ich bin wach. Ich stehe jetzt auf. Und ja, ich werde den größten Teil des Tages bei Ed verbringen, aber ... wollen wir uns später zum Essen im Lucifer's Rest treffen?"

„Wirklich?" Auch Gerry steckte seinen Kopf ins Zimmer.

„Ja, Gerr, wirklich", antwortete Sam lachend. „Wir sollten uns doch mehr um Lara bemühen, nicht wahr?" Auch wenn es ihm Übelkeit verursachte.

„Aber sie muss den ganzen Abend arbeiten", sagte Gerry schmollend.

Das wusste Sam – Gerry informierte sie jedes Mal genau über ihren Arbeitstag –, aber genau darum ging es ihm. „Deswegen gehen wir ja auch zu ihr. Und jetzt verschwindet aus meinem Zimmer und seid produktive Mitglieder unserer Gesellschaft."

Gerry wirkte beschwichtigt und zufrieden, während Mim lediglich schnaubte.

„Arbeite nicht zu hart", sagte sie zum Abschied und warf ihm eine Kusshand zu.

Als sie endlich gegangen waren und die Tür hinter sich geschlossen hatten, tauchte neben ihm Ed auf, als wäre er aus der Wand getreten.

„Du willst dich bei Lara sehen lassen?" Er schob sich vom Fußende aus auf das Bett.

„Ich *will* sie nicht sehen. Ich muss. Wir haben einen langen Tag vor uns." Sam schloss ihn in die Arme und ließ zu, dass Ed das Gesicht an seinen Hals schmiegte. Es war vergleichbar mit dem Gefühl, sich im Sommer auf ein kühles Kissen zu legen – unter der Decke wurde Sam angenehm gewärmt und Eds Kühle wirkte erfrischend. „Den Morgen können wir damit verbringen, zu planen, aber vorher muss ich etwas essen. Hast du deine Sonnenbrille dabei?"

„Ja." Ed runzelte die Stirn. „Aber ich hatte gehofft, wir könnten noch etwas im Bett bleiben. Außerdem habe ich keine frische Kleidung."

Sam hob die Decke, damit Ed ihm dort Gesellschaft leisten konnte, denn gegen einige weitere gemeinsame Minuten hatte er nichts einzuwenden. Er küsste Ed und presste seine Hüften gegen ihn, um zuzusehen, wie sein Hunger sich zeigte.

Dieser war nach einer Woche stärker geworden und Eds Augen verfärbten sich gelb.

Sam küsste ihn trotzdem, aber verlangsamte die Bewegung seiner Hüften, bis Eds Knurren eher wie ein sanftes Schnurren klang.

„Die Sachen, die ich mir von dir geliehen habe, sind noch nicht gewaschen. Also musst du dir wohl diesmal meine ausleihen." Die Vorstellung von Ed in einem seiner Henley-Shirts gefiel ihm. „Vielleicht bleibt uns heute endlich Zeit, ein wenig für dich einzukaufen. Frühstück für mich, dann ein paar Geschäfte für dich und mittags geht's wieder nach Hause? Schließlich wollen wir dich nicht zu lange der Sonne aussetzen, versprochen."

„Und was machen wir, wenn wir wieder zu Hause sind?"

Sie waren beide dazu übergegangen, von Eds Haus als ihrem gemeinsamen Zuhause zu reden und Sam hatte nicht vor, es richtigzustellen.

Er wünschte, seine Pläne für den Tag bestünden darin, Ed gegen die nächstbeste feste Oberfläche zu pressen – die Matratze unter ihnen hätte diesen Zweck gut erfüllt –, aber das würde bis nach Alvarez' Tod warten müssen.

„Wir laden die Neu-Ryans zum Schwimmen ein."

ED LUD keine Menschen ein – niemals –, schon gar nicht zum Schwimmen. Doch er hatte es diesen Kindern versprochen und in Sams Kopf brauten sich bereits einige Ideen dazu zusammen, wie sie die Situation zu ihren Gunsten wenden konnten.

Erst einmal aß Sam. Nachdem Ed sorgfältig seine Sonnenbrille aufgesetzt hatte, suchten sie sich ein Café und nahmen in der hintersten Ecke Platz, wo Ed sich, um nicht aufzufallen, einen einfachen schwarzen Kaffee bestellte. Das anschließende Einkaufen war überraschend angenehm. Normalerweise vermied er es, indem er seine Kleidung pfleglich behandelte, damit sie länger als üblich ihren Zweck erfüllte, oder sie zur Not im Internet bestellte. Aber mit Sam … machte es Spaß.

Sam suchte Kleidungsstücke für ihn aus, kritisierte oder gab zustimmende Laute von sich. Ed stellte fest, dass es ihm gefiel, sich für eine andere Person als sich selbst zu kleiden und auf Sams Wünsche einzugehen, die Ed zugegebenermaßen sehr schmeichelten. Alles, was sie kauften, gefiel ihm, obwohl er bei einigem ohne Sam niemals auf den Gedanken gekommen wäre, es anzuprobieren.

Zum Beispiel eine grün-schwarze Bomberjacke, die Sams Meinung nach das leichte Braun in seinen Augen hervorhob. Ausgesprochen schick.

Sie benutzten Sams Motorrad, um sich zwischen Läden zu bewegen und am Schluss nach Hause zurückzukehren. Trotz der grellen, heißen Sonne machte die Fahrt Ed nichts aus, denn er schloss hinter der Sonnenbrille die Augen und umklammerte Sams Taille. Zwar regte sich noch immer der hungrige Teil von Ed, wenn er ihm so nah war, doch je mehr Zeit er mit ihm verbrachte, desto sicherer war er, dass er sich selbst in schwierigen Augenblicken beherrschen konnte.

„Warum tun wir, als wollten wir einen Flohmarkt veranstalten?", erkundigte er sich später, als er Sam half, Kisten ins Wohnzimmer zu tragen.

„Wir tun nicht nur so. Das sind alles Sachen, die ich bei meinem Raub für zu auffällig hielt, die du aber entweder nicht brauchst oder denen du keine große Beachtung schenkst."

„Ich ..." Ed setzte schon zum Widerspruch an, doch als er den Inhalt der Kisten betrachtete, musste er zustimmen. „Also verkaufen wir alles?"

„Wir sortieren es und entscheiden, was sich verkaufen ließe und was man lieber spenden oder verschenken sollte. Die Vorbereitungen für einen Flohmarkt sind der perfekte Vorwand, um Marie und die Kinder einzuladen. Es ist eintönige Arbeit, bei der eine Unterbrechung willkommen wäre, und damit bekämen wir eine gute Gelegenheit, mehr über Black herauszufinden."

Nicht, dass sie bei Marie viel Überzeugungsarbeit leisten mussten. Schon bald erschien sie mit Badeanzug, Strandkleid und einem Hut, bei dem Ed nicht sicher war, ob er durch seine Haustür passen würde. Bei sich hatte sie die Zwillinge sowie mehrere Taschen mit Snacks und Wasserspielzeug.

„Ich verspreche, dass wir hinterher alles aufräumen", sagte sie, nach den Vorbereitungen und der kurzen Fahrt hierher bereits etwas außer Atem.

„Unfug. Für diese Dinge bezahle ich Sam", antwortete Ed.

Sam warf ihm einen finsteren Blick zu, doch da Ed nur lachte, tat Marie es ebenfalls.

„Gibt es irgendetwas, womit ich heute behilflich sein kann?", fragte sie, während sie die Kinder ins Haus brachte. Diese trugen bereits Schwimmflügel, als wollten sie sich umgehend in den Pool stürzen – was sie, wenn man die Geschwindigkeit bedachte, mit der sie an Ed und Sam vorbei zur Terrassentür stürmten, vermutlich auch vorhatten. „Nicht rennen!", rief sie ihnen nach, machte sich jedoch nicht die Mühe, die Verfolgung aufzunehmen. „Und bedankt euch!"

„Danke, Mr. Ed!", leierten die Zwillinge herunter, ohne abzubremsen.

Er musste wirklich dafür sorgen, dass sie damit aufhörten.

„Wir haben Sie zum Entspannen eingeladen", sagte Sam, während er ihr die Tasche mit den Snacks abnahm, „und nicht, um Sie zur Arbeit zu überreden."

„Außerdem", warf Ed ein, „geht es lediglich darum, sich meine Habseligkeiten anzusehen und Sams scharfem Blick dafür zu vertrauen, was sich gut verkaufen ließe. Und ich bitte Sie, falls Sie etwas sehen, das Sie reizt, zögern Sie nicht zu fragen. Wenn ich mich sowieso davon trenne, würde ich mich freuen, wenn es ein gutes Zuhause fände."

Marie warf einen interessierten Blick auf die Kisten im Wohnzimmer. Die Kinder hatten erfolgreich die Terrassentür aufgeschoben, waren ins Freie geflitzt, hatten ihre Handtücher auf Stühle geworfen und sich bereits ins Wasser gestürzt. „Vielleicht mache ich einen kleinen Schaufensterbummel, aber tatsächlich habe ich mir selbst eine Menge Arbeit mitgebracht. Sich beim Verfassen eines Nachrichtenberichts sonnen zu können, ist allerdings eine fantastische Sache." Sie deutete auf den Laptop in ihrer Tragetasche. „Aber im Ernst, lassen Sie es mich unbedingt wissen, wenn ich mich irgendwie für die Einladung revanchieren kann."

„Damit revanchieren wir uns nur für das Barbecue", beharrte Ed, „und wollen gute Nachbarn sein. Endlich mehr Menschen aus der Umgebung kennenzulernen war ein Vergnügen – wie Ihre Arbeitskollegin Linda und Daniels Partner, Mr. ... ähm ... Oh, ich kann mir so schlecht neue Namen merken. Sagte er Hal?"

„Cheroneau." Marie nickte mit gerümpfter Nase. „Harold Cheroneau. Er ist, ähm ... schwer einzuschätzen, stimmt's?"

„Finden Sie wirklich?", spielte Sam mit, da ihre Abneigung nicht zu übersehen war. „Er machte einen freundlichen Eindruck."

„Das sagt Daniel auch, aber irgendetwas an ihm ist mir einfach nicht geheuer. Ich weiß nicht, warum. Daniel glaubt, dass nur mein Reporterinstinkt mit mir durchgeht. Aber ich finde, ich habe das Recht, mich wegen eines Mannes zu sorgen, auf den sich mein Mann jeden Tag verlassen muss. Ich schätze, er ist in Ordnung. Wirklich nett zu den Kindern. Ich glaube, er hat selbst welche, aber von einer Frau habe ich nie etwas gehört."

„Cheroneau hat Kinder?", fragte Ed.

„Sicher weiß ich es nicht. Ich hatte nur den Eindruck. Und da er so nett mit diesen beiden Rackern umgeht ..." Sie sah mit einem Lächeln durch die Terrassentür. „... kann er wohl kein allzu übler Kerl sein. Ich wünschte nur, sie würden endlich Hinweise zu diesen Morden finden ..." Sie hielt inne und richtete ihren Blick wieder auf Sam und ihn.

„Die Ermittlungen gehen ziemlich mühsam voran", fuhr sie leiser fort. „Letzte Woche wurde ein weiterer Mord begangen, aber weniger brutal, weshalb man nicht weiß, ob es sich um denselben Täter handelt. Ehrlich gesagt wäre ich froh, wenn sich alles in Wohlgefallen auflösen würde, vielleicht nur mit Banden zu tun hatte, und wenn es wirklich nur ein Zufall wäre, dass, na ja ..."

„Dass ich alle Opfer kannte", beendete Ed den Satz mit einem schiefen Lächeln. „Aber von einem neuen hatte ich noch nichts gehört", log er.

„Oh, den kannten Sie bestimmt nicht, nur ein Gangster. Gut möglich, dass er einer der Täter war und nun eine Aufräumaktion stattfindet. Daniel versichert mir immer, dass ihm in unserer Umgebung nie etwas Beunruhigendes aufgefallen ist, aber einige Zeit war ich Ihretwegen ziemlich besorgt."

Dann fuhr sie hastig fort: „Dass man es auf Sie abgesehen hat, meine ich! Nicht, weil ich Sie verdächtigt hätte – vor allem nicht, nachdem ich Sie kennengelernt habe." Sie schenkte erst Ed, dann Sam ein warmes Lächeln. „Aber wenn Sie sicher sind, dass Sie meine Hilfe hier nicht brauchen, mache ich mich jetzt lieber an die Arbeit. Noch einmal herzlichen Dank Ihnen beiden. Und scheuen Sie sich nicht, laut zu werden, wenn die zwei einmal zu wild sind."

Sie lachten, während Marie von Sam die Tasche mit den Snacks entgegennahm und hinausging, um sich einen Terrassenstuhl zu suchen.

„Was meinst du?", fragte Ed. „Wird Black die Zahl der Todesopfer weiter erhöhen, nachdem wir die Sache mit Shaw bewältigt haben?"

„Das glaube ich nicht", antwortete Sam. „Er wartet ab. Er lässt uns die Cramers ausschalten, damit er es nicht tun muss. Er muss keine weiteren Morde inszenieren, um sie dir anzuhängen. Er weiß, dass wir selbst genug begehen werden."

„Dann sollten wir uns Alvarez vielleicht doch nicht vornehmen."

„Wir nehmen ihn uns vor. Wir müssen dafür sorgen, dass der Fall aktuell bleibt."

„Aber wir versuchen nicht, es Black in die Schuhe zu schieben?"

„Zu riskant, da wir jetzt wissen, dass er Polizist ist. Aber ich habe eine bessere Idee." Sam grinste. „Darüber können wir uns unterhalten, wenn weniger Ohren in der Nähe sind. Und jetzt komm. Wir müssen dieses Zeug tatsächlich durchsehen."

Die meisten Gegenstände waren in den vergangenen Wochen bereits von Sam katalogisiert worden und mussten lediglich den Kategorien „behalten", „verkaufen" oder „spenden" zugeordnet werden. Während einer Pause suchte sich Marie eine Tiffany-Lampe aus, da sie einer ähnelte, die ihre Großmutter einst besessen hatte. Ed überließ sie ihr sehr gern, aber weil er sich weigerte, sie dafür bezahlen zu lassen, wollte sie keine weiteren Gegenstände annehmen.

Dann trug sie neue Sonnenschutzcreme auf und verlangte dasselbe von den Kindern, bevor sie diese wieder ins Wasser entließ. Nachdem sie ihre Arbeit beendet hatte, zeigte Ed ihr, wie man sein umgebautes Radio bediente, sodass sie sich mit Classic Rock im Hintergrund sonnen konnte.

Als allmählich die Essenszeit näher rückte, klopfte es erneut an der Tür und Daniel stand davor. Eine weitere Person in seinem Haus zu haben, hätte Ed normalerweise nervös gemacht – vor allem, wenn er bald seinen Hunger stillen musste –, doch diese Familie hatte ihn ähnlich leicht für sich eingenommen, wie es ihr bei Sam gelungen war. So legte sich lediglich ein Lächeln auf seine Lippen, als er Daniel vor der Tür entdeckte.

Bis Daniel eintrat und den Blick auf *Cheroneau* freigab, der ihm folgte.

„Ich hoffe, es handelt sich nur um einen Freundschaftsbesuch", merkte Sam an, dem es wesentlich besser als Ed gelang, eine freundliche Miene beizubehalten.

„Tut mir leid", antwortete Daniel hastig, „ich wollte Sie mit unserem Auftauchen nicht ins Schwitzen bringen. Hal bleibt nur heute zum Essen bei uns und ich wollte herkommen, um Marie beim Bändigen der Kinder zu helfen. Ihnen zu sagen, dass ihre Zeit im Pool vorbei ist, kann eine Herausforderung sein. Sie beide möchten uns nicht vielleicht auch beim Essen Gesellschaft leisten?"

„Ich bin heute schon mit meinen Freunden verabredet", übernahm Sam die Antwort, wofür Ed dankbar war, da ihm keine gute einfiel, „und Eddie hat schon mein Angebot, mich zu begleiten, abgelehnt."

„Genau! Ich ... bin im Augenblick zu beschäftigt, um auszugehen", bestätigte Ed nach den richtigen Worten suchend und fügte hinzu: „Aber das können wir sehr gern einmal nachholen."

Aus Richtung der Terrasse erklang lautes Jammern.

„Da geht es schon los." Daniel entschuldigte sich und eilte seiner Frau zu Hilfe.

Wodurch Ed und Sam allein mit Black zurückblieben.

Ed knurrte und ließ warnend seine vampirische Seite aufflackern. Es störte ihn nicht, dass Black ihn so sah. Er *sollte* ihn sehen und die unter der Oberfläche brodelnde Kraft fürchten.

„Aus, Junge", sagte Black höhnisch. „Wenn Sie so alt sind, wie ich vermute, sollten Sie sich besser unter Kontrolle haben. Oder haben Sie vielleicht nicht genug gegessen?" Er warf einen Blick in Sams Richtung, woraufhin Eds Knurren lauter wurde. „Vorsicht, wie würden Sie denn mein Ableben dieser netten Familie erklären? Natürlich könnten Sie diese einfach ebenfalls aus dem Weg räumen."

Deshalb suchte sich Ed keine Freunde oder ...

Er warf einen Blick auf Sam.

... mehr.

„Aber das werden Sie nicht tun, habe ich recht?", fragte Black beinahe mitleidig. „Sie sind ein netter Kerl, dem andere wichtig sind. Faszinierend ..."

Ed zwang sein Gesicht wieder in menschliche Züge, ohne jedoch seine hasserfüllte Miene aufzugeben. „Sagen Sie mir, was Sie von mir verlangen."

„Noch nicht. Wir müssen noch einiges an Unordnung beseitigen."

Die in Ed aufsteigende Wut machte es ihm schwer, seine wahre Natur nicht ein zweites Mal zum Vorschein kommen zu lassen. Er ballte die Hände zu Fäusten, um sie zu unterdrücken. „Sie haben einen meiner Freunde ermordet."

„Habe ich das?" Black beugte sich ohne einen Hauch von Angst vor. „Da müssten Sie etwas konkreter werden."

Ed sah rot, hätte sich beinahe auf ihn gestürzt – als ein Kreischen von einem der Zwillinge ihn daran erinnerte, dass sie nicht allein waren.

„Sie können davon träumen, diese Beißerchen in meinen Hals zu bohren, so viel Sie wollen", spottete Black. „Aber für den Fall, dass mir oder Lara etwas zustoßen sollte, habe ich eine automatische Zustellung von unzweifelhaften

Beweisen geplant, die Ihnen beiden die Schuld für alles zuschieben. Dagegen war die Sache mit Shaw ein Kinkerlitzchen. Also werden Sie nicht übermütig."

Dann setzte er eine freundliche Miene mit strahlendem Lächeln auf und spazierte an Ed vorbei ins Wohnzimmer.

„Wo sind meine Lieblingskinder?", rief er.

Ed hasste es, sich so hilflos zu fühlen – so hilflos zu *sein* –, obwohl es hier nur um einen einzigen Menschen ging. Er versuchte mit einem Blick, sich bei Sam zu entschuldigen.

Sam schien sich jedoch nicht so leicht beirren zu lassen, trotz seiner schlimmen Erlebnisse, und nickte Ed tröstend zu, bevor er Black mit ebenfalls freundlicher Fassade ins Wohnzimmer folgte.

Die Kinder waren mittlerweile zusammengetrieben worden und wurden abgetrocknet, während sich alle mit einer Mischung aus aufrichtigem und falschem Lächeln voneinander verabschiedeten. Marie und Daniel bedankten sich erneut. Die Kinder stimmten mit ein und zeigten ihre Dankbarkeit, indem sie Eds Beine umarmten, womit sich seine durch Blacks Anwesenheit finstere Stimmung ein wenig aufhellte.

„Dürfen wir auch mal abends mit Ihnen schwimmen, Mr. Ed?", bat Dawn.

„Nur, wenn ihr auf das ‚Mr.' verzichtet. Und eure Eltern nichts dagegen haben." Er war dankbar dafür, dass der Chlorgeruch den verführerischen Duft dämpfte, den sie aus solch großer Nähe verströmten.

Er sollte keine Freundschaften schließen oder Bindungen entwickeln. Doch gegen diese Regel hatte er bereits bei Sam verstoßen und auch bei dieser Familie schien er zum Scheitern verurteilt zu sein.

Nachdem sie alle das Haus verlassen hatten, stellte er überrascht fest, dass Sam noch immer lächelte.

„Warum freust du dich?", fragte Ed. „Dieser Mann war in meinem Haus!"

„Ich weiß. Ich hätte nicht gedacht, dass wir so viel Glück haben würden. Denn jetzt weiß ich, was er will."

„Tatsächlich?"

„Er hat alles unauffällig inspiziert", sagte Sam, während er Ed mit sich ins Wohnzimmer zog, um auf die Kisten zu deuten, „besonders, was wir hier aussortiert haben. Dein Schöpfer wurde vor seinem Tod ausgeraubt, stimmt's? Black will, was er schon von dir bekommen hat und er will noch mehr. Aber ich würde wetten, dass er dabei vor allem auf den nächsten Hinweis aus ist."

„Er sucht Informationen zu anderen Vampiren …" Ein Ruck ging durch Eds Magen, in dem ohnehin schon ein Gewicht zu liegen schien. Er war wirklich nicht sicher, ob er sich durch diese Information besser oder schlechter fühlte.

„Du verfügst über ein beträchtliches Vermögen. Ich könnte mir vorstellen, dass andere wie du, die alt genug sind – was deinen Erzählungen nach auf die meisten zutrifft –, ähnlich wohlhabend sein dürften."

„Dann geht es *doch* ums Geld, nur um mehr Geld als meines. Dass er wirklich deshalb tötet!" Ed tötete wenigstens nur, um zu überleben.

„Außerdem wissen wir, wo er heute Abend sein wird. Direkt nebenan." Bevor Sam weiterreden konnte, vibrierte sein Handy. Er hielt inne, um die Nachricht zu lesen. „Die Cramers möchten kein Treffen. Dass nun Shaw nach der Sache mit Fitz vermisst wird, macht sie zu nervös. Was wahrscheinlich bedeutet, dass sich in ihrem Lagerhaus niemand aufhält. Wir könnten Alvarez hinlocken. Du kannst seinem Geruch folgen, oder?"

„Ich finde ihn", bestätigte Ed. Wenn er hungrig war, funktionierte sein Geruchssinn häufig noch besser. „Und die Cramers können sich verstecken, wo sie wollen. Wenn ihre Zeit gekommen ist, finde ich sie ebenfalls."

„Dann mache ich mich jetzt besser auf den Weg zum Lucifer's Rest, während du in der Zeit Alvarez aufspürst. Wir können uns über Nachrichten absprechen, wenn wir bereit sind."

„Heißt das, du verrätst mir endlich den Rest deines Plans?"

Trotz der Gefahren, der Schrecken der letzten Tage und Blacks Nähe zeigte sich in Sams Gesicht nun der verschmitzte Ausdruck, den Ed so mochte und der bewies, wie sehr auch Sam die Rolle des Jägers gefiel. „Ich musste erst sicher sein, aber das bin ich jetzt. Also, das Ganze soll so ablaufen …"

SAM WAR sehr stolz auf seine Idee, wie alles ablaufen sollte. Es war riskant, da Black sie möglicherweise ausliefern würde, bevor sie bereit waren, aber davon ging Sam nicht aus. Hätte Black bekommen können, was er wollte, obwohl sie sich im Gefängnis oder auf der Flucht befanden, hätte er es bereits getan. Sie mussten in die Offensive gehen und Sam wusste auch schon genau, wie.

Beim Essen mit seinen Freunden setzte er durchgängig ein Lächeln auf, vor allem, als Lara sie bediente. Es fiel ihm leicht, sie in Small Talk zu verwickeln und vorzugeben, dass er mehr über sie erfahren wollte, da sie mit seinem Freund „ausging". Sie hielt sich an ihrem Tisch auf, verbrachte dort mehr Zeit als bei allen anderen Gästen, da sie, wie sie sagte, „alles für eine Minute mehr mit Gerry" getan hätte.

Manchmal hätte Sam beinahe geglaubt, dass sie ihn mochte. Bis sie ihn, wenn die beiden anderen einmal nicht auf sie achteten, wieder mit einem gehässigen Grinsen ansah. Vermutlich dachte sie, es sei für Sam eine Qual, hier still sitzen und für Black gute Miene zum bösen Spiel machen zu müssen. Sollte sie es ruhig denken. Er würde die beiden dafür bezahlen lassen, was sie ihm und Ed antaten – und damit begann er, indem er darauf achtete, wo sie beim Servieren sein Glas Wasser berührte.

Als er das Glas später unauffällig in seiner Tasche verschwinden ließ, vermied er es, die von ihr hinterlassenen Fingerabdrücke zu verwischen.

Da Laras Schicht noch länger andauern würde, überredete Mim Gerry, sie noch für einen Drink in ein anderes Lokal zu begleiten. Sam behauptete, nicht mitkommen zu können, da er etwas für Ed erledigen müsse. Was sogar stimmte.

„Hat es mit den Konten zu tun, die ich gehackt habe?", flüsterte Gerry. „Will er sie alle ausbluten?"

Sam versuchte sich nicht anmerken zu lassen, wie passend Gerrys Wortwahl war. „Früher oder später. Aber versprich mir, dass du über nichts davon mit deiner Freundin sprichst."

„Natürlich nicht! Sie ist eine liebe, normale Kellnerin. Ich lasse sie glauben, dass ich im Support tätig bin und nicht für … Auftraggeber." Gerry brachte es niemals über sich, sie als Kriminelle zu bezeichnen.

„Wir sehen uns später", verabschiedete sich Sam.

Dann ging er allein davon, ohne es vor Lara zu verbergen, wobei er darauf achtete, möglichst niedergeschlagen zu wirken, als schliche er mit eingezogenem Schwanz davon, weil er ihre Gegenwart nicht länger ertragen konnte.

Als sie ihm zuwinkte, wandte er sich scheinbar beleidigt ab – um sein Grinsen zu verbergen.

Bevor er sich auf sein Motorrad schwang, schickte er Ed eine Nachricht. *Auf dem Weg. Alvarez gefunden?*

Seltsamerweise nicht. Ich war bei seiner Wohnung und an seinen Lieblingsorten. Er muss unterwegs sein. Ich suche noch einige Plätze ab, bevor ich komme. Sei vorsichtig.

Vermutlich war Alvarez unruhig und suchte nach Shaw. Dass er die Stadt verlassen hatte, konnte er sich bei ihm ebenso wenig vorstellen wie bei den Cramers. Sie mochten alle feige sein, aber sie waren stur.

Die Straßen um das Lagerhaus herum waren wie üblich leer. Dennoch war Sam vorsichtig und lauschte erst vor dem Eingang … wobei er tatsächlich etwas hörte. Es klang wie hektisches Wühlen. Ob Straßenkinder oder Landstreicher sich Zutritt verschafft hatten?

Da die Tür nicht verschlossen war, riskierte es Sam, einzutreten.

Wie sich herausstellte, handelte es sich um *ein* Straßenkind – den Jungen, dem Alvarez die Finger gebrochen hatte. Die Hand war ungeschickt verbunden worden und er schien sie nicht viel zu benutzen, als er den Raum durchsuchte. Auf dem Tisch hatte er bereits einen Stapel Geld und für den Schwarzmarkt geeignete Gegenstände gesammelt.

Als er Sam bemerkte, zuckte er zusammen und zog ein Springmesser. Wenigstens war es keine Pistole und der Junge wirkte, als hätte ihn schon ein leichtes Lüftchen umwerfen können.

„Entspann dich", sagte Sam und hob beruhigend die Hände. „Ich gehöre nicht zu den Cramers. Nicht ernsthaft. Ich bin eher wie du – in eine schwierige Situation geraten."

„Was machen Sie dann hier?", verlangte der Junge zu wissen, während er sich so bewegte, dass sein Messer zwischen ihnen blieb, ohne sich dabei zu weit von seiner Beute zu entfernen.

„Ich möchte nur wissen, wohin sie verschwunden sind. Hast du einen von ihnen gesehen?"

„Wenn ich das hätte, wäre ich nicht hier. Sie waren den ganzen Tag nicht da. Ich glaube nicht, dass sie zurückkommen."

Sam spürte, wie das Handy in seiner Tasche vibrierte, griff jedoch nicht danach.

„Nehmen Sie sich in Acht!", rief der Junge, als Sam sich näherte.

Sam blieb stehen und hob die Hände höher, während der Junge offenbar aufgab und das bisher Gefundene in seinen Rucksack stopfte, aber mit einer Hand weiterhin das Messer auf ihn richtete. „Ernsthaft, meinetwegen musst du dir keine Sorgen machen. Aber selbst wenn sie nicht mehr hier sind, solltest du jetzt abhauen. Und komm nicht zurück."

„Warum, weil Sie alles für sich selbst haben wollen?", schnaubte der Junge.

„Darum geht es nicht …"

„Mir auch egal." Endlich hatte er alles in seinem Rucksack verstaut und ging damit auf die Tür zu. „Ich will nicht zurückkommen, aber was ändert das?" Er erschauderte, wirkte viel zu alt und verlebt für einen solch jungen Mann.

Sam wusste, wovon er sprach.

„Am Ende sind wir alle die gleichen Monster", sagte er und floh in die Dunkelheit hinaus.

Diese Worte gaben Sam zu denken. Er hatte stets geglaubt zu wissen, was ein Monster war, und sich bemüht, keines zu werden. In den letzten Wochen waren die Grenzen undeutlicher geworden.

Dennoch konnte er nicht glauben, dass der Junge recht hatte. Möglicherweise waren sie alle Monster, aber nicht alle Monster waren gleich.

Er sah sich an, was der Junge zurückgelassen hatte. Alles ernsthaft Wertvolle hatte er mitgenommen. Den Computer mussten die Cramers allerdings selbst entfernt haben, denn er war nicht Teil der Beute des Jungen gewesen. Was Sam brauchte, war ein Hinweis. Irgendein Hinweis, der Ed helfen würde Alvarez zu finden, falls es ihm noch nicht gelungen war.

Da erinnerte er sich an die Nachricht und warf einen Blick auf sein Handy.

Ich glaube, er ist auf dem Weg zum Lagerhaus. Geh nicht rein.

Sam erstarrte, als er hinter sich das verräterische Geräusch von Schritten hörte. Doch bevor er sich umdrehen konnte, legte sich von hinten ein Arm um seinen Hals.

„Ich wusste, dass du es warst!"

Alvarez.

Das Handy glitt Sam aus den Fingern, als er versuchte, den Arm von seinem Hals zu lösen. Doch Alvarez hatte die Oberhand und wesentlich mehr Kraft.

„Sto…"

„Ich wusste es! Ich wusste, dass du es warst!"

„S-sto…", keuchte Sam und rang vergeblich nach Luft.

Dann ließ Alvarez ihn los und er sank auf die Knie. Vor ihm auf dem Boden leuchtete das Display seines Handys auf, als eine weitere Nachricht eintraf.

Sam? Bist du da?

Alvarez packte Sams Schultern, zerrte ihn auf die Füße und drehte ihn zu sich um, sodass Sam sein zähnefletschendes Gesicht sah, bevor ihn ein so heftiger Faustschlag traf, dass er erneut zu Boden stürzte.

Ed war auf dem Weg. Sam musste nur noch ein wenig durchhalten.

Obwohl der Raum sich um ihn herum zu drehen schien, warf er sich gegen Alvarez' Beine, doch nach kurzem Taumeln stieß dieser Sam mit dem Fuß von sich und hielt das Gleichgewicht. Dann trat er ihn noch einmal in die Rippen.

„Du steckst da mit drin!" Alvarez trat erneut zu. „Du weißt, was mit ihr passiert ist! Und mit Fitz! Ist es Midnight?" Und wieder. „Oder Simons? Spuck's aus, du verdammter …"

Etwas Verschwommenes prallte mit einer solchen Geschwindigkeit gegen Alvarez, dass Sam nicht sicher war, ob er es in seinem leicht benebelten Zustand richtig erkannt hatte.

„Sam!" Plötzlich berührten Eds Hände seine Schulter und sein Gesicht, suchten sanft nach Verletzungen.

Er hatte es sich nicht eingebildet.

„Geht es dir gut?"

Alvarez lag prustend und stöhnend auf dem Boden, nachdem er mit einer solchen Wucht gegen die Wand geworfen worden war, dass er das Gefühl haben musste, von einem Zug überfahren worden zu sein. Sam musste schlimmstenfalls mit einer Rippenprellung und noch etwas anhaltender Übelkeit rechnen. So viel Glück würde Alvarez nicht haben.

Denn kaum hatte Sam mit einem Nicken bestätigt, dass es ihm gut ging, und begonnen sich aufzurichten, schenkte Ed ihm ein zärtliches Lächeln – bevor sich Kälte über seine Miene legte und er aufstand, um sich seinem Opfer zuzuwenden.

Ed verspürte nur Kälte, als er sich Alvarez zuwandte und langsam den Abstand zwischen ihnen überbrückte. Der Mann war so benommen, dass er nicht fliehen konnte. Nicht schnell genug.

Wie konnte er es wagen, Sam anzurühren? Wie konnte einer von ihnen es wagen, auch nur daran zu *denken*?

Er packte Alvarez beim Nacken, schleuderte ihn gegen die Wand und folgte ihm mit einem schnellen Schritt, um ihn dort festzuhalten. „Falls es Sie tröstet, Mr. Alvarez, Miss Shaw hat ihr Ende nicht durch unsere Hand gefunden. Aber Sie werden es."

Dann senkte er den Kopf, um seine Zähne tief in Alvarez' Hals zu bohren und gierig zu trinken, während er ihn gegen die Wand presste. Der Mann war ein beeindruckender Kämpfer und wehrte sich heftig gegen Eds Griff. Als er jedoch einsehen musste, dass kein Entkommen möglich war, gab er ein Wimmern von sich und begann zu flehen.

„A-aufhören! Ich tue alles!"

Immer waren es die rauesten Typen mit den lautesten Stimmen, die sich als Feiglinge entpuppten.

„Pssst", flüsterte Ed und leckte über die Wunde, als er seine Reißzähne löste. „Zu meinem Bedauern besteht für Sie keine Möglichkeit mehr, das hier zu überleben, aber Ihr Ende muss kein schmerzhaftes sein." Mit einem Hauch Blut an den Lippen drehte er sich zu Sam um, der wieder auf den Füßen stand, aber eine Hand an seine verletzten Rippen presste. „Du entscheidest, Sam. Hat er Gnade verdient?"

Als sich die Kälte, so sehr wie Eds, in Sams Gesicht widerspiegelte, regte sich ein unerwartetes primitives Verlangen in Eds Innerem.

„Nein", sagte Sam.

Ed stürzte sich wieder auf Alvarez' Hals, zerriss Haut und Sehnen, als er auf jede Form von Sanftheit verzichtete.

SAM HÄTTE bei Eds Umgang mit seinen bisherigen Opfern nicht direkt von Sanftheit gesprochen, aber als er ihn anwies, keine Gnade walten zu lassen – nicht bei Alvarez, der gewalttätig und grausam vorging, ohne es zu bereuen –, entwich der Kehle des Mannes bei Eds gnadenlosem Angriff so heftige Schreie, dass Sam erzitterte.

Doch es war kein schlechtes Gefühl.

Kein bisschen schlecht.

Sam hatte Schmerzen und war wütend. Ed auf sein Geheiß so brutal zu sehen, fühlte sich wie eine Wiedergutmachung an. Genau genommen fühlte er sich dadurch … unbesiegbar.

So schien es auch dem Glas in seiner Tasche zu gehen, denn als er es überprüfte, obwohl er im Grunde davon überzeugt war, dass er nach Alvarez' heftigen Tritten nichts als Scherben vorfinden würde und sie mit ihrem Plan von vorn beginnen müssten, war es völlig unbeschädigt.

Ein weiterer Feind beseitigt, der Ed wieder eine Woche sättigte und die anderen würden bald folgen.

Erst mussten sie sich allerdings um Lara kümmern.

Ed ließ ihn kurz mit dem Toten allein, um mit seiner übermenschlichen Geschwindigkeit zum Lucifer's Rest zu eilen und einen Blick in das Hinterzimmer zu werfen. Nachdem er zurückgekehrt war und berichtet hatte, dass niemand dort war, gelang es ihm, Sam und Alvarez durch die Stadt zu transportieren, ohne dass Sam etwas von der Leiche bemerkte.

Ed legte den Mann ab und benutzte ein Messer aus dem Raum, um die Bissspuren durch Schnitte zu verbergen, wie er es bei Fitz getan hatte. Dann säuberte er das Messer und hielt Wache, während Sam in ein Paar Handschuhe schlüpfte.

Er zog das Glas aus der Tasche und nahm eine Schachtel Kakaopulver aus einem Regal. Nachdem er das Pulver auf Laras Fingerabdrücke gestreut hatte, gelang es ihm mit einem Streifen Packband, sie auf den Messergriff zu übertragen.

„Kakaopulver?", wollte Ed wissen.

„Man kann es leichter sehen und in einem Restaurant wirkt es nicht ungewöhnlich. Kommt jemand?"

„Nein, ich kann alle Menschen in der Küche und im Gastraum hören."

„Dann lass uns verschwinden."

Sam ließ das Messer fallen und Ed brachte sie so leicht und unbemerkt hinaus, wie er sie hineingebracht hatte, bis sie schließlich in der Nähe des Lagerhauses neben Sams Motorrad standen.

„Und jetzt?", fragte Ed, während er Sam noch an sich gepresst hielt, als wollte er ihn nie wieder loslassen.

Sam hatte nichts dagegen. „Jetzt wählen wir den Notruf."

9

SO SEHR Sam sich wünschte, die Entwicklung der Geschehnisse bei Ed abzuwarten, wusste er doch, dass er seine Freunde nicht mit den Folgen von Alvarez' Tod alleinlassen konnte.

Ed blieb im Schatten zurück und sah ihm nach, als Sam sich mit dem Motorrad auf den Weg zum Hotel machte. Das Motorrad hatte sich seit seinem offiziellen Aufenthalt vor einigen Stunden nicht mehr in der Nähe des Lucifer's Rest befunden und dabei würde es bleiben.

Als er ankam, hatte er eine Nachricht von Ed erhalten, die ihn darüber informierte, dass die Polizei an der Bar eingetroffen sei. Diese würde nun alle Anwesenden befragen, vor allem das Personal, da die Leiche im hinteren Teil gefunden worden war. Und damit würde ihnen Lara nicht mehr in die Quere kommen, selbst wenn man sie nicht verhaftete.

Sam war ziemlich sicher, dass sich ihre Fingerabdrücke bereits in der Datenbank befanden. Und sollte das nicht der Fall sein, würde sie mit einigen anderen Anwesenden dieser Nacht dennoch unter Beobachtung stehen, was es ihr sehr erschweren würde, Black weiterhin zu unterstützen.

Worüber er nicht sehr glücklich sein würde.

Mim und Gerry betraten das Hotelzimmer, als Sam dabei war, die letzten Dinge einzupacken – seine *und* ihre.

„Sammy, was zum Teufel …"

„Nehmt eure Sachen. Überprüft, ob ich nichts vergessen habe, aber dann müssen wir los."

„Warum …"

„*Jetzt.*"

Mit seinem drängenden Tonfall wirkte er weiterem Widerspruch von Mim und Gerry entgegen. Sie hatten zu viel miteinander durchgemacht, als dass sie seine Anweisungen anzweifelten, wenn er so ernst war.

Alle drei waren äußerlich die Ruhe selbst, als sie auscheckten und sich quer durch die Stadt zum Marriot begaben, das sich näher am Lucifer's Rest befand. Das musste es sein, falls sich jemand über ihren Umzug am Abend von Alvarez' Ermordung wunderte.

Sam ging es nur darum, an einem anderen Ort zu sein und dieses Vorhaben in die Tat umzusetzen, bevor Black die Gelegenheit hatte, seine Aufmerksamkeit auf sie zu richten. Von Überraschungsbesuchen hatte er genug.

Seit er anonym den Notruf gewählt hatte, war eine Stunde vergangen, als Gerry eine Nachricht von Lara erhielt.

Sam wusste sofort, von wem die Nachricht stammte, denn Gerry sah sein Handy an, sah Sam an, als hätte man ihn geohrfeigt, und schaltete den Fernseher ein.

Hier ging es nicht um einen Toten, der am nächsten Morgen in irgendeiner dunklen Gasse gefunden wurde. Hier ging es um eine Leiche, die in einem geöffneten Restaurant aufgetaucht war, nachdem in der Stadt seit Wochen ein Mörder sein Unwesen trieb. Selbstverständlich wurde darüber in den Nachrichten berichtet.

Und die Berichterstatterin war Maries Freundin Linda.

„Die Identität des Opfers wurde von der Polizei noch nicht bestätigt", sagte sie gerade mit dem Schriftzug „Lucifer's Rest" im Hintergrund, „aber es soll sich um einen Stammgast des Lokals handeln. Zurzeit werden alle anwesenden Gäste und Mitarbeiter zum Tathergang befragt. Die Leiche wurde gefunden ..."

„Lara hatte endlich Zeit, sich bei mir zu melden, nachdem sie *verhört* wurde", sagte Gerry unheimlich eisig für jemanden, der sonst so viel Wärme ausstrahlte. „Sie sagt, sie erkennt den Toten und dass sie ihn für einen Freund von dir hält. Dass sie dich einmal dort mit ihm gesehen hat."

„Gerr..."

„Es ist Alvarez, stimmt's? Oder Brock Cramer?"

Sam antwortete nicht. Gerrys Blick schien sich in die Seite seines Gesichts zu bohren. Genau wie Mims.

„Sag schon!", schrie Gerry so plötzlich, dass Sam erschauderte. „Warum liegt er tot in unserer Bar und warum wird Lara verdächtigt?"

„Es tut mir leid", antwortete Sam, während er langsam den Blick hob. „Ich konnte es dir nicht sagen. Sie ist Teil der Sache."

„Unsinn."

„Sie war es von Anfang an, Gerry. Sie hat mich bedroht. Sie hat *dich* bedroht. Sie hat dich nur benutzt."

„Unmöglich! Das stimmt nicht. Ich ... ich glaube es nicht."

„Gerry ..."

„Sie hat diesen Mord nicht begangen! Das könnte sie nie tun!" Er wandte sich ab, stürzte in sein Zimmer und schlug die Tür hinter sich zu.

Sam hätte nie vermutet, einmal die kleine Dachwohnung zu vermissen, in der sie sich nicht voreinander verstecken konnten. Schon ein normales Hotelzimmer ohne getrennte Räume hätte ihm in diesem Moment genügt.

Aber es war besser, ihm nicht mehr zu erklären, da er ohnehin nicht alles erklären konnte – nicht, was Ed betraf – und ihn nicht wieder belügen wollte.

„Sag ihr nicht, wo wir sind, Gerry!", rief er stattdessen durch die Tür. „Bitte."

„Okay! Und jetzt lass mich in Ruhe!", brüllte Gerry zurück.

Sam sah sich zu Mim um, die den Kopf schüttelte. „Sie hat gedroht, euch etwas anzutun, wenn ich es sage."

„Als hätte ich vor *ihr* Angst."

Zugegebenermaßen hätte Mim es im Kampf der kleinen Kraftpakete möglicherweise mit ihr aufnehmen können. „Aber sie arbeitet nicht allein."

„Mit den Cramers?"

„Mit dem Mann, der sie beauftragt hat uns zu beauftragen."

Sie schürzte die Lippen und verschränkte mit empörtem Gesichtsausdruck die Arme. „Du hättest trotzdem etwas sagen sollen. Wer ist das Opfer?"

„Alvarez."

„Lara hat ihn nicht umgebracht, oder?"

„Nein, aber sie ist zu Schlimmerem fähig. Ihr Boss ist zu Schlimmerem fähig. Auch bei dir. Bei Gerry. Mehr kann ich dir nicht sagen …"

„Genau das meinte ich", zischte Mim mit leiser Stimme, aber flammendem Blick, als sie sich bedrohlich langsam näherte und sich auf die Zehenspitzen stellte, um ihm direkt in die Augen sehen zu können. „Alles wegen Simons. Denk doch mal drüber nach, was du für ihn tust. Du lügst. Du belügst *uns*. Und jetzt hängst du noch Leuten Morde an?"

„Genau genommen war der Teil meine Idee", sagte Sam.

Sie ließ sich mit bestürztem Blick auf die Fersen sinken. In diesem Moment hätte Sam ihr am liebsten alles verraten. Aber für sie und Gerry bestand so schon genug Gefahr.

„Ich habe alles unter Kontrolle …"

„Weißt du was, ich glaube, ich brauche gerade auch etwas Abstand von dir", unterbrach sie ihn und schob sich brüsk an ihm vorbei, um sich wie Gerry zurückzuziehen, nur mit weniger lautem Schließen der Tür.

Sie waren seine besten Freunde, seine Familie. Es musste für sie ein furchtbares Gefühl sein, dass er sich scheinbar für Ed entschied und nicht für sie. Aber so war es nicht. In Wirklichkeit hatte er sich für sie alle entschieden. Er wollte Ed nicht aufgeben, wenn er ihn haben und dabei seine Freunde beschützen konnte.

Im Grunde war Sam froh, dass sie sich vorerst zurückgezogen hatten, um sich zu beruhigen. Letztendlich würden sie ihm verzeihen. Erst einmal sollten sie an diesem neuen, sicheren Ort gut schlafen.

Er überprüfte, ob die Tür abgeschlossen war, und schaltete mit einem Knopfdruck das „Bitte-nicht-stören"-Licht an. Dann zog er sich in sein eigenes Zimmer zurück und schloss leise die Tür.

Diesmal fürchtete er sich nicht vor der im Dunkeln verborgenen Gestalt, denn er wusste, dass es sich um Ed handelte.

„Es tut mir leid", sagte Ed, während er sich aus dem Schatten löste, als wäre er noch soeben Teil von ihm gewesen. Er musste alles gehört haben.

„Wenn alles vorbei ist, werden sie mir vergeben."

Ed nickte und Sam näherte sich ihm.

Obwohl er bereits die Blutergüsse spürte, die er am nächsten Morgen von Alvarez' Angriff davontragen würde – die Schmerzen, die Erschöpfung –, schwächten sie nicht im Geringsten das Verlangen ab, Eds Hände an seinem Körper zu fühlen.

„Möchtest du … ins Bett gehen?", fragte Ed, womit er offensichtlich zum Schlafen meinte. Das war allerdings das Letzte, woran Sam im Augenblick dachte.

„Mit dir", sagte er und unterstrich jeden folgenden Satz mit einem Schritt in Eds Richtung. „Ja. Das möchte ich. Sofort. In deinem Haus."

Eds Augen weiteten sich und er warf einen nervösen Blick auf die Tür.

„Ihnen wird nichts passieren. Selbst wenn Black uns aufspürt, wird es ihm frühestens morgen gelingen."

„Er war am Tatort", bestätigte Ed. „Also ist er euch nicht gefolgt."

„Dann lass uns nach Hause gehen." Sam benutzte die Worte absichtlich, als er seinen Weg abschloss, indem er in Eds Arme trat und sich an seine Brust kuschelte. „Morgen früh kannst du mich zurückbringen. Aber ich möchte mir keine weitere Gelegenheit entgehen lassen, mit dir zusammen zu sein. Ganz und gar."

GANZ UND gar.

Sam wollte …

Ja. Das wollte Ed ebenfalls.

Er brachte Sam zum Haus, direkt ins Schlafzimmer. Es belustigte Ed, dass er in den letzten zwei Wochen mehr Zeit in diesem Raum verbracht hatte als in den gesamten zwei Monaten seit seinem Einzug. Seit Sams erstem Tag hatte sich so viel verändert. Ed hatte eines seiner Fotos vom Stadtzentrum vergrößert und vor den Safe gehängt, der nun mit einem schwerer aufzubrechenden Schloss versehen war – dank Sam, der gerade grinsend die Häschenpantoffeln neben der Kommode betrachtete, als Ed ihn zum Bett führte.

Obwohl Ed nichts lieber getan hätte, als Sam in die Arme zu schließen und zu küssen, musste er fragen: „Bist du sicher, dass wir genug tun?"

„Was glaubst du, weshalb du mich herbringen solltest?" Sam zwinkerte ihm zu.

„Ich meine in Bezug auf die aktuelle Situation!"

Das wusste Sam natürlich, neckte ihn nur, doch auch wenn das Lächeln nun aus Sams Gesicht wich, wirkte er weiterhin fest entschlossen. „Wir müssen Beweise dafür finden, dass Lara und Black in Verbindung stehen. Oder dafür, dass Black und Cheroneau dieselbe Person sind. Oder beides. Dass Lara jetzt von der Polizei beobachtet wird, hilft uns."

„Klingt leichter gesagt als getan."

„Es muss eine Spur geben. Ich hoffe außerdem, dass Gerry uns mit seinen Hackerfähigkeiten unterstützt, wenn er sich beruhigt hat. Durch das Bankkonto hat er Blacks echten Namen. Damit kann er mehr herausfinden."

„Es ist trotzdem eine Herausforderung, aber wir scheinen keine andere Möglichkeit zu haben."

„Sag mir, ob du eine bessere siehst, Eddie. Du bist der Experte."

„Im Verwischen meiner Spuren, nicht darin, sie auf andere Personen hindeuten zu lassen oder Detektiv zu spielen." Eds einzige Idee wäre gewesen, sie beide umzubringen. Aber wenn Black die Wahrheit sagte, was die im Fall ihres Todes an die Polizei geschickten Beweise betraf, hätte er wieder fliehen müssen.

Und hier gab es so viele Dinge, für die es sich zu bleiben lohnte.

Eines davon war Sams Grinsen, dicht vor seinem Gesicht, als Sam sich von Brust bis Oberschenkel an ihn presste, mit einem Hauch von Erregung und einem Versprechen in seinem Blick.

„Es ist spät und ich bin müde. Aber bevor ich schlafe, will ich dich", sagte Sam ohne Umschweife, „und will möglichst lange nur an dich denken. Morgen, nachdem wir herausgefunden haben, wie die Dinge mit Lara stehen, sehen wir weiter. Ich habe Ideen für jede mögliche Entwicklung. Aber im Moment möchte ich nur wissen ... wie du dich fühlst." Er ließ seine Hände von Eds Hüften zu seinem Hintern gleiten und drückte zu.

„G-gut", antwortete Ed, während er erbebte.

„Gesättigt?"

„Das ... würde ich nicht sagen. Aber im Augenblick habe ich nur Appetit auf das hier." Ed legte sanft eine Hand an Sams Wange und küsste ihn.

Sam erwiderte den Kuss begierig, obwohl Eds Mund und Zähne noch vor einer Stunde mit Blut verschmiert gewesen waren. Sie mussten ihre Kleidung waschen oder verbrennen, falls Spuren darauf zurückgeblieben waren. Aber dafür war später Zeit.

Als sie sich küssten, spürte Ed in seinem gesättigten Zustand anfangs nichts von seiner wahren Natur. Als Sam jedoch sein Hemd hochschob, um seinen Bauch zu streicheln, stieß er ein tiefes Knurren aus. Er ließ zu, dass Sam ihm das Hemd über den Kopf vom Körper riss und achtete darauf, Sams Kleidung nicht wortwörtlich zu zerreißen, als er sich revanchierte. Dann halfen sie einander, sich ihrer Hosen zu entledigen.

Sam zu entkleiden, ihn unverhüllt zu sehen und sich ihm ebenso unverhüllt zu zeigen, lockte nun doch seine Wildheit hervor, das Leuchten in seinen Augen und seine Vampirzähne. Er war zu sehr daran gewöhnt, beide Sehnsüchte miteinander zu verbinden, da er nach seiner Verwandlung lediglich mit Vampiren zusammen gewesen war, bei denen Kratzen und Beißen zum Vergnügen dazugehörten.

Bei Sam musste Ed sich vorsichtiger verhalten. Es machte ihn in seinen Augen noch kostbarer – zerbrechlich, aber ganz und gar sein. Kein Besitztum – Sam war nicht nur ein weiterer Gegenstand, mit dem Ed sein langes, meist einsames Leben füllte, sondern ein Gefährte, von dem er sich vorstellen konnte, ihn behalten zu wollen.

Nun schloss er ihn in die Arme, legte ihn auf sein Bett und nahm den Anblick des schlanken Körpers und der gebräunten Haut in sich auf, genau wie die Wärme und Zuneigung in seinen dunklen Augen.

Sam berührte Eds Stirn und ließ die Finger zu seinem Mund hinabgleiten, um vorsichtig gegen seine Reißzähne zu tippen.

„Tut mir leid", sagte Ed und wandte den Kopf, um Sams Fingerspitzen zu küssen. „Es scheint mir nicht möglich zu sein, mich in deiner Gegenwart zurückzuhalten. Aber ich möchte es trotzdem versuchen. Ich lasse mich nicht dazu hinreißen, dir wehzutun."

„Ich weiß", antwortete Sam, während er mit dem Daumen über Eds Lippen strich. „Mach mich bereit, Eddie. Bereit für dich. Denn hierfür habe ich auch schon Pläne."

„Ach ja?" Ed zog eine Augenbraue hoch.

„Ich erfülle nur meine Aufgaben als dein persönlicher Assistent."

Ed lachte, was durch die kleine Unterbrechung seiner Anspannung dazu führte, dass sein Gesicht wieder menschliche Züge annahm – zumindest vorerst.

Als er sich vergewissert hatte, dass Sam bequem lag, ließ er sich zwischen seine Beine sinken. Während sich seine Reißzähne zurückgezogen hatten, wollte er die Gelegenheit nutzen und Sam mit dem Mund so nah wie möglich an den Höhepunkt bringen.

Der Anblick von Sams Schaft sorgte mehr als jede Halsschlagader dafür, dass ihm das Wasser im Mund zusammenlief. Die menschlichen Gerüche – Salz, Schweiß und Pheromone – überfluteten seine Sinne. Er leckte über die Eichel und gab wegen des angenehmen Geschmacks ein zufriedenes Summen von sich, bevor er ihn mit sorgfältig zurückgehaltenen Zähnen in den Mund nahm.

Augenblicklich vergruben sich Sams Finger in seinem Haar, streichelten durch die rotblonden Strähnen und zogen leicht daran, während er ein zustimmendes Wimmern ausstieß. „Ich halte … nicht lange durch … wenn du *so* anfängst", murmelte er atemlos.

„Doch, das wirst du." Ed grinste und ließ seine Zunge zu einem kurzen Lecken vorschnellen. „Kommst du an die Schublade dort?" Er deutete mit dem Kinn auf den Nachttisch.

Es war nicht leicht, ohne sich von Ed zu entfernen, doch schließlich gelang es Sam, die Schublade zu öffnen und eine Hand hineinzuschieben, um eine Flasche Gleitgel zu finden. Normalerweise verwendete Ed dieses für sich selbst, doch nun hatte er endlich einen Partner.

So sehr ihn der Gedanke reizte, seine Finger wieder von Sam befeuchten zu lassen, musste er ihn diesmal sorgfältig vorbereiten. Die seidige Glätte des Gels auf seinen Fingern zu verteilen, half, sie ein wenig zu wärmen. Sams zufriedenes Seufzen bei der ersten Berührung durch seinen Finger, während er zugleich Sams Schaft bis in seine Kehle vordringen ließ, war eine Wohltat.

Bald belohnte Sam ihn mit einem Stöhnen, doch Ed achtete aufmerksam auf den Rhythmus seiner Atemzüge, auf die Bewegungen seiner Finger, die sich in das Bettlaken und Eds Haare gekrallt hatten, und die Anspannung seiner Muskeln.

Noch sollte Sam nämlich nicht kommen; er sollte an den Rand des Abgrunds gelangen, ohne hineinstürzen zu dürfen.

So ließ Ed jedes Mal nach, wenn er sich dem Höhepunkt zu nähern schien, und ging von seinem kräftigen, rhythmischen Saugen zu neckendem Lecken über oder blies auf Sams Haut.

„F-fuck …"

Ed fügte einen zweiten Finger hinzu.

„Eddie!"

„Verrätst du mir deine Pläne, Sam?", fragte Ed, während er die Finger langsam bewegte und sie hin und wieder spreizte.

„I-ich will …" Sam stieß ein lauteres Wimmern aus und hob seine Hüften von der Matratze, bot sich ihm noch schamloser dar. „… die Position tauschen und auf dir sitzen. Dich auf die Matratze pressen. Ich reite dich so gut, dass du dieses Bett nie mehr verlassen willst."

Ed streifte ihn mit einem dritten Finger, schob ihn nach und nach hinein, bis er kaum noch etwas tun musste, weil Sam ihm ungeniert mit den Hüften entgegenkam und dabei durchgängig leise Jammerlaute von sich gab.

„Das klingt herrlich", sagte Ed, womit er sowohl die Laute als auch Sams Plan meinte. Er ließ von Sams Schwanz ab und spürte, wie sich mit zunehmender Erregung auch wieder seine Reißzähne vorschoben. „Ja … ich will deine Schenkel umklammern, während du dich auf meinem Schwanz bewegst, bis deine Schreie durchs Zimmer hallen."

„Ngnn", stöhnte Sam unartikuliert, senkte die Hüften und packte Eds Schultern, um ihn auf die Matratze zu werfen und auf ihn zu klettern, wobei sich Eds Finger aus ihm lösten. „Du solltest öfter so etwas Schmutziges sagen", teilte er Ed mit, bevor er ihn ungestüm küsste und sich dabei auf ihm bewegte, um Ed zu necken, feucht und für ihn bereit.

Ed hob die Hüften, um mehr von den quälend langsamen, feucht gleitenden Bewegungen zu spüren. Er wollte Sam, aber er wollte ihn entscheiden lassen, wollte sich von ihm leiten lassen, damit er wusste, wie viel er in welchem Tempo bewältigen konnte. Zu leicht hätte Ed sich darin verlieren und seine eigene Kraft vergessen können, wenn sich schon allein Sams Gewicht auf seinen Hüften so fantastisch anfühlte.

Ed verlangsamte den Kuss ein wenig, noch immer feucht und hungrig, aber behutsam wegen seiner Zähne, und packte wie versprochen Sams Oberschenkel. Sam keuchte in seinen Mund und griff hinter sich, um Eds Schaft in die richtige Position zu bringen.

Ed stöhnte so heftig, dass er sich dabei von Sams Lippen losriss.

Endlich. Sams feste Muskeln nahmen ihn in sich auf, langsam, aber mühelos, nachdem er ihn so gut vorbereitet hatte. Er wollte sich hemmungslos in ihn schieben, zwang die Bestie in seinem Innern jedoch mit fest zusammengekniffenen Augen dazu, ihm zu gehorchen.

Als er sie wieder öffnete, sah er, dass Sam die seinen geschlossen hatte. Er runzelte die Stirn, biss sich auf die Unterlippe und seine Brust hob und senkte sich heftig, als er sich geradezu vor Lust entrückt auf Ed senkte. Dann stieß er ein zügelloses Stöhnen aus, seine Augen öffneten sich und er sah Ed unter schweren Lidern hindurch mit rosigen Lippen und geröteten Wangen an.

Ed wollte mehr als alles andere Sams wild wallendes Blut kosten.

Nein. Er musste sich konzentrieren …

Plötzlich beugte sich Sam vor, um ihn zu küssen, womit er Eds zweigeteiltes Seelenleben des zur Bestie gewordenen Menschen in einen Wirbel aus widerstreitenden Begierden sandte, denn im selben Augenblick begann Sam seine Hüften zu bewegen und Eds Schaft glitt hinein und hinaus – *hinein* und hinaus –, bis Sam sich mit einem Mal ganz auf ihn schob. Schnell fand er einen Rhythmus und küsste Ed völlig unbesorgt, trotz seiner Vampirzähne.

Dabei sollte er besorgt sein. Das sollte er immer, sollte sich stets schützen, denn es wäre gefährlich gewesen, zu vergessen, dass Ed in erster Linie ein Raubtier war.

Sams Stöhnen wurde immer intensiver und er löste seinen Mund von Eds, um zu keuchen und dabei seinen warmen Atem auf Eds Wange zu hauchen. Dann presste er seine Stirn gegen Eds, als er sich wie im Rausch auf ihm bewegte.

„Ich wusste, dass du dich gut anfühlen würdest, Eddie …"

Und Ed wusste, dass Sam fantastisch schmecken würde.

Er roch fantastisch. Fühlte sich fantastisch an, jede seiner gleitenden, heißen Bewegungen, als sich seine Muskeln immer fester um Ed schlossen. Ed wünschte sich, ihn ganz und gar zu besitzen, wollte, dass jeder Teil von Sam ihm gehörte – *ihm*. Er wollte ihn für sich beanspruchen, alles von ihm an sich nehmen, als die wahre Natur der Bestie in seinem Innern ihn übermannte und in seinem Kopf nur noch Gedanken an Schweiß, Sperma und Blut wirbelten – und daran, über ihn herzufallen, um es sich zu holen.

Das wilde Verlangen nahm zu, bis Sam ihn mit dunklen Augen ansah und keuchte: „Fick mich, Eddie. Ich weiß, dass mehr in dir steckt." Dann hielt Ed es nicht länger aus.

Im Bruchteil einer Sekunde hatte er Sams Taille umfasst und ihn unter sich gedreht, so schnell, dass Sam es unmöglich hatte begreifen können. Dann packte er ihn bei den Hüften, um wild in ihn zu stoßen, sodass nur noch Sams Kopf die Matratze berührte.

Seine heftigen Stöße entlockten Sam einen Schrei, einen klagenden Laut der Lust, der in Ed das Verlangen weckte, noch heftiger und tiefer in ihn einzudringen. Sams Hände versuchten einen Teil von Ed zu finden, an dem sie sich festhalten konnten und streiften seine Brust, doch als sie sich noch höher hoben, saugte Ed einen von Sams Fingern in den Mund und streifte die Haut mit einem scharfen Vampirzahn.

„*Fuck*, Eddie, ich … ich …!"

Sam war fast so weit, ganz ohne dass Ed noch einmal seinen Schwanz berühren musste, allein durch Eds Stöße und seinen an Sams Finger saugenden Mund, als wollte er ihn mit Haut und Haar verschlingen.

Auch Ed kam dem Höhepunkt näher, aber es gab noch etwas, das er wollte. Und obwohl ein Teil von ihm „Nein!" und „Stopp!" schrie, lag es in seiner Natur und fiel ihm viel zu leicht, Sams Finger aus seinem Mund gleiten zu lassen, seine Arme von sich zu schieben und sich vorzubeugen, um an Sams Hals zu gelangen, während er sich noch in ihm bewegte.

Er hätte es nicht nötig haben sollen. Er hatte es nicht nötig. Und doch bohrte er seine Zähne tief in Sams Hals, um einen Schwall warmen Blutes auf seine Zunge rinnen zu lassen.

EDS ZÄHNE bohrten sich in seinen Hals und es kam so unerwartet, dass Sam es im ersten Moment kaum spürte. Er spürte lediglich das anhaltende, unvergleichliche Entzücken eines Liebhabers, der mit bisher unbekanntem Geschick kraftvoll genau den richtigen Punkt traf.

Doch dann fühlte er es – die scharfen Zähne, das aus seinem Körper fließende Blut, den *Schmerz*.

„Ed …"

Ed presste seine Lippen fester an ihn, saugte kräftiger, während er noch wild die Hüften bewegte. Sam konnte nicht sprechen, konnte sich zunächst nicht wehren, brachte vor Überraschung nur ein Keuchen heraus.

Doch als er sich gerade genug gefangen hatte, um zu versuchen, Ed von sich zu stoßen, ließ der Schmerz plötzlich nach. Eds Biss war zugleich warm, scharf und schwindelerregend, tat jedoch nicht mehr weh. Es war beinahe … schön. Und als Sam sich dem Gefühl hingab, noch immer kurz vor dem Höhepunkt, sorgte die Kombination aus Eds Umarmung, seinen Zähnen und seinem Schwanz dafür, dass er ihn endlich erreichte.

Er spürte noch, wie Ed ebenfalls in ihm kam, konnte jedoch nicht mehr in Worte fassen, wie fantastisch es sich angefühlt hatte. Denn gleich darauf sank er in einen tiefen … Schlaf.

„Sam!"

Sam schreckte hoch, wie es ihm nur aus tiefstem Schlaf passierte. Oder nachdem er praktisch bewusstlos geworden war, weil Mim ihm zu viel Tequila eingeflößt hatte.

Im ersten Moment begriff er nicht, wo er sich befand oder was passiert war, bis er das Schlafzimmer erkannte und sich allmählich an die Nacht mit Ed erinnerte.

Sie hatten miteinander geschlafen.

Es war unvergleichlich heiß gewesen.

Dann hatte Ed ihn gebissen.

Was es nur noch heißer machte.

146

„Gott sei Dank", sagte Eds Stimme gleich neben ihm.

Allerdings lag er nicht mit Sam im Bett. Auch nackt war er nicht mehr. Er war angezogen und das Zimmer war heller, weil die Sonne versuchte, sich durch die Vorhänge ins Zimmer zu stehlen.

„Hier, du musst etwas essen, bitte." Ed bot ihm ein Glas Wasser und einen Teller an, auf dem ein ausgesprochen fettig und köstlich aussehendes, mit Käse überbackenes Sandwich lag.

Sam hatte nicht bemerkt, wie ausgehungert er war, bis ihm der Duft in die Nase stieg. Er setzte sich auf und nahm das Essen entgegen, musste sich jedoch beinahe gleich wieder hinlegen, weil sich der Raum um ihn herum drehte. Er fühlte sich so hungrig. Und schwindlig. Und noch immer sehr müde. Bevor er also etwas sagte oder sich bedankte, stürzte er sich auf das Sandwich.

„Verdammt", keuchte er, nachdem er einen großen Bissen geschluckt und mit Wasser hinuntergespült hatte. „So muss man sich fühlen, wenn man Blut gespendet hat." Er versuchte zu lachen, doch Ed wirkte nicht amüsiert.

Er kauerte weiterhin neben der Bettkante, als weigerte er sich, ihm näher zu kommen. Er wirkte nicht, als hätte er ihm soeben ein dringend benötigtes Frühstück gebracht, sondern eher, als hielte er Sams Totenwache.

„He", sagte Sam um den nächsten Bissen herum. „Ich hoffe, das säuerliche Gesicht liegt nicht an meinem Geschmack."

„Mach keine Scherze", stieß Ed scharf und verärgert hervor, was ihm jedoch umgehend leidzutun schien. „Es gibt nichts zu scherzen, Sam. Ich hätte dich beinahe getötet."

„Wovon redest du?" Sam stellte den Teller auf der Matratze ab. „Ich sehe es als Erfolg. Ich hatte vor, es zu feiern."

„Wie kannst du das sagen? Es muss so schmerzhaft und beängstigend gewesen sein, von mir angegriffen zu werden. Erst nachdem ich gekommen bin, wurde mir klar …"

Sam schob sich über die Matratze und stellte das Glas auf dem Nachttisch ab, damit er seine Hände an Eds Wangen legen konnte. „Eddie, sieh mich an. Das Schlimmste ist eingetreten und trotzdem ist es dir gelungen, dich zu bremsen. Verstehst du das nicht? Mir geht es gut. Und es hat nicht wehgetan."

Ed öffnete die Augen, um ihn skeptisch anzustarren.

„Na gut, es hat ein bisschen wehgetan, aber nur zu Beginn. Vielleicht lag es daran, dass du mir nicht wehtun wolltest, aber nach dem ersten schmerzhaften Moment hat es sich … gut angefühlt. Ehrlich, ich glaube, es hat mir beim Kommen geholfen." Bei diesen Worten fiel Sam auf, dass er sich nirgendwo klebrig anfühlte, was bedeuten musste, dass Ed ihn gesäubert, zugedeckt und sich dann den Rest der Nacht um ihn gesorgt hatte. „Mir tut nur leid, dass ich gleich danach eingeschlafen bin und dir nicht mehr sagen konnte, wie fantastisch es war."

Mit einem schwachen, zerknirschten Lächeln hob Ed eine Hand, um sie über Sams zu legen. „Du bist süß. Und ich kann ohne Übertreibung sagen, dass es auch für mich fantastisch war, besser als alles, was ich in meinen langen Jahren erleben durfte – bis ich es ruiniert habe. So können wir nicht weitermachen, Sam. Ich weiß, dass du gehofft hast, es würde sich bessern und dass ich nur Zeit bräuchte, um mich allmählich daran zu gewöhnen. Aber sieh doch, was passiert ist. Das kann ich nicht noch einmal riskieren."

„Was willst du damit sagen?" Sam wusste, dass seine Hände an Eds Wange und in seinem Nacken nun übermäßig und verzweifelt zufassten. „Wir kriegen das hin. Mir geht es gut. Du hast mir nicht wehgetan …"

„Aber das habe ich. Und es noch einmal zu versuchen, ist zu riskant." Ed versuchte, sich ihm zu entziehen, was Sam nicht zuließ.

„Tu das nicht. Es gibt eine offensichtliche Lösung und du kennst sie. Dann müsstest du dir nie wieder Sorgen machen." Sam sprach die Worte aus, bevor er darüber nachgedacht hatte, was er vorschlug. Bisher waren sie dem Thema beide ausgewichen – Sam hatte nicht gefragt und Ed hatte kein Angebot gemacht.

„So einfach ist das nicht", sagte Ed.

„Warum nicht? Wenn du mich willst? Und ich dazu bereit bin? Und das *bin* ich. Ich könnte wie du sein …"

„Nein." Ed schüttelte den Kopf. Seine trübsinnige Miene löste einen Schmerz in Sams Brust aus, allerdings bei Weitem nicht so heftig wie die Tatsache, dass Ed seine Hände von sich löste und seine übermenschliche Kraft einsetzte, um sich ihm zu entziehen und sich aufzurichten. „Aus diesem Grund schließe ich keine Freundschaften. Gehe keine Beziehungen ein und lasse niemanden nah an mich heran. Niemals. Ich hätte nie gedacht, dass jemand meine schlimmste, brutalste Seite erleben und mich immer noch so ansehen könnte wie du, aber realistisch betrachtet kennst du mich erst seit wenigen Monaten. Du bist jung. Du kannst nicht um die Ewigkeit bitten, wenn du noch weit entfernt von einer einzigen Lebensdauer bist."

„Wer sagt das?", fauchte Sam und richtete sich weiter auf, obwohl das Zimmer sich dabei zur Seite zu neigen schien. „Du warst nicht wesentlich älter als ich, als du verwandelt wurdest."

„Ich hatte keine Wahl. Mein Schöpfer hat mir niemals so viel bedeutet wie du."

„Und mir hat niemals jemand so viel bedeutet wie du! Dann denk ruhig, dass ich ein dummer Junge bin, der nichts versteht. Aber spielen meine Gefühle deshalb keine Rolle? Glaubst du, du bist es nicht wert, dass jemand für immer bei dir bleiben möchte?"

Ed wandte den Blick ab, doch die Scham und der Kummer, die in seinem Gesicht aufflackerten, waren eine deutliche Antwort.

„Nun, für mich bist du es", sagte Sam und schob seine Beine über die Bettkante, ohne sich darum zu kümmern, dass er noch nackt war, denn er musste Ed dazu bringen, zu ihm zurückzukommen. „Ich habe mich ja bemüht, nicht darüber nachzudenken. Einfach zu genießen, was zwischen uns ist. Aber du hast recht.

Unsere gemeinsame Zeit war nicht länger als ein Wimpernschlag, für dich sicher noch weniger. Das ändert nichts daran, was ich für dich fühle oder wie gern ich …" Er lachte, als ihm seine nächsten Worte einfielen. „… wie gern ich bei dir in der Unterwelt bleiben würde, wenn du mich vor dieselbe Wahl stellen würdest wie Hades Persephone."

Eds Blick kehrte hastig zu ihm zurück. „Sam …"

„Du hast Angst, mir wieder wehzutun. Und davor, dass ich es bereuen werde, wenn du mich zu einem von euch machst. Aber ich sage dir jetzt, dass beides nicht passieren wird." Er hob erneut die Hände an Eds Gesicht und als dieser es zuließ, zog er ihn erleichtert für einen Kuss an sich, in den er ein Versprechen legte.

„Ich liebe dich, Eddie", flüsterte Sam.

Ed stieß ein zittriges Keuchen aus, als hätte er niemals damit gerechnet, von Sam diese Worte zu hören.

Also wiederholte Sam sie – „Ich liebe dich" – und beugte sich wieder zu ihm vor.

Kurz vor Eds Lippen stoppte ihn die Türklingel. Er stieß ein freudloses Lachen aus.

Jedes Mal.

Ed löste sich von ihm, um das Zimmer zu durchqueren und durch die Vorhänge zu spähen. „Es sind Daniel und Black. Dein Motorrad steht noch beim Hotel. Wir könnten sie ignorieren …"

„Das können wir nicht." Sam schob die Decke von sich, um aufzustehen. Da er seine Kleidung vom Abend nicht sah, ging er zur Kommode, um sich etwas zu suchen, wobei er stolz darauf war, dass er nur ein wenig taumelte.

„Was tust du da?" Ed eilte mit Vampirgeschwindigkeit an seine Seite, sodass seine Hände plötzlich an Sams Taille und Ellbogen lagen, um ihn zu stützen. „Leg dich wieder ins Bett."

„Ich komme zurecht. Wir wissen nicht, was sie wollen. Ich sollte mit dir hinuntergehen, falls Black etwas Unerwartetes vorhat. Hilf mir nur beim Anziehen und ich esse auf dem Weg mein Sandwich auf."

Die Türklingel war erneut zu hören, signalisierte Ungeduld. Obwohl Ed finster dreinblickte, half er Sam so schnell wie möglich, damit sie zur Tür gehen konnten. Sam hatte soeben das Sandwich verschlungen und den Teller abgestellt, als sie beim dritten Klingeln das Foyer betraten.

„Tut mir leid." Sam öffnete die Tür, damit Ed im Schatten bleiben konnte. „Wir haben noch geschlafen. Alles in Ordnung, Detectives?" Er sah Daniel mit einem aufrichtigen Lächeln an, Black mit einem herausfordernden. In den kühlen Augen des Mannes spiegelte sich Wut wider.

Ihn so verärgert zu sehen war ein gutes Gefühl.

„Haben Sie sich beim Rasieren geschnitten, Sam?", erkundigte sich Daniel mit einem freundlichen Lachen.

Sam hob eine Hand an seinen Hals. An die Bisswunde hatte er überhaupt nicht mehr gedacht, aber Ed hatte sie mit einem Pflaster abgedeckt. „Antiquitäten sortieren kann gefährlich sein. Manchmal bleibt man an einer scharfen Kante hängen. Was kann ich an einem Samstagmorgen für Sie beide tun?"

„Dürften wir kurz hereinkommen, Mr. Coleman?", drängte Black.

„Aber natürlich. Ed!", rief Sam, als er die Tür weiter öffnete. „Es sind wieder unsere Freunde von der Polizei."

Ohne sich seine wahren Gefühle anmerken zu lassen, präsentierte Ed sich als perfekter Gastgeber. „Hallo, schon sehen wir uns wieder. Hat das etwas mit dem Vorfall in den Nachrichten und der Bar zu tun, die Sam gern besucht? Nachdem ich ihn gestern am Hotel abgeholt hatte, hörten wir von einem Mord."

Sie hätten sich über Alibis unterhalten sollen, aber das war eine ziemlich gute Erklärung dafür, warum Sam sich ohne sein Motorrad bei Ed befand. Keine Aufzeichnungen davon zu haben, wie Sam in Eds Auto stieg, war wesentlich besser als widersprüchliche Aufzeichnungen an anderen Stellen.

„Keine Sorge, keiner von Ihnen steht unter Verdacht", versicherte Daniel, während Blacks falsches Lächeln von einem stechenden Blick begleitet wurde. „Logan von der Bar bestätigt, dass Sam sie lange vor dem Tatzeitpunkt verlassen hat. Trotzdem befragen wir jeden, der sich gestern Abend dort aufgehalten hat. Gibt es irgendetwas, was Sie uns sagen können, Sam? Über verdächtige Personen?"

Sam gestattete sich ein spöttisches Lachen. „Die Bar hat nicht unbedingt den besten Ruf. Aber es gibt gutes und günstiges Essen und ein Freund von mir geht mit einer der Kellnerinnen aus, wie das eben so ist. Etwas Ungewöhnliches ist mir allerdings nicht aufgefallen. Das Seltsamste, was mir einfällt, ist Lara, weil sie erst seit einigen Wochen dort arbeitet." Es erfüllte ihn mit einer hämischen Befriedigung, all das sagen zu können, ohne ein einziges Mal lügen zu müssen.

„Ja, wir haben mit ihr gesprochen. Natürlich dürfen wir Ihnen nichts über laufende Ermittlungen oder mögliche Verdächtige verraten, aber Ihr Freund geht mit ihr aus? Gerry Ziggler?"

Den Namen musste Lara ihnen gesagt haben – vermutlich, um ihre Spuren zu verwischen, aber es bedeutete wahrscheinlich nichts Gutes. „Genau. Ich fürchte nur, dass ich Lara nicht gut genug kenne, um Ihnen mit weiteren Einblicken dienen zu können."

„Logan hat Gerry und eine weitere Freundin erwähnt, Mim. Sie arbeiten beide im Einkaufszentrum? Wahrscheinlich statten wir ihnen später auch einen Besuch ab. Ich hatte so ein Gefühl, dass wir Sie hier finden würden, aber könnten Sie mir eine Adresse geben, an der ich Sie alle erreichen kann?"

So viel zum Thema Umzug in ein anderes Hotel.

„Sicher", sagte Sam und nannte ihnen das Hotel und die Zimmernummer. „Wir sind gestern Abend erst umgezogen, um einen Langzeitaufenthalt günstiger gestalten zu können, da wir zurzeit alle keinen festen Wohnsitz haben, und damit Gerry näher bei Lara sein kann. Verrückt, was jetzt alles passiert ist."

„Und Sie waren nicht mit Mr. Coleman zusammen, bis Sie ihn abends abgeholt haben?", erkundigte sich Black bei Ed.

„Nein", erwiderte Ed schlicht.

Viel mehr gab es nicht zu sagen. Mit den Morden, die in Sams und Eds Umfeld geschahen, verband sie weiterhin nicht mehr als Zufälle und Indizien. Dennoch war Sam nicht töricht genug, um es für einen Zufall zu halten, wie Black ihn bei jeder sich bietenden Gelegenheit mit dem Namen *Coleman* ansprach.

„Übrigens, Daniel, ich muss Ihnen etwas sagen", begann Sam entschlossen. „Ed weiß es jetzt, also möchte ich Sie nicht länger belügen. Coleman ist nicht mein richtiger Name."

Daniel wirkte aufrichtig schockiert – Ed ebenfalls, weil Sam das nun so plötzlich zugab, aber er verbarg es geschickt –, während Black seinen kühlen, neutralen Gesichtsausdruck beibehielt.

„Ich habe Ed bei meiner Bewerbung für diese Stelle belogen, weil ich vorbestraft bin. Mein richtiger Name ist Sam Goldman."

„Das ist Betrug", sagte Daniel enttäuscht. „Ein falscher Name mag wie eine Kleinigkeit wirken, aber wenn Sie dabei über Ihren Abschluss oder Vorstrafen gelogen haben, liegt hier laut Strafgesetzbuch ..."

„Ich weiß", unterbrach ihn Sam. „Ich schwöre, dass ich es nur für diese Stelle getan habe und niemand außer Ed betroffen war."

„Und ich habe nicht die Absicht, Anzeige zu erstatten", fügte Ed hinzu. „Er hat ausnahmslos tüchtige Arbeit geleistet und hier handelt es sich schließlich um eine private Stellung."

„Ja, es ist offensichtlich, dass Sie private Stellungen sehr genießen", sagte Black, was ihm einen finsteren Blick von Daniel einbrachte, auch wenn es nicht viel zu verteidigen gab, da Sam bereits zugegeben hatte, bei Ed übernachtet zu haben.

„Und eine Klage wegen sexueller Belästigung wird es auch nicht geben", antwortete Sam verächtlich.

„Hören Sie", versuchte Daniel zu schlichten, „das ist nicht unbedingt eine Situation, in der man Ihnen ein Bußgeld auferlegen würde, aber ich bin froh, dass Sie es mir gesagt haben. Ich könnte nämlich nach unserer ersten Begegnung durchaus ‚Sam Coleman' näher überprüft haben. Neben meinem Beruf als Polizist bin ich nämlich auch Ehemann und Vater. Und ich verstehe es ja – Sie dachten, Sie würden keine zweite Chance bekommen, wenn Ed die Wahrheit wüsste. Aber es ist gut, dass Sie jetzt so offen waren. Hätten wir es auf andere Weise herausgefunden, hätte es einen sehr schlechten Eindruck machen können."

„Genau deshalb." Sam nickte ihm zu, bevor er seinen Blick auf Black richtete. „Ich möchte nämlich nicht, dass meine Fehler ein schlechtes Licht auf Ed werfen."

„Keine Sorge", sagte Daniel. „Ich wüsste nicht, wie man das mit den Morden in Verbindung bringen könnte. Allerdings muss ich Sie jetzt ein zweites Mal überprüfen."

„Bei meinen Jugendstrafen werden Sie wahrscheinlich nur ein wenig den Kopf schütteln." Bei seinen in den letzten Jahren begangenen Verbrechen war Sam weder gefasst noch verurteilt worden.

„Also gehe ich davon aus, dass es sich nur um kleinere Vergehen handelt? Keine Tätlichkeiten?"

„Keine Gewaltverbrechen, versprochen." Was der Wahrheit entsprach, auch wenn er in letzter Zeit zum Komplizen eines solchen geworden war.

„Das hätte ich auch nicht vermutet, ich musste nur fragen. Nichts für ungut, aber Sie machen beide nicht gerade den gewalttätigsten Eindruck. Jetzt sollten wir uns wieder auf den Weg …" Das Klingeln seines Handys unterbrach ihn. „Verflixt. Es ist das Revier. Falls du noch Fragen hast, Hal, stell sie ruhig. Ich telefoniere nur kurz. Schon mal vielen Dank an Sie beide."

Kaum hatte Daniel das Haus verlassen, ließ Black seine Maske fallen.

„Laras Fingerabdrücke sind unter verschiedenen Namen in der Datenbank gespeichert", sagte er, „aber das wird niemand herausfinden. Netter Versuch."

Das Sandwich hatte Sam geholfen, sich besser zu fühlen, doch Black in eine Situation gebracht zu haben, aus der er sich herauswinden musste, half noch mehr. „Dann überlassen Sie Lara die ganze Drecksarbeit? Sie muss wohl ziemlich entbehrlich sein."

Blacks Augen brannten geradezu, als er darum kämpfte, keine Reaktion auf die Worte zu zeigen. „Das ändert nichts. Sie dürfen sich überlegen, wem Sie den neusten Mord anhängen wollen. Lara wird es nämlich nicht sein. Räumen Sie die Cramers aus dem Weg. Noch *heute*. Und keine falschen Spielchen mehr. Wenn alles erledigt ist, melden Sie sich bei mir." Er zog sein Handy aus der Tasche, um demonstrativ eine vorbereitete Nachricht zu verschicken, die Sams Handy zum Vibrieren brachte. „Ich nenne Ihnen einen Treffpunkt. Dann beenden wir die Sache und ich sage Ihnen, was ich will. Einen schönen Tag noch, meine Herren." Dann drehte er sich auf dem Absatz um und schlug die Tür hinter sich zu.

Sie *hatten* ihn.

„Er hat Angst." Sam wandte sich Ed zu. „Aber ich darf nicht riskieren, dass er zu viel Angst bekommt. Darf ich meine Freunde einladen? Dadurch könnte ich Gerry leichter überzeugen, uns zu helfen und ich würde mich besser fühlen, wenn ich sie in meiner Nähe hätte."

„Natürlich. Aber Sam …" Eds Stimme war leise und lenkte ihn von seinem Handy ab, welches Sam aus der Tasche gezogen hatte, um eine Nachricht zu schreiben – wobei er die von Black mit einem knappen *Heute Abend* ignorierte. „Ich weiß, dass im Augenblick anderes Vorrang hat, aber wir müssen trotzdem noch darüber reden …"

„Nein, müssen wir nicht", unterbrach ihn Sam stirnrunzelnd, da er genau wusste, was Ed ansprechen wollte. „Da gibt es nichts zu reden. Es gibt nur eine Frage: Liebst du mich oder nicht? Alles andere spielt keine Rolle." Dann konzentrierte er sich wieder auf sein Handy und beendete die Nachricht – hauptsächlich, um seine Sorge zu verbergen, da er nicht einschätzen konnte, wie Ed reagieren würde.

Ed schwieg, während Mim umgehend eine Antwort schickte.

Wenn du endlich vorhast, ehrlich zu sein, sind wir schon unterwegs.

Sam wünschte, sie hätte es nicht auf diese Weise formuliert. Denn es würde nie einen Zeitpunkt geben, an dem er ihnen *alles* sagen konnte.

Da Ed noch immer nicht gesprochen hatte, sah Sam auf, doch in dem Moment, als er den Blick auf ihn richtete, weiteten sich plötzlich Eds Augen und er wandte den Kopf.

„Ed ..."

„Pssst", brachte Ed ihn mit Nachdruck zum Schweigen und lauschte in Richtung Wohnzimmer. „Ihr Auto hat beinahe das Ende der Zufahrt erreicht, aber ich höre ..." Abrupt verstummte er und bewegte sich blitzschnell, um sich schützend vor Sam zu stellen.

Sam wurden mehrere Dinge gleichzeitig klar.

Sie hatten die Terrassentür nicht gehört, da sie zu sehr in das Gespräch mit Daniel und Black vertieft gewesen waren.

In Eds Haus befanden sich zwei Personen, von denen keine ein Detective war.

Die Cramers waren beide bewaffnet.

„Endlich lernen wir uns kennen, Mr. Simons", sagte Brock, als er aus dem Wohnzimmer um die Ecke bog, gefolgt von seiner Frau – beide geschniegelt und gebügelt und doch auf gewisse Weise abgespannt wirkend. „Was für ein Glück, dass Sie diese Detectives so leicht loswerden konnten, denn diese Unterhaltung muss unter uns bleiben."

10

BROCK UND Celia hatten Eds übermenschlich schnelle Bewegung nicht sehen können, aber Sam spürte die Anspannung in Eds Körper, als er ihn von den drohenden Pistolenläufen abschirmte.

Ed wollte sie eindeutig zerreißen, doch das sollte er nicht, das *durfte* er nicht, da diese Geschehnisse nicht Teil ihres Plans waren und die Polizei kaum Eds Zufahrt verlassen hatte.

„Nicht", flüsterte Sam. „Wir können es für uns ausnutzen."

Als er neben Ed trat und spürte, wie dessen Anspannung noch anwuchs, wurde Sam klar, dass er das Reden übernehmen musste.

„Wir können uns unterhalten, über was Sie wollen, aber die da brauchen Sie nicht." Er nickte in Richtung der Waffen.

Dass sie Ed gefährlich werden konnten, war unwahrscheinlich, aber er hatte zugegeben, dass ihn ausreichender Blutverlust töten würde. Und auch Sam wollte ungern herausfinden, wie es sich anfühlte, von einer Kugel getroffen zu werden.

„Oh, das sehe ich anders", antwortete Celia und richtete ihre Pistole weiterhin auf Ed, während Brock sich auf Sam konzentrierte. „Wenn man bedenkt, dass all unsere Freunde tot sind und das Ganze mit *Ihnen* anfing."

Sie standen sich im Foyer gegenüber, Sam und Ed in der Nähe der Tür und die Cramers vor dem Durchgang zum Wohnzimmer.

„Sie widersprechen also nicht einmal bei Shaw", merkte Brock an, bevor Sam etwas erwidern konnte. „Bisher wird sie nur vermisst, aber dann vermute ich, dass Sie uns verraten können, was ihr zugestoßen ist."

„Damit hatten wir nichts zu tun", antwortete Sam.

„*Damit*", wiederholte Celia mit nachdrücklicher Betonung des letzten Konsonanten. „Was bedeutet, dass Sie wissen, was passiert ist."

„Und Simons wirkt, als wüsste er genau, wer wir sind", sagte Brock, während er Ed musterte. „Also besitzt er entweder übersinnliche Fähigkeiten oder Sie haben den Tripelagenten gespielt."

In gewisser Hinsicht sogar den Quadrupelagenten.

„Hören Sie ...", begann Sam.

„Versuchen Sie erst gar nicht abzustreiten, dass Sie sich zusammengetan haben", unterbrach ihn Celia verächtlich, während sie ihre Pistole vorschob. „Wir möchten nur wissen, auf wen wir die hier richten müssen."

„*Midnight*."

„Als würden Sie nicht auch mit ihm zusammenarbeiten."

„Das tue ich nicht. Ich habe es ihn nur glauben lassen, weil er genau wie Sie mich und meine Freunde bedroht hat", knurrte Sam.

„Und das hübsche reiche Jüngelchen hier", sagte Brock.

„Ja. Ed weiß alles, was ich weiß, aber die eigentliche Bedrohung ist Midnight. Er war gerade hier."

„Das waren Polizisten." Celia verdrehte die Augen.

„Ja. Und er war einer von ihnen."

Das überraschte die Cramers so, dass sie kurz ihr Ziel aus den Augen ließen, um einander zweifelnde Blicke zuzuwerfen.

„Er gibt vor, Detective Harold Cheroneau zu sein", fuhr Sam fort, „aber sein echter Name ist Black. Ich weiß genau, wer Midnight ist. Und seine Komplizin, Lara aus dem Lucifer's Rest."

„Die Kellnerin?" Brock richtete seine Aufmerksamkeit wieder auf ihn.

„Wo Alvarez ermordet wurde", fügte Celia höhnisch hinzu.

„Ja. Wir müssen nicht auf verschiedenen Seiten stehen. Wir können uns Black gemeinsam vornehmen", sagte Sam, weil es wirklich die perfekte Ergänzung für ihre Pläne war. Wenn etwas schiefging, hatte er mehr Möglichkeiten, jemand anderem die Schuld zuzuschieben. „Glauben Sie mir, damit rechnet er nicht."

Ihre Waffen waren noch immer auf sie gerichtet, und während Celia nachdenklich wirkte, war Brock weniger vertrauensselig.

Er wandte sich an Ed. „Sie sind so schrecklich still, Mr. Simons."

„Sie richten in meinem Haus eine Pistole auf mich", antwortete Ed monoton. Sein Gesicht zeigte diese kühle Stille, die Sam stets dadurch überraschte, dass ein solch liebenswerter Mensch auch so bedrohlich wirken konnte.

„Black möchte, dass wir Sie töten", warf Sam ein, um ihre Aufmerksamkeit wieder auf sich zu lenken, „und ihm anschließend eine Nachricht senden, damit er sich mit uns treffen kann. Aber wenn wir zusammenarbeiten, können wir ihm eine Falle stellen, was es uns leichter macht, ihn auszuschalten."

Celias Arm senkte sich bereits und sie sah ihren Mann an, während dieser Sam musterte und seinen Vorschlag abwägte, bis er schließlich nickte.

„Midnight, *Black*, wartet also auf Nachricht von Ihnen, dass wir tot sind …" Er deutete auf das Handy, das Sam noch festhielt und beinahe vergessen hatte. „… und dann teilt er Ihnen einen Treffpunkt mit?"

Zu spät bemerkte Sam, dass sie nun beide grinsten.

„Moment …!"

In schneller Folge hallten die Schüsse durch das Foyer. Sam schloss instinktiv die Augen und wartete auf den schmerzhaften Moment, in dem Brocks Kugeln seine Brust treffen würden, während Celia auf Ed schoss – nur um nach einem atemlosen Moment, in dem er nichts spürte, die Augen zu öffnen und Ed vor sich zu sehen.

Ihm zugewandt hatte er wie ein Schutzschild seine Arme um Sam gelegt und in seinen Augen leuchtete der wütende Wunsch nach Rache. Er stieß Sam nach hinten und warf sich herum, um sich in Windeseile auf Celia zu stürzen. Ihre Pistole flog durch die Luft, als er seine Zähne in ihre Kehle schlug, ohne dabei die geringste Spur der Vorsicht und Zurückhaltung zu zeigen, die er bei Sam an den Tag gelegt hatte.

Im Rückenteil von Eds Hemd waren Einschusslöcher zu sehen.

Plötzlich erinnerte sich Sam an Brock. Dieser war so verblüfft, dass er sich nicht von der Stelle gerührt hatte. Der Arm mit der Pistole hing schlaff herunter und die Waffe zeigte in Richtung Boden, während er schockiert verfolgte, was Ed seiner Frau antat.

Bevor Brock sich wieder fangen konnte, sprang Sam auf ihn zu, um sein Handgelenk zu packen und es zu verdrehen, bis Brock die Waffe fallen ließ. Es sorgte dafür, dass sich Brocks Kampfinstinkt zurückmeldete. Er fuhr herum, doch bevor er mehr tun konnte, als ungeschickt Sams Arme zu packen, setzte Sam den Schwung seiner Bewegung gegen ihn ein, um ihn gegen eines der alten Radios zu stoßen. Mit Brocks Schläfe zielte er auf eine der Kanten, als er seinen Kopf so kräftig wie möglich auf den Tisch schlug.

Brock sank bewegungslos zu Boden. Unter seinem Kopf breitete sich zügig eine Blutlache aus.

Das durch seinen Körper tobende Adrenalin erinnerte Sam daran, wie schwach und schwindlig er sich eigentlich fühlte, doch er kämpfte gegen das Gefühl an, um seinen Blick auf Ed zu richten. Dieser beobachtete ihn wachsam, während er von Celia trank, um Sam in einem gefährlichen Moment zu Hilfe eilen zu können.

Sam musste Brock auf den Rücken drehen, um seinen Zustand einschätzen zu können, wobei sich Brocks Jacke öffnete und den Blick auf eine zweite Pistole und ein Messer freigab.

„V-verdammte ... *Monster* ...", keuchte Brock.

Sam ergriff das Messer. Seine Hände zitterten, jedoch nur kurz.

Als Brock nach seinem Handgelenk griff, um ihn aufzuhalten, schob Sam seine Hände mühelos aus dem Weg. Er würde sich von niemandem nehmen lassen, was er hier mit Ed gefunden hatte.

Nicht von Black.

Nicht von Lara.

Und nicht von den Cramers.

„Stirb einfach", zischte er, als er Brock die Klinge in die Brust rammte.

Nach anfänglichem Husten und Keuchen lag Brock schon bald still da. Diesmal endgültig.

Er war tot. Sam hatte ihn getötet.

Sam hatte jemanden getötet, dessen Blut über seine Hände floss ...

„Sam." Eds Stimme ließ ihn hochschrecken, ein halbes Knurren, da er noch über Celia gebeugt war, die nicht ganz leblos wirkte, aber benommen und bewegungslos in seinen Armen lag.

„Mir geht es gut", antwortete Sam, während er sich sagte, dass es ihm *nicht* gut gehen sollte – wie konnte es ihm gut gehen? –, aber es wurde alles leichter.

Ed trank von Celia, bis ihr Blick glasig geworden war.

Sam ließ das Messer in Brocks Brust stecken und wischte sich die Hände an seiner Hose ab. Auch diese Kleidungsstücke würden sie verbrennen müssen. Und bald einen weiteren Einkaufsbummel nötig haben.

Der makabere Gedanke brachte ihn beinahe zum Lächeln.

Während Ed sich den Mund abwischte, der noch blutiger war als bei dem Mann, den er damals auf der Terrasse getötet hatte, überlegte Sam, wie er ihn fragen sollte, ob er von jemandem trinken konnte, der bereits tot war und ob er länger damit auskam, wenn er sich in kurzer Abfolge von mehreren Opfern nährte.

„Willst du … ähm … Ich meine, *kannst* du …?" Er gestikulierte kleinlaut in Brocks Richtung.

„Ich werde trinken, was ich kann. Meine Wunden heilen schnell", antwortete Ed und legte Celia ab, um Sam die Löcher in seinem Hemd zu zeigen. Etwas Blut war zu sehen, doch es floss nicht mehr und Sam konnte keine Wunden erkennen. „Aber ich brauche mehr Blut, um die Energie zurückzugewinnen, die ich dafür benötige. Also ist es am besten, wenn ich so viel wie möglich trinke."

„Und man möchte ja nicht verschwenderisch sein", scherzte Sam, verzog jedoch gleich das Gesicht. „Entschuldige."

„Und es geht dir gut?", fragte Ed noch einmal.

„Ja. Ehrlich. Besser, als ich erwartet hätte. Weil du mich gerettet hast", sagte Sam mit einem Lächeln, und in diesem Moment waren ihm die Leichen zu ihren Füßen egal. „Schon wieder."

„Du hast dich ebenfalls tapfer geschlagen." Ed erwiderte das Lächeln.

Zwischen ihnen schien sich eine Energie aufzubauen, wie wenn man zwei Magneten, die sich sonst anzogen, mit den gleichen Polen aneinanderschob. Sie wollten einander berühren und küssen, umarmen und trösten, doch das Blut, mit dem sie befleckt waren, hielt sie auf Distanz. Aber selbst über diese Entfernung hinweg trug die Energie auch Wärme in sich.

Sam wollte nicht zusehen, wie Ed von Brock trank, da er sich dabei in der sicheren Umgebung seines eigenen Hauses und ohne weitere Bedrohungen wesentlich mehr Zeit ließ. Allerdings war es ebenso zwecklos, sich zu säubern, wenn sie noch die Leichen loswerden und der Spur der Cramers folgen mussten, um sicherzustellen, dass sie niemand hatte kommen sehen. Im Augenblick war alles wieder im Chaos versunken und Sam war nicht sicher, wie sie es in Ordnung bringen konnten.

„Was zum … Teufel?"

Sams Blick richtete sich ruckartig auf den Durchgang zum Wohnzimmer – wo nun Mim und Gerry standen.

Sie mussten die offene Terrassentür gesehen und beschlossen haben, das Haus von dort aus zu betreten anstatt durch den Haupteingang. Weil Sam sie gefragt hatte, sie hergebeten hatte. Gefolgt vom plötzlichen, zeitraubenden Auftauchen der Cramers.

Die nun tot waren. Und Ed leckte noch Blut von Brocks Brust.

Als sich ein Knurren aus seiner Kehle löste und er sie mit leuchtend gelben Augen ansah, ergriffen Mim und Gerry panisch die Flucht, wichen bis ins Wohnzimmer zurück, bevor sie sich umdrehten und losrannten. Sam folgte ihnen, um sie aufzuhalten.

„Wartet!"

Ed erreichte die Terrassentür als Erster, war plötzlich da, um ihnen den Weg abzuschneiden wie ein lebendig gewordenes Filmmonster.

Gerry schrie auf und klammerte sich an Mim, die sich ebenfalls an ihm festhielt und mit ihm rückwärts taumelte, bis sie gegen Sam prallten.

„Keine Angst!"

Sie fuhren herum und sahen ihn mit ähnlicher Furcht an wie zuvor Ed.

„Er tut euch nichts", versuchte Sam sie zu beruhigen und hob beschwichtigend die Hände.

Doch als er über ihre Schultern hinweg Ed ansah, zeigte dieser noch immer sein Vampirgesicht.

Warum brachte er es nicht unter Kontrolle?

„Eddie", sagte Sam besorgt.

Doch Ed starrte *sie* an.

„Sie stellen keine Gefahr dar!" Eilig ging er um Mim und Gerry herum und stellte sich vor sie. „Sie sind meine Freunde. Sie werden auf mich hören."

Eds Haltung blieb aufs Äußerste angespannt, als stünde er kurz davor …

„Du hast es *versprochen*."

Das Leuchten seiner Augen ließ nach, als sie sich wieder grün färbten, während seine Reißzähne sich zurückzogen. „Es … es tut mir leid. Du hast recht. Ich habe versprochen, euch alle zu beschützen, und das werde ich."

Sam atmete erleichtert auf. Es war lediglich ein beispiellos aufreibender Morgen gewesen. Er wusste, dass Ed es nicht so gemeint hatte.

„Was soll das?", rief Mim, die wesentlich weniger verständnisvoll war. „Verdammt, Sam, was soll das?"

„Deshalb konnte ich euch nicht alles sagen." Er wandte sich wieder zu ihnen um. „Ich hätte es euch nicht gesagt, wenn ich nicht dazu gezwungen gewesen wäre. Aber wir haben nicht mit einem Überfall der Cramers gerechnet."

„Er ist ein Vampir …" Gerry umklammerte noch immer mit weit aufgerissenen Augen Mims Arm und starrte Ed an. „Ein verdammter Vampir!"

Sam wusste, dass die Lage ernst war, wenn Gerry fluchte. „Er ist auf unserer Seite. Es war nur sein Schutzinstinkt. Hauptsächlich meinetwegen. Er würde mir niemals etwas antun. Oder euch."

Mim hielt Gerry weiterhin mit einer Hand fest, um ihn zu beruhigen, doch als ihr Blick auf Sams Hals fiel, streckte sie die andere aus, um erbost das Pflaster von der Bisswunde an seinem Hals zu reißen. Gerry starrte entsetzt, als er sie ebenfalls sah.

„Halten Sie sich von uns fern!", brüllte Mim, stieß Gerry in Sams Arme und stürmte so schnell um ihn herum, dass ihm kaum Zeit blieb, es zu registrieren, als sie das Pflaster in Eds Gesicht warf. „Und von Sam auch!"

Ed verhinderte nicht, dass sie sein Gesicht traf, sondern zuckte lediglich zusammen und wich zurück.

„Es ist mir egal, ob Sie uns antun können, was Sie ihnen und Alvarez und wer weiß wem sonst angetan haben! Ich lasse nicht zu, dass Sie Sam als verdammtes Trinkpäckchen missbrauchen."

„Mim!", rief Sam. „So ist das nicht!"

„Von wegen!"

„Er hat versucht, mich auf Abstand zu halten. Er hat genauso viel Angst, mich zu benutzen oder mir wehzutun, aber so ist es nicht." Sam ließ Gerry stehen und machte einige entschlossene Schritte vorwärts, allerdings nicht in Mims Richtung, sondern in Eds, der vor der noch immer geöffneten Terrassentür stand, die zu viel Sonnenlicht einließ. „Ich liebe dich, Eddie. Sag mir, dass du mich nicht liebst."

„Sam ..." Ed zuckte zurück und wich seinem Blick aus, woraufhin Sam eine Hand an seine Wange legte, um Eds Gesicht in seine Richtung zu drehen, ohne sich um das dort verschmierte Blut zu kümmern.

„Ich liebe dich", wiederholte er.

Eds Augen sahen so sanft aus, als er sich an Sams Hand schmiegte. „Ich liebe dich auch, aber sie hat recht. Ich bin nichts als eine Gefahr für dich."

„Das ist mir egal", antwortete Sam unbeirrt, während er sich an das Flattern in seiner Brust klammerte, welches diese endlich von Ed ausgesprochenen Worte ausgelöst hatten. Aber wenn sie erneut darüber diskutieren mussten, wollte er es nicht in Mims und Gerrys Anwesenheit tun. „Du bist es mir wert, alles davon. Ich werde nicht zulassen, dass du etwas anderes denkst. Und jetzt", sagte er, während er sich von Ed löste und entschlossen seine Freunde ansah, „beseitigen wir das Chaos und überlegen uns unseren nächsten Schritt."

IHREN NÄCHSTEN Schritt ...

Der nächste Schritt hätte sein sollen, dass Ed das Weite suchte und den Kummer, den er Sam verursacht hatte, wiedergutmachte. Doch er konnte Sam nicht allein die Lösung dieser Probleme überlassen.

Ed wusste nicht, was er sagen sollte, nachdem er nun endlich Mim und Gerry kennengelernt hatte, jedoch unter solch schrecklichen Umständen, in denen er sich so erbärmlich verhalten hatte. Also bot er an, sich um die Leichen zu kümmern.

„Schaff sie nicht fort", wies ihn Sam an. „Bring sie nur in den Keller und sorge dafür, dass du sie später leicht transportieren kannst."

Ed fragte nicht, weshalb, sondern nickte lediglich und befolgte die Anweisungen. Es hätte ihm seltsam vorkommen sollen, vor allem, wenn es um das Beseitigen von Leichen ging, aber solange die Anweisungen von Sam kamen, tat es das nicht.

Sam hatte erklärt, dass er sich um den größten Teil der Reinigung kümmern würde, wenn Mim und Gerry währenddessen nach dem Fahrzeug der Cramers Ausschau hielten und herausfänden, wie sie hergekommen waren, ohne von der Polizei bemerkt zu werden. Er vertraute darauf, dass sie es erledigen und zurückkehren würden.

Als Eds Arbeit im Keller getan war und er sich gewaschen, angezogen und seine alten Kleidungsstücke verbrannt hatte, waren Mim und Gerry tatsächlich zurückgekehrt und im Eingangsbereich in eine hitzige Diskussion mit Sam verwickelt.

„Sammy ...“

„Davon will ich nichts hören. Mich interessiert nur, ob das Auto der Cramers gut versteckt ist.“

„Ja“, schnaubte Mim, während Ed sich am oberen Ende der Treppe verbarg, um zu lauschen. „Absolut nicht zu sehen – in einem Waldstück abseits des Weges. Ich wusste nur, wo wir suchen mussten, weil vor einem Zaun noch Abdrücke von Celias Absätzen zu sehen waren. Das würde niemand anders bemerken.“

„Gut. Darum kümmern wir uns später.“

„Sam ...“, begann sie erneut.

„Nicht jetzt.“

„Er ist ein Monster“, zischte Gerry. „Du vertuschst Morde für ein Monster!“

Ed sank ein wenig in sich zusammen. Er hatte Verständnis für ihre Sorge, denn sie war berechtigt.

„Er ernährt sich nur von schlechten Menschen“, verteidigte ihn Sam. „Ist das wirklich so anders als das, was wir schon so lange tun?“

„Wir haben nie jemanden getötet“, antwortete Mim.

„Ich bin derjenige, der Brock getötet hat. Ich habe die Kopfwunde verursacht und ihn erstochen, bevor Ed überhaupt in seine Nähe kam. Bin ich auch ein Monster?“

„Das ist etwas anderes“, stieß sie leise hervor.

„Wieso?“

„Es war Notwehr!“

„Und für Ed geht es ums Überleben! Wo liegt da der Unterschied, solange es sich auf schlechte Menschen beschränkt?“

Zunächst kam von Mim und Gerry keine Antwort, weshalb Ed sich etwas vorschob, um einen Blick über das Geländer werfen zu können. Sam hatte das Foyer bereits beinahe vollständig von den Anzeichen der Vorfälle befreit – Fliesen ließen sich wesentlich leichter reinigen als Teppiche, wie Ed es in dieser Nacht im Wohnzimmer von Sam verlangt hatte.

Damals war er so verärgert und verwirrt gewesen. Er hatte nicht gewusst, wie er reagieren sollte, und war halb davon überzeugt gewesen, dass Sam sich bei der ersten Gelegenheit gegen ihn wenden würde.

Mittlerweile hatten sich ihm viele Gelegenheiten geboten, und doch hatte er Ed nicht betrogen.

„Du willst wie er sein", sagte Mim schließlich, wieder leise, als könnte sie es selbst kaum glauben. „Wir haben gerade herausgefunden, dass Vampire existieren und du willst einer werden?"

„Als ich das erste Mal gesehen habe, wie Eddie sich verwandelt hat", antwortete Sam, „und herausfand, was er war, hatte ich Angst. Ich dachte nicht, dass ich damit umgehen könnte. Aber das kann ich. Das tue ich schon eine Weile. Es erscheint mir nicht wie ein zu großer Preis dafür, bei ihm sein zu dürfen."

„Aber er hat dich gebissen", sagte Gerry mit einem Schaudern.

„Das war ein Unfall."

„Was es nicht besser macht", fauchte Mim. „Gott, du klingst wie das klischeehafte Misshandlungsopfer, das den Täter vertei…"

„So ist es nicht." Sams Stimme wurde so laut, dass ihr Echo von der hohen Decke zurückgeworfen wurde. „Wenn ich wie er werde, spielt es keine Rolle mehr."

„Und was ist mit uns?", fragte Gerry.

„Was soll mit euch sein? Nichts muss sich ändern."

„Wenn du zu einer Kreatur der Nacht wirst", sagte Mim höhnisch, „werden sich wohl so einige Dinge ändern. *Verdammt*, das muss ziemlich beeindruckender Sex sein."

Sam schnaubte. „Ist er, aber das ist nicht der Grund für meinen Wunsch. Ich liebe es, bei ihm zu sein. Wir sehen uns die Sterne an, erzählen Geschichten und ergänzen uns so gut, wie ich es nie zuvor erlebt habe. Er glaubt, dass ich zu jung bin und alles zu neu für mich ist, um wirklich zu verstehen, worum ich ihn bitte. Das sehe ich anders. Hast du jemals erlebt, dass ich zu etwas entschlossen war und dann meine Meinung geändert habe?"

„Ja", erwiderte Mim. „Bei diesem verdammten Job hier."

Das brachte Sam zum Lachen. „Ja, am Anfang. Aber darüber bin ich jetzt froh, weil mich der Job zu ihm geführt hat."

„Ähm …", sagte Gerry plötzlich und zeigte skeptisch nach oben – auf *Ed*.

„T-tut mir leid!" Kurz wich er zurück, bevor er begriff, dass es nun keinen Sinn mehr hatte, und stattdessen die Treppe hinabstieg. „Schlechte Angewohnheit."

„Kein Problem", sagte Sam lächelnd. „Du hast nichts gehört, was du nicht hören solltest."

Ed spürte wieder, wie ihn diese Wärme erfüllte, die er in all seinen Jahren mit kalter Haut und leerem Herzen niemals erfahren hatte. Es war so leicht gewesen, Sam nachzugeben und das wäre es auch jetzt. Allerdings musste wenigstens einer von ihnen praktisch denken. „Ich kann mich noch auf keine Antwort festlegen, was deinen Wunsch betrifft. Erst muss ich nachdenken. Erst möchte ich, dass wir diese Bürde beseitigen, die ich euch auferlegt habe."

„Okay." Sam nickte ernst. „Das klingt fair. Aber es ist unsere Bürde, nicht deine."

„Und ich verspreche euch ..." Ed sah Sams Freunde an. „... ich werde alles tun, um Sam *und* euch zu beschützen. Ich wollte euch vorhin nicht erschrecken. Mir ... fällt es nur nicht leicht, anderen zu trauen. Aber Sam bedeutet mir viel. Ich liebe ihn. Ich liebe ihn sehr."

Mim schwieg.

Gerry wirkte noch immer verängstigt, sagte aber: „C-cool. I-ich meine, wenn d-du uns wirklich töten wolltest, hättest du das wohl schon tun können. Also ... versuche ich, dir zu glauben. Sam vertraut anderen auch nicht so leicht."

Auch wenn es etwas verkrampft geklungen hatte, bedeutete es Ed unglaublich viel, das von Sams Freund zu hören.

„Von mir aus", sagte Mim, die sich deutlich weniger um Freundlichkeit bemühte. „Aber wenn ich jemals den Eindruck habe, dass du eher schlecht als gut für Sam bist, ist es mir egal, wie superstark oder irre du bist. Dann sorge ich dafür, dass du es bereust."

„Verstanden", erwiderte Ed mit einem Nicken. Mit ihrem hellen Haar und der unter zarten Zügen brodelnden Wildheit erinnerte sie ihn ein wenig an Hypatia. „Was nun?" Er wandte sich wieder an Sam.

„Jetzt dusche ich und ziehe mich um, während du überprüfst, ob ich etwas übersehen habe. Anschließend erzählen wir Mim und Gerry alles."

Und das taten sie. Gerry machte es sichtlich unglücklich, mehr über Laras Taten zu hören, doch er schien sie nicht mehr anzuzweifeln.

„Wenn sie mich so einfach belogen hat ... dann ja. Dann helfe ich. Ich hatte sowieso schon mit Nachforschungen zu Black angefangen, seit ich seinen Namen kenne. Jetzt weiß ich besser, worauf ich achten muss."

Gerrys Laptop befand sich in einer über seiner Schulter hängenden Tasche, die er so selbstverständlich trug, beinahe wie einen zusätzlichen Körperteil, dass Ed sie nicht bemerkt hatte. Nun platzierte er den Laptop auf dem Couchtisch und machte sich an die Arbeit, wobei Sam ihm half, indem er ihm alle Informationen gab, die sie besaßen.

Da sie beschlossen hatten, sich um das Auto der Cramers erst nach Einbruch der Dunkelheit zu kümmern, gab es für Ed nicht viel zu tun außer dazustehen und zu warten. Mim schien es ähnlich zu gehen.

Bis sie Ed einmal zügig von Kopf bis Fuß musterte und dann fragte: „Wie wäre es mit einer Führung?"

„Äh-äm ..."

Sam und Gerry beobachteten ihn wortlos, brachten ihn in Zugzwang.

„Natürlich! Es wäre mir ein Vergnügen." Hastig gestikulierte er in Richtung Foyer.

Anfangs war es wirklich nur eine Führung. Ed zeigte ihr die Küche und die Garage, führte sie in den Salon und die Bibliothek hinauf, erzählte ihr vom Keller, woraufhin sie nicht den Wunsch ausdrückte, ihn zu sehen, bis sie schließlich das Schlafzimmer und den Flur mit der Leiter zur Dachterrasse erreichten. „Da geht es also zum Dach? Das möchte ich sehen."

„Aber gern." Ed zog die Leiter herab.

„Du auch."

„Oh, ich … gehe dort nicht hinauf."

„Warum nicht?"

„Ich mag keine hohen Orte, und auch wenn nicht alles wahr ist, was man über Vampire sagt, stimmt es doch, dass mich Sonnenlicht stört."

„Schlimm oder ist es dir nur unangenehm und schwächt dich?"

„Letzteres."

„Dann kommst du mit." Sie warf ihm einen herausfordernden Blick zu und erklomm die Leiter.

Da Ed keinen Weg sah, abzulehnen, atmete er tief durch und biss die Zähne zusammen, als ihn beim Gedanken an das Dach ohne seine Sonnenbrille und Sams beruhigende Gesellschaft Panik erfasste.

Die Sonne war für ihn noch immer schön, doch ihr Anblick verursachte ihm selbst aus dem Augenwinkel Schmerzen und ihre Wärme fühlte sich wie der heißeste Sommertag in der trockenen Wüste an.

Anfangs schwieg Mim, genoss nur die Aussicht. Es war offensichtlich, dass sie sich viele Gedanken um Ed und die Situation gemacht hatte.

„Das ist verrückt", sagte sie schließlich, ohne ihn anzusehen. „Du bist ein Vampir. Ein richtiger, echter Vampir, dem ich dabei zusehen musste, wie er Blut aus einer Wunde in Brock Cramers Brust getrunken hat. Und du bist so unsterblich in meinen besten Freund verliebt wie er in dich."

Sie warf ihm einen Seitenblick zu.

„Ich weiß nicht, was die richtige Antwort ist", fuhr sie fort, „aber wenn ich mich zwischen Sams Sicherheit und seinem Glück entscheiden müsste, ist es mir lieber, ihn gesund und munter zu sehen. Also solltest du ziemlich genau darüber nachdenken, was als Nächstes passiert."

Hier, mit Ed in verletzlicher Position, tat sie es erneut: drohte ihm, obwohl sie wissen musste, dass sie sich dennoch unmöglich gegen ihn verteidigen konnte, falls er sich zum Angreifen entschloss. Und doch war in ihren Worten nicht einmal das kleinste Stottern zu hören.

Ed konnte nicht anders, als es zu bewundern.

„Ich verspreche, dass Sams Wohl für mich an erster Stelle steht. Immer. Er kann sehr froh sein, dass er dich hat."

„Ich weiß." Mit einer leichten Kopfbewegung warf sie sich das Haar aus dem Gesicht. „Weißt du, du bist nicht das, was ich bei einem gnadenlosen Mörder erwartet hätte. Ich glaube, ich verstehe, weshalb Sammy dich mag."

„Ja?"

„Er hat sich schon immer von Gegensätzen angezogen gefühlt."

MIM WAR voller Gegensätze – und war ganz sicher nicht nur auf eine Führung aus.

Obwohl Sam sich bemühte, Gerry zu unterstützen, ließ er sich wieder und wieder von ihrer Umgebung ablenken und hob den Kopf, um zu sehen, ob Ed und Mim schon zurück waren. Vermutlich führte sie mit ihm das klassische Warnungsgespräch. Bei *Lara* hatte sie das nie getan.

Andererseits hatte sie bis zu diesem Tag nichts über die wahre Natur der beiden gewusst.

Als Sam gerade beschlossen hatte, nach ihnen zu sehen, tauchten sie auf und erklärten, sie würden sich um einen Imbiss kümmern.

„Für uns", fügte Mim hinzu und wandte sich wesentlich weniger ernst als zuvor an Ed. „An uns Menschen wird nicht geknabbert, klar?" Dann tätschelte sie ihm die Schulter und er errötete leicht, bevor er ihr eilig in die Küche folgte.

Trotz der Arbeit, die noch vor ihnen lag, sorgte es bei Sam für unglaublich große Erleichterung.

Nun, die meiste Arbeit lag zurzeit vor Gerry, der völlig auf seinen Laptop konzentriert war, allerdings ausgesprochen ruhig, was ihm nicht ähnlichsah. Wie hätte er sich allerdings sonst verhalten sollen, wenn er doch soeben seine – soweit Sam wusste – ersten Leichen gesehen hatte, kombiniert mit einem Filmmonster in 3D, und nebenbei noch darüber informiert worden war, dass seine Freundin zu den Bösewichten gehörte?

„Gerr?"

„Hm?"

„Das mit Lara tut mir leid."

Das Geräusch der Tastatur verstummte und Gerry holte tief Luft. „Mir auch. Anscheinend gehst du mit einem Vampir aus und ich mit einer psychopathischen Lügnerin. Spannende Zeiten." Er lachte, aber die Anspannung in seinen Schultern war nicht zu übersehen. „Ich meine, ich freue mich für dich, wenn du glücklich bist, auch wenn die ganze Sache sehr, sehr seltsam ist. Aber ich bin vor allem … traurig? Denn meine mörderische neue Liebe hat sich nicht als so freundlich erwiesen wie deine."

„Ich wünschte, ich hätte es dir sagen können."

„Ich verstehe ja, warum du es nicht getan hast. Wahrscheinlich hätte ich dich für verrückt gehalten." Gerry setzte zum Weitersprechen an, aber zögerte dann kurz, bevor er fragte: „Hast du wirklich Brock getötet?"

„Ja."

„Und Simons … Ed … die anderen?"

„Ja, abgesehen von Shaw, die Black oder Lara auf dem Gewissen hat. Bei Brock war ich es zum ersten Mal selbst."

164

„Und das findest du wirklich in Ordnung?"

Es hätte eine schwierig zu beantwortende Frage sein sollen. Doch wenn Sam darüber nachdachte, konnte er dazu nur eines sagen: „Sie wollten uns erschießen. Jede einzelne Person, die wir getötet haben, hat vorher versucht, uns etwas anzutun. Ed sucht sich wirklich nur die allerschlimmsten Menschen aus. Da kann ich ehrlich gesagt kaum verhindern, dass ich es in Ordnung finde."

Gerry nickte. Nicht direkt, als fände *er* es in Ordnung, aber zumindest so, als könnte er Sams Einstellung akzeptieren. „Dann ist er wohl eine Art Rächer." Mit einem kurzen Lächeln stieß er seine Schulter gegen Sams, bevor er sich wieder dem Laptop zuwandte. „Oh, wow."

„Was ist?", kam Mim Sam mit der Frage zuvor, als sie mit Ed aus der Küche zurückkehrte.

„Lara ist Blacks Tochter."

„*Was?*", knurrte Mim noch energischer. Doch Sam und Ed tauschten lediglich Blicke.

Marie und Daniel waren wegen seines Umgangs mit den Zwillingen davon ausgegangen, dass Black Kinder hatte. Offenbar hatten sie recht behalten. Nur war das Kind bereits erwachsen.

„Da sie ihren Nachnamen geändert hat, waren die Daten nicht leicht zu finden, aber mit etwas Mühe lässt sich alles nachverfolgen. Ursprünglich ist sie Lara *Black*. Ihre Mutter starb, als sie acht Jahre alt war. Im selben Jahr taucht Black zum ersten Mal im Vorstrafenregister auf, dann unter Pseudonymen und schließlich gibt es Geflüster über Midnight."

„Er ist übergeschnappt, als er seine Frau verloren hat", sagte Sam.

„Und hat seine Tochter zu einem Psycho erzogen", fügte Mim barsch hinzu, während sie sich neben Gerry niederließ und den mitgebrachten Proviant durchwühlte. Dann hielt sie inne. „Entschuldige."

Gerry zuckte mit den Schultern.

„Vielleicht wurde die Mutter von einem Vampir getötet", sagte Sam. „Das würde ihre Besessenheit erklären."

„Ich suche weiter." Gerry machte sich wieder an die Arbeit.

„Was ist mit dem von Black verlangten Treffen?", wollte Mim wissen. „Wolltest du deshalb die Leichen hierbehalten? Um ihm beweisen zu können, dass ihr sie getötet habt?"

„Absolut, wenn er darauf besteht", antwortete Sam. „Aber vor allem brauchen wir erdrückende Beweise gegen ihn und Lara, um sie hinter Gitter zu bringen. Da könnten die Leichen noch nützlich werden."

„Und wenn er dich einfach tötet, sobald du auftauchst? Oder etwas geplant hat, um dich endgültig als schuldig dastehen zu lassen?"

„Er ist noch nicht mit uns fertig. Er möchte Informationen zu anderen Vampiren haben, um seine Raubzüge fortsetzen zu können."

„Sam", rief Ed ihm leise zu, wodurch Sam endlich auffiel, dass es sich seine Freunde auf dem Sofa bequem gemacht hatten, aber Ed ein wenig entfernt von ihnen stehen geblieben war.

Und sein Gesichtsausdruck gefiel Sam nicht.

„Es könnte dennoch der Fall eintreten, dass ich sie töten muss. Wenn das passiert und zu viele Beweise gegen mich sprechen, werde ich fliehen müssen. Es wäre nicht das erste Mal."

„Was?" Sam schob sich auf die Füße und ging zu ihm. „Fliehen? Ohne mich?"

„Ich möchte es nicht, aber vielleicht muss ich es."

„Das kannst du nicht tun. Die ganze Sache könnte man ebenso gut mir anhängen. Wir wissen nicht, was genau Black plant, falls alles den Bach runtergeht. Möglichen Beweisen gegen uns können wir nur auf eine Art entgegenwirken: Wir müssen für unumstößliche Beweise gegen *sie* sorgen. Also darfst du sie nicht töten."

„Nach allem, was sie dir angetan haben …", stieß Ed verärgert hervor, während seine Augen gelb flackerten.

„Ich weiß", sagte Sam und legte ihm eine Hand in den Nacken, um ihn dichter an sich zu ziehen. „Aber wir kriegen das hin. Black wird trotzdem bezahlen. Glaub mir, einen Polizisten ins Gefängnis zu schicken ist schlimmer als alles andere."

Eds Lachen war verhalten, doch er ließ sich gegen Sam sinken. „Vermutlich hast du recht."

„Ganz bestimmt. Und du fliehst nicht, egal was passiert. Nicht ohne mich. Versprich mir das."

Einige zu lange Herzschläge vergingen, während Ed zögerte, bis er schließlich flüsterte: „Ich verspreche es."

„*Gott*, ihr zwei seid unerträglich", stöhnte Mim, was Sam zum Lachen brachte. „Sucht euch ein Zimmer oder macht euch an die Arbeit, bisher ist nämlich keiner von uns für das Treffen mit Black bereit."

Das waren sie tatsächlich nicht, weshalb sie die nächsten Stunden mit denselben Aktivitäten verbrachten: Sie recherchierten, aßen etwas, wenn sie daran dachten, und stellten sicher, dass sie nichts übersehen hatten, bevor sie Black kontaktierten.

Im Lauf des Tages hatte Sam Gerry gefühlt tausendmal dieselbe Frage gestellt.

„Hast du schon etwas, womit wir eine Verbindung zwischen Black und Cheroneau beweisen können?"

„Tut mir leid, Sam, ich kann einfach nichts finden. Er wäre damit nicht lange durchgekommen, vor allem, wenn er sich an andere Orte versetzen lässt, wenn er nicht sehr gut darin wäre, seine Spuren zu verwischen. Ich bezweifle, dass ich in der kurzen Zeit etwas Brauchbares finde."

„Es wird spät", merkte Mim an.

„Und ich habe soeben Daniels Auto gehört", sagte Ed an der Terrassentür, die er geöffnet hatte, um die kühle Abendluft einzulassen. „Also kommt er nach Hause. Black wird bald unsere Nachricht erwarten."

„Daniel …", wiederholte Sam und sprang plötzlich auf. „Wir haben Daniel! Ich habe Daniel vergessen! Daniel kann uns nützen!"

„Wovon redest du?" Ed runzelte die Stirn.

„Du meinst den Bullen?", fragte Mim.

„Ja! Es ist riskant, aber ich glaube, ich habe eine Idee."

„Und zwar?", fragte Gerry.

„Ich werde gestehen."

ED KONNTE kaum glauben, dass sie sich im Haus der Neu-Ryans befanden und Sam gerade dabei war, zu gestehen, wie er Shaws Leiche in seinem Hotelzimmer gefunden hatte.

Ein wenig log er dabei auch, zum Beispiel was den Zeitpunkt von Blacks Anwesenheit anging und indem er behauptete, Black habe letztendlich die Leiche fortgeschafft. Dann erklärte er, dass Black Cheroneau sei und sie es nicht gewagt hätten, jemandem davon zu erzählen, bis Cheroneau sie an diesem Morgen in Eds Haus während Daniels Telefongespräch bedroht habe.

Hauptsächlich handelte es sich um die Wahrheit, weshalb Sams Geständnis vollkommen aufrichtig wirkte. Daniel, mit dem sie in seinem Wohnzimmer saßen, sah etwas skeptisch aus, jedoch weit entfernt von ungläubig.

„Ich wusste, dass mit Cheroneau etwas nicht stimmt", sagte Marie, die in der Wohnzimmertür stand.

Sie hatte die Kinder ins Bett gebracht, musste sich aber anschließend wieder ins Erdgeschoss geschlichen haben.

„Tut mir leid", fügte sie hinzu, als Daniel ihr einen tadelnden Blick zuwarf.

Er seufzte, als wäre er nicht überrascht. Doch er war eindeutig unentschlossen, wie er mit der Situation umgehen sollte.

„Ich weiß, dass es verrückt klingt", sagte Sam. „Aber ich brauche wirklich nur eine Kleinigkeit von Ihnen, um zu beweisen, dass Cheroneau versucht uns Morde anzuhängen."

Da Marie nun ohnehin eingeweiht war, gesellte sie sich zu ihnen und setzte sich, während Daniel das Gesagte noch verarbeitete.

„Sie behaupten, dass mein Partner Sie seit Wochen, beinahe Monaten, für Morde verantwortlich machen möchte und Ihnen droht, nur um an Eds Geld zu kommen? Ja, es klingt verrückt. Aber ich bin bereit, Ihnen zuzuhören. Was bräuchten Sie, um Ihre Anschuldigungen zu beweisen?"

Sam erklärte es ihm und der finale Plan beeindruckte Ed. Wenn alles gut ging, hatten sie Black ganz sicher und Lara ebenfalls. Zunächst musste Daniel jedoch zustimmen, sie allein arbeiten zu lassen, bis sie ihn anriefen.

Das tat er, gab Sam, was er brauchte, und versprach, auf ihren Anruf zu warten.

Nachdem sie zu Eds Haus zurückgekehrt waren, musste Sam nun nur noch die Nachricht für Black verfassen, die Ed über seine Schulter hinweg mitlas.

Es ist geschafft. Wir sind im Versteck der Cramers im Gewerbegebiet. Wir können uns dort treffen.

Schließlich war Ed in der Lage, sie in wenigen Minuten hinzubringen.

Na gut, aber keine Tricks.

Ich denke nicht im Traum daran.

„Mim, Gerry", sagte Sam, „ihr bleibt hier."

„Ganz bestimmt nicht", protestierte Mim. „Wir werden …"

„Hierbleiben", wiederholte Sam nachdrücklicher. „Ihr müsst euch um ihr Auto kümmern. Schließlich sind wir nicht ans Beseitigen von Leichen gewöhnt, aber bei Autos kennen wir uns damit aus."

Eine interessante neue Information, aber wenn Ed genauer darüber nachdachte, war es nicht ungewöhnlich, dass so etwas bei einem Diebesleben dazugehörte.

„Aber wir können nachkommen", sagte Gerry, was Ed überraschte, da er nicht wie der Typ für eine Auseinandersetzung wirkte.

„Nein", lehnte Sam ab. „Zu vieles ist unvorhersehbar. Ich melde mich, wenn es vorbei ist. Ed und ich kommen schon zurecht."

Ed wünschte, er wäre davon ebenso überzeugt. Um sich selbst machte er sich keine Sorgen, aber Sam war noch schwach, erholte sich noch vom Blutverlust der letzten Nacht, so ungern er es auch zeigte. Wenn etwas schiefging …

„Bereit?" Sam hatte sich ihm zugewandt.

Ed wollte, dass es endlich vorbei war, damit er Sam in Ruhe betrachten und umsichtig entscheiden konnte, was das Beste für ihre Zukunft wäre, ohne dem ständigen Druck der sie umgebenden Feinde ausgesetzt zu sein.

„Ja", antwortete er. „Ich bin bereit."

OBWOHL SAM nicht wusste, ob er bereit war, blieb ihnen nun nichts anderes übrig, als die letzte Phase ihres Plans umzusetzen.

Lange vor Blacks und Laras Ankunft hatte Ed Sam und die Leichen zum Lagerhaus gebracht. Niemand war zu sehen, auch nicht der junge Mann vom letzten Mal. Da Sam ohnehin angedeutet hatte, dass die Cramers hier von ihnen ermordet worden wären, versteckten sie die Leichen nicht, sondern platzierten sie auf dem Boden und ließen es durch einige umgestürzte Stühle und auf den Boden geworfene Gegenstände aussehen, als ob ein Kampf stattgefunden hätte. Dann warteten sie.

Wie erhofft trafen Lara und Black gemeinsam ein.

„Sie haben sich Zeit gelassen", sagte Sam, während er dicht an Eds Seite blieb.

Im Vergleich zu ihrem Vater in seinem eleganten Anzug und Trenchcoat war Lara schlicht gekleidet, und obwohl sie hübsch wie immer aussah, strahlte sie eine gewisse Frustration aus, als hätte sie in letzter Zeit nicht unbedingt gut geschlafen – ganz ähnlich wie die Cramers.

Wegen eines Mordes verhört zu werden, hatte ihr vermutlich nicht gefallen.

„Wir sind nicht dumm", sagte Black und als sie sich näherten, konnte Sam nun die Ähnlichkeit erkennen, die vor allem in ihrem boshaften Lächeln lag. „Wir haben erst die Rückseite abgesucht, um nicht in einen Hinterhalt zu geraten."

„Schließlich war nicht zu übersehen, dass der liebe Gerry und deine andere Freundin heute nicht in ihrem Hotel waren", fügte Lara hinzu. „Da wirst du unsere Sorge verstehen."

„Sie sind nicht hier", antwortete Sam ohne jedes Zögern, da es der Wahrheit entsprach. „Nur wir vier. Und die beiden." Er deutete auf die Toten.

„Gute Arbeit", lobte Black, als wäre er ehrlich beeindruckt. „Gemeinschaftsarbeit, nehme ich an? Endlich sind wir wirklich unter uns, aber da ich Sie von Dummheiten abhalten möchte, sollten wir einen kleinen Austausch vornehmen, bevor wir fortfahren."

„Sie kommen her …" Er bedeutete Sam mit einer Geste, sich ihm zu nähern. „… und Lara leistet Mr. Simons Gesellschaft. Nur, damit das Ganze freundlich bleibt."

Es gefiel Sam nicht, aber wenn Lara mit ihm tauschte, schien es fair zu sein.

Eds gerunzelter Stirn und misstrauischem Blick nach zu urteilen gefiel es ihm ebenso wenig. Trotzdem nickte Sam.

„Solange wir es gleichzeitig tun", antwortete er.

Um guten Willen zu zeigen, machte Sam den ersten Schritt und Lara folgte. Langsam, aber zielstrebig gingen sie ohne Zwischenfälle aneinander vorbei, bis sie die Plätze getauscht hatten.

„Braver Junge", sagte Black. „Sie können wirklich gut Anweisungen befolgen."

Ed ballte seine Hände zu Fäusten, hätte Sam eindeutig gern verteidigt, doch Sam ließ sich nichts anmerken und verschränkte lediglich die Arme.

„Wir wissen, was Sie wollen. Warum Sie all diese Menschen getötet haben und es Ed anhängen wollten – die Leute, die an seinem Haus gearbeitet haben, Shaw und wer weiß wie viele andere."

„Ach wirklich?"

„Geld. Mehr davon. Sie glauben, Ed kann Ihnen Namen und Adressen von anderen verschaffen, damit Sie Ihre nächsten Opfer haben. Deshalb haben Sie bisher nicht versucht, uns zu töten."

Blacks Miene änderte sich kaum, bis auf ein beinahe unmerkliches Hochziehen einer Augenbraue und ein winziges Nicken. „Clever. Klingt logisch.

Und bis zu Ihnen beiden, Mr. *Goldman*, wäre es die richtige Antwort gewesen. Allerdings haben wir von unseren bisherigen Opfern ein ausreichendes Vermögen angespart. Weitere Namen und Adressen brauchen wir nicht. Es ist Zeit, es zu beenden."

Beenden? „Was wollen Sie dann?"

„Dazu komme ich noch. Erst müssen wir alles etwas ausgeglichener gestalten."

„Was …?"

„Ah!" Bei Eds Aufschrei blickte Sam überrascht zu ihm hinüber und sah, dass er auf ein Knie gesunken war. Aus seinem Oberschenkel ragte ein Armbrustpfeil von der Länge eines menschlichen Unterarms.

Nicht irgendeines Unterarms.

Laras.

Grinsend schob sie ihren Ärmel hoch, um ihm die an ihrem Arm verborgene Vorrichtung zu zeigen, mit der sie überraschend genug angreifen konnte, um selbst Ed zu treffen. Doch eine Wunde wie diese konnte ihn unmöglich …

Plötzlich erloschen die Lampen des Lagerhauses und an ihre Stelle trat ein blendendes Blau, grell und schmerzhaft für die Augen. So schmerzhaft es im ersten Moment wirkte, war es für Sam letztendlich doch nur ein Ärgernis. Für Ed, der keuchte und weiter vornübersank, anstatt sich zu fangen und den Pfeil zu entfernen, schien es eine Qual zu sein.

„UV-Licht", erklärte Black unbekümmert und süffisant. „Der Sonne können Sie eine Zeit lang widerstehen, aber reines UV-Licht wirkt schneller. Und verursacht schlimmere Schmerzen, stimmt's?"

Sam wollte Ed zu Hilfe eilen, doch kaum hatte er die kleinste Bewegung gemacht, hatte Lara bereits ihren Arm gehoben, um mit einem neuen Pfeil auf ihn zu zielen. Obwohl er durch das bläuliche Licht nicht erkennen konnte, ob sich Eds Haut bereits rötete, ließ sein schmerzerfülltes Keuchen seinen Scherz mit dem Implodieren im Rückblick wesentlich weniger komisch erscheinen.

„Wir hätten niemals einem Treffpunkt zugestimmt, den wir nicht schon abgesichert haben. Was glauben Sie, wie wir es sonst so lange überlebt hätten, andere wie Simons auszuschalten? Und nun …" Black winkte Sam noch näher zu sich, obwohl sie kaum ein halber Meter trennte.

Da Sam ihm nicht die Genugtuung verschaffen wollte, seine Befehle zu befolgen, blieb er stur an seinem Platz.

Und zuckte zusammen, als ein lauter Knall durch das Lagerhaus hallte und sein Magen vom fürchterlichsten Schmerz seines Lebens durchzogen wurde.

Er keuchte, konnte es kaum glauben, als er hinabsah und das unter seinen verschränkten Armen hervorquellende Blut entdeckte, dann den Kopf hob und die Waffe erblickte, die Black offensichtlich unter seinem Mantel verborgen hatte. Sie waren so dumm gewesen …

„Sam!", brüllte Ed. Doch Black trat näher und hielt die Waffe dicht neben Sams Schläfe, selbst als er ebenfalls auf die Knie sank.

„Na, na", warnte Black. „Wenn ich aus dieser Nähe schieße, werden Sie in Ihrem Zustand nicht schneller als die Kugel in seinem Kopf sein. Ich musste Sie so überraschen, denn ich fürchte, all das ist nötig, um Sie etwas umgänglicher zu machen. Eigentlich hatte ich es für ausreichend gehalten, Sie mit diesen Morden in Verbindung zu bringen, aber das hier scheint ein besserer Anreiz zu sein, da Sie doch eine solche Schwäche für den lieben Sammy haben und ihn sicher retten wollen. Keine Sorge, ein Schuss in den Magen tötet nicht so schnell. Er wird überleben, wenn Sie schnell genug mit uns zusammenarbeiten."

„Was wollen Sie?", verlangte Ed zu wissen, der selbst in seiner zusammengesunkenen Haltung noch wilde Wut ausstrahlte, obwohl Sam sich wegen der furchtbaren Schmerzen kaum noch auf ihn konzentrieren konnte.

Blacks Stimme drang gedämpft an seine Ohren, als er sagte: „Sie werden mich und meine Tochter zu einem von Ihnen machen."

11

HÄTTE ED nicht in der vergangenen Nacht von Sam getrunken, hätte der plötzliche Blutverlust durch die Schusswunde vielleicht nicht dazu geführt, dass er so schnell Sterne sah. Er hatte gegessen, hatte beinahe vierundzwanzig Stunden gehabt, um sich zu erholen, doch es reichte nicht. Nicht, wenn er nach so kurzer Zeit die nächste lebensgefährliche Situation durchmachen musste.

Er hätte ahnen müssen, dass die Blacks sich noch mehr als Geld die Unsterblichkeit wünschten. Ihm ging es im Augenblick ähnlich.

Sam musste bei Bewusstsein bleiben. Was auch passierte, er durfte nicht ohnmächtig werden.

Sonst würde er vielleicht nicht mehr aufwachen.

„Sie sind wahnsinnig", knurrte Ed über die Entfernung zwischen ihnen hinweg, nun mit verwandeltem Gesicht, sodass seine Augen wild leuchteten und die Vampirzähne im blauen Licht glänzten.

Lara wirkte nicht besorgt.

Black ebenso wenig.

„Das streite ich nicht ab", antwortete er grinsend, während er die Pistole noch immer dicht an Sams Schläfe hielt. „Wie dem auch sei, Sie werden meiner Bitte nachkommen oder Sam stirbt. Die Uhr *tickt*." Er bewegte seinen Finger auf dem Abzug.

„Die Zeit reicht nicht!", klagte Ed, der nun endlich den Pfeil aus seinem Bein zog, aber anschließend beinahe zusammenbrach. Das UV-Licht verlangsamte eindeutig sein Heilungsvermögen.

Sam hielt seine linke Hand auf der blutenden Wunde, presste die rechte jedoch kurz an seine Brust, bevor er sie zu seiner anderen schob.

„Ich habe niemals einen anderen Vampir erschaffen. Ich könnte Ihre Tochter versehentlich töten."

„Dann sollten Sie lieber besonders vorsichtig sein, denn wenn ich mir auch nur eine Sekunde Sorgen machen muss ..." Black tippte mit dem Pistolenlauf gegen Sams Schläfe.

Sam schwankte. Er musste sich hinlegen. Doch obwohl der Raum sich drehte und die Schmerzen so heftig waren, blieb er auf den Knien. Das Einzige, woran er sich festhalten konnte, war Ed, der doppelt so weit entfernt zu sein schien.

Sam musste Black auf seine Höhe bringen. Sie konnten es immer noch schaffen.

„Verwandeln Sie sie. Sofort."

„Nicht …", krächzte Sam, klammerte sich an Blacks Hosenbein fest und zog kraftlos an seinem Trenchcoat.

Black stieß ihn mit einem Tritt von sich und zu Boden, wobei er allerdings darauf achtete, sich nicht so weit von Sam zu entfernen, dass Ed hätte eingreifen können. Es führte dazu, dass er sich mit herabhängendem Trenchcoat über Sam beugte.

„Tu es nicht, Eddie", bat Sam, während er ein weiteres Mal versuchte, sich an Black zu klammern und an ihm zu zerren, aber letztendlich zu Boden sank. „Hör nicht auf ihn … bitte."

„Er wird hören", sagte Black. „Wenn er Ihnen nicht beim Sterben zusehen oder langsam verbrennen möchte."

Nein. Sie hatten ihn. Sie mussten nur Daniel anrufen!

„Ich …" Ed würde nachgeben. Trotz seines grimmigen Gesichtsausdrucks ließ seine Stimme deutlich durchklingen, dass Black recht hatte: Mit Sam konnte man ihn wesentlich leichter manipulieren als mit jedem anderen hinterhältigen Plan. „Ich versuche es. Aber bitte … bitte helfen Sie Sam wenigstens, die Blutung zu stillen."

„Eddie, nein …" Sam presste die Hände fester auf seinen Magen, obwohl die aufwallenden Schmerzen in seinem Sichtfeld ein Feuerwerk auslösten. Sie mussten nicht aufgeben. Wenn sie es täten, gab es kein Zurück. Niemand konnte garantieren, dass Black sich anschließend zurückziehen würde. Und wenn er und Lara erst Vampire wären, würde es ihnen niemals gelingen, sie zur Rechenschaft zu ziehen.

„Ich helfe ihm, sobald Sie mit Lara fertig sind, vorher nicht", antwortete Black.

Nein. Ed durfte diesen Schuften nicht zur Unsterblichkeit verhelfen! Nicht ihnen.

Doch von seinem Platz auf dem Boden erkannte er undeutlich, wie Ed sich auf die Füße kämpfte. Lara zog ihre Jacke aus, wobei sie drei weitere Pfeile enthüllte, die sich zum Abschuss bereit an ihrem Arm befanden, und neigte den Kopf, damit ihr Haar nicht ihren Hals verdeckte.

„St-stopp …", versuchte es Sam ein letztes Mal, als er sah, wie sich Eds verschwommene Gestalt ihrem Hals näherte.

„Wow. Ich bin froh, dass wir nur das Auto loswerden sollten und nicht die Pistolen."

Sam richtete den Blick hastig auf den Eingang, wo Mim stand, auch wenn er sie eher an ihrer Stimme erkannte, als dass er sie sehen konnte. Allerdings war er ziemlich sicher, dass es sich beim größeren unscharfen Fleck neben ihr um Gerry handelte und dass sie beide ihre Arme erhoben hatten, um etwas auf die Blacks zu richten, was Brocks und Celias Waffen zu sein schienen.

MIM UND Gerry standen in der Tür und richteten die Waffen der Cramers auf die Blacks – Mim auf Lara und Gerry auf ihren Vater.

„Sam!", rief Gerry, als er die Situation erfasste und begriff, dass Sam nicht nur auf dem Boden lag, sondern durch eine Schussverletzung geschwächt verblutete.

Ed wollte sich auf Lara stürzen, doch Black brüllte warnend: „Stopp!"

Während Ed noch zögerte, Blacks Finger auf dem Abzug so dicht neben Sams Kopf fürchtete, nutzte Lara die Gelegenheit, um mit einem Pfeil auf Mim zu zielen. Es war die schlimmste aller Pattsituationen und Ed war so schwach, dass er sich völlig außerstande sah, zu helfen.

„Wo kommt ihr her?", fragte Lara verächtlich. „Habt euch wohl gut versteckt."

„Sind gerade angekommen", antwortete Mim. „Waren vielleicht etwas über dem Tempolimit unterwegs."

„Ihr habt das Auto der Cramers nicht weggeschafft?", brachte Sam undeutlich hervor.

„O doch. Danach haben wir uns Eds ausgeliehen. Und jetzt ..." Mim trat vor, ohne dass ihr Arm das geringste Zittern erkennen ließ. „Ich würde sagen, wir sind in der Überzahl. Also Waffen runter."

„Sie müssten ziemlich gut zielen", antwortete Black, der weiterhin so dicht bei Sam blieb, dass Ed ihm nichts anhaben konnte. „Und Gerry macht nicht den ruhigsten Eindruck. Also lassen *Sie* jetzt besser die Waffen fallen und dann sehen wir weiter."

„Lara." Während seine Pistole noch auf Black gerichtet war, richtete sich Gerrys Blick nun auf sie. „Bitte. Du glaubst vielleicht, du müsstest das tun, weil er dein Vater ist, aber du musst es nicht. Er ist es nicht wert. Hat dir unsere gemeinsame Zeit überhaupt nichts bedeutet?"

Obwohl er Laras Gesicht nicht sehen konnte, bezweifelte Ed, dass sich darin mehr als Mitleid zeigte.

„Du bist süß", antwortete sie, meinte zumindest so viel vielleicht sogar ehrlich, „aber du bist mir nicht mehr wert als ewiges Leben."

„Ihre F-frau ...", keuchte Sam in Gerrys untröstliches Schweigen hinein. Er kam Ed nun so bleich vor, selbst wenn er das bläuliche Licht berücksichtigte, seine Lider wirkten so schwer und die Hände auf seinem Bauch waren kaum noch in der Lage, die Blutung zu stillen. „Glauben Sie ... sie hätte das gewollt?"

„Sie wissen aber auch alles." Black lachte spöttisch. „Meine Frau starb, weil der menschliche Körper schwach ist. Hätte sie einen Ausweg gekannt, hätte sie ihn genutzt und sie würde auch wollen, dass ich ihn nutze. Ich habe zwanzig Jahre damit verbracht, einen Weg zu finden, wie meine Tochter und ich diesem Schicksal entgehen können. Sicher können Sie sich vorstellen, wie überrascht ich darüber war, dass Vampire dieser Weg sein könnten. Bestimmt gab es im Lauf der Jahrtausende andere, die sie gejagt haben, ganz wie im Film. Und die meisten dieser Dummköpfe dürften dabei gestorben sein, denn sie waren auf der Jagd nach Monstern. Wir sind nur auf der Jagd nach einer guten Gelegenheit."

„Weshalb haben Sie dann nicht gleich den ersten Vampir gezwungen?", fragte Ed, als er an all die dachte, die er nicht mehr hatte erreichen können.

„Das hatten wir vor. Bis wir herausfanden, dass es mehr von Ihnen gibt. Warum hätten wir uns mit einem Vermögen zufriedengeben sollen, wenn wir uns mit dem Vorteil des Tageslichts erst noch zwanzig weitere aneignen konnten?"

„Lara." Gerry beachtete Black nicht. „Bitte."

„Genug geredet!", bellte Black. „Tun Sie es. Jetzt."

„Aber Sie werden Sam nicht erschießen", sagte Mim selbstsicherer, als Ed sich fühlte. „Er ist Ihr einziges Druckmittel."

„Sicher? Eins kann ich nämlich versprechen: Wenn mir keine andere Wahl bleibt, werde ich das Ganze beenden, indem ich Sie alle leiden lasse." Als Sams Kopf nach vorn sank, presste Black den Pistolenlauf gegen seine Stirn, um ihn wieder anzuheben. „Und mit ihm fange ich an. Oder vielleicht doch nicht. Erschieß Gerry, damit sie wissen, wie ernst wir es meinen."

Die Anweisung überraschte Lara. Ed bemerkte die Anspannung in ihren Schultern, als sie dann dennoch ihre Waffe auf Gerry richtete. Und der unverbesserliche Narr senkte die seine.

„Ich liebe dich", sagte er.

Man musste ihm lassen, dass ihr Arm sich ein wenig bewegte, als hätte sie ihn *beinahe* gesenkt.

„Das ist schade", sagte sie.

Und schoss.

Ed zuckte zusammen. Ed zuckte niemals zusammen. Allerdings musste er auch niemals tatenlos zusehen. Doch er wagte es nicht, irgendjemandem zu Hilfe zu eilen, während Black noch Sam bedrohte und er fürchten musste, dass seine Kraft nicht zu mehr als einer einzigen Beschleunigung reichen würde.

Mim sah nicht so machtlos zu. Sie warf die Pistole zur Seite, stürzte los und packte Laras Arm, womit es ihr immerhin gelang, den Pfeil von Gerrys Brust zu seiner Schulter abzulenken. Gerry stolperte stöhnend zurück, als der Pfeil ihn traf.

Während er den darauf folgenden Kampf der beiden ähnlich zierlichen, aber kraftvollen Frauen verfolgte, warf er einen vorsichtigen Seitenblick in Blacks Richtung, der angespannt zusah, jedoch nicht die Pistole senkte.

Kaum hatte sich eine der Frauen einen Vorteil verschafft, kämpfte sich die andere zurück und so ging es hin und her. Doch früher oder später musste sich eine als die Stärkere erweisen.

Mim gelang es, Laras Handgelenk zu packen und so zu verdrehen, dass die verbliebenen Pfeile auf Laras Kopf gerichtet waren. „*Jetzt*", sagte sie laut, während sie ihre Gegnerin an sich zog, „zähle ich bis drei, denn ich glaube, dass Ihnen das Leben Ihrer Tochter wichtiger ist, als Sam zu töten. Auch wenn Sie ihr gerade befohlen haben, ihren Freund zu erschießen."

Sie wagte einen kurzen Blick auf Gerry. Trotz seines schmerzverzerrten Gesichts schien die Wunde nicht tief zu sein.

„Eins", fuhr sie dann fort. „Zwei …"

„Nicht!", brüllte Black und machte instinktiv einen Schritt nach vorn.

Was für Ed mehr als genug war.

Mit letzter Kraft schoss er vorwärts und alles um ihn herum schien sich wie in Zeitlupe zu bewegen. Er sah, wie Black die Torheit seines Handelns bemerkte und die Pistole eilig wieder auf Sam richten wollte. Doch Ed war schneller und ergriff Blacks Arm, als sich der Schuss löste, sodass die Kugel Sam verfehlte und lediglich den Boden traf.

Als er seine Zähne in Blacks Kehle schlug, rann ein unglaublich befriedigender Schwall Blut über Eds Zunge.

„Nicht!", rief Sam. „Du darfst ihn … nicht töten, Eddie. Wir haben ihn … haben, was wir brauchen. *Ruf Daniel an.*"

Black lag hilflos wie eine Puppe in Eds Armen, hatte keine Möglichkeit, dem festen Griff zu entkommen. Ed wollte jeden Tropfen seines Blutes trinken. Er wollte ihm wehtun. Er wollte ihn leiden lassen, wie sie seinetwegen gelitten hatten. Das Blut fühlte sich so gut an, linderte die durch die Wunde und die noch über ihnen leuchtenden UV-Lampen verursachten Schmerzen.

Ed warf einen Blick auf die anderen und stellte fest, dass Mim Lara zu Boden geworfen und die verbliebenen Pfeile zerbrochen hatte, während Gerry sich ihnen vorsichtig mit einer Hand an der Schulter näherte. Lara starrte schockiert in Eds Richtung, als er das Blut ihres Vaters trank.

„Bitte", sagte Sam – so bleich, so schwach, doch in Gedanken noch bei ihrem Plan. „Ruf Daniel an. Dann … kannst du … bei mir bleiben. *Bitte …*"

Ed riss seine Zähne aus Blacks Kehle los, wobei er darauf achtete, die Haut zu verletzen, um die Einstichlöcher zu verbergen. Dann warf er ihn auf den Boden, schob mit dem Fuß die heruntergefallene Pistole außer Reichweite und durchsuchte rasch Blacks Taschen. Wie sich herausstellte, reichte ein simples kleines Gerät mit einem einzelnen Knopf aus, um die gestellte Falle zu entschärfen und das Lagerhaus wieder in angenehm gelbliches Licht zu tauchen.

Erleichtert und durch das frische Blut gestärkt ließ er sich neben Sam sinken. „Richte deine Pistole auf Black. *Sofort*", befahl er Gerry, der etwas ungeschickt, aber ohne jedes Zögern gehorchte. „Und ruft den Detective an." Er warf sein Handy in Mims Richtung, da er ihr eher zutraute, es aufzufangen – was sie auch tat. Dann zog er Sam vorsichtig an sich, um sich die Wunde aus der Nähe anzusehen.

Sams Hemd und seine Hände waren blutüberströmt und noch viel mehr war in den Boden gesickert.

Der Geruch machte Ed schwindlig.

„D-du siehst nicht … z-zu verbrannt aus", stotterte Sam. Seine Haut fühlte sich feucht und kalt an. „D-du wirst … m-mich retten, oder?"

„Selbstverständlich." Ed begann, ihn hochzuheben.

„D-du … verwandelst mich? Du rettest mich?"

„Sam …"

„Du musst es tun. Es ist die einzige … M-möglichkeit. Bitte …"

Bei allem, was geschehen war, hatte er Sam nie so verängstigt gesehen.

„Lass mich nicht sterben."

„Das werde ich nicht", antwortete Ed und streichelte Sams Gesicht, während er ihn näher an sich zog. „Egal, was passiert. Das verspreche ich dir."

Sams Antwort war ein schwaches, schiefes Lächeln, bevor er die Augen schloss.

Das Letzte, woran sich Sam erinnerte, war, die Augen geschlossen zu haben.

Er hatte damit gerechnet, aufzuwachen und sich besser zu fühlen. Keine Schmerzen mehr zu spüren. Ein unverletzter, starker Vampir zu sein, der für immer an Eds Seite bleiben konnte.

Doch als er schließlich die Augen öffnete, tat alles weh.

Es war zu hell. Erst glaubte er, die Sonne erschiene ihm nun nach seiner Verwandlung zu grell, doch als er sich umsah und sich seiner Umgebung bewusst wurde, stellte er fest, dass er nicht im Freien war. Auch nicht im Lagerhaus oder bei Ed.

Er befand sich in einem Krankenhauszimmer.

„Mr. Sam!"

Da bemerkte er die anderen Personen im Zimmer. Die Zwillinge, Marie und Daniel, Mim, Gerry mit einer verbundenen Schulter und – *dort* – Ed, der ein wenig abseits in einer Ecke saß.

Als die Zwillinge zu seinem Bett stürmen wollten, hielt Marie sie zurück.

„Vergesst nicht, was wir besprochen haben", mahnte sie. „Die Schwester hat euch nur erlaubt, hier zu sein, wenn ihr ganz sanft mit Sam umgeht. Sagt einfach Hallo. Kein Herumspringen."

Obwohl dies für sie eine völlig neue Erfahrung darzustellen schien, gehorchten sie und näherten sich vorsichtiger.

„Wir sind froh, dass Sie wach sind, Mr. Sam", erklärte Dawn.

„Tut es doll weh?", erkundigte sich Joey.

Sam kam nur ganz allmählich zu sich und der Tropf neben seinem Bett verriet ihm, dass es vermutlich wesentlich stärker schmerzte, als er es im Augenblick spürte. Also antwortete er: „Das tut es … aber ich halte das schon durch. Ich werde bald wieder gesund. Oder?" Er sah die anderen an, als Letztes Ed, der sich noch immer zurückhielt, als erwartete er Verärgerung.

Sam war überrascht, geradezu erstaunt, dass er ohne übernatürliche Hilfe überlebt hatte, aber es gelang ihm nicht, verärgert zu sein.

„Das werden Sie. Die Schwester wusste, dass Sie bald aufwachen würden, also hat sie uns erlaubt, die Kinder kurz hereinzubringen", erklärte Daniel. „Aber jetzt lassen wir Sie wieder in Ruhe. Wir wollten nur sicher sein, dass es Ihnen nach der Operation gut geht."

Operation? Kein Wunder, dass ihm alles wehtat.

„Sie sind ein Held, Sam. Sie und Ed sind als Zivilpersonen wirklich über sich hinausgewachsen, um Cheroneau zu überführen – *Black,* meine ich. Ich kann immer noch kaum glauben, dass wir Sie wegen dieses Psychopathen beinahe verloren hätten."

„Aber Sie haben alles bekommen, was Sie brauchten?", fragte Sam.

„Allerdings. Sie haben mein Aufnahmegerät zum perfekten Zeitpunkt eingeschaltet. Wir haben Blacks gesamtes Geständnis, auch wenn die Aufzeichnung dann abbricht, nachdem er auf Sie geschossen hat. Das Letzte, was man von ihm hört, ist wirklich seltsam. Irgendwas wie … Ed solle ihn und seine Tochter zu ‚einem von ihnen' machen. Haben Sie eine Idee, was er damit gemeint haben könnte?"

Selbst unter Schmerzen durch die Schusswunde hatte Sam es nicht versäumt, das versteckte Gerät auszuschalten, bevor tatsächlich Vampire erwähnt werden konnten. „Keine Ahnung. Er war eindeutig nicht ganz bei Trost."

„Das kann ich nicht abstreiten", sagte Daniel. „Als ich am Lagerhaus eingetroffen bin und Ed schon mit Ihnen auf dem Weg zum Krankenhaus war, hat Black sich eine Geschichte ausgedacht, um Sie und Ihre Freunde zu beschuldigen. Aber Ed hatte ja die Aufnahme für mich zurückgelassen. Und beim Durchsuchen von Black fanden wir in seinem Mantel außerdem ein Messer, bei dem es sich eindeutig um die Tatwaffe des Mordes an Brock Cramer handelt, möglicherweise auch des Mordes an seiner Frau. Erst hat er abgestritten, dass es seines wäre, aber danach hat er im Grunde kapituliert. Als ihm klar wurde, dass wir sein Geständnis aufgezeichnet hatten, hat er auch den Rest zugegeben. Seine Tochter ebenfalls. Sie haben unsere Arbeit für uns erledigt." Daniel legte ihm eine Hand auf die Schulter und drückte sanft zu. „Schon mal über einen Berufswechsel nachgedacht?"

Ohne die Schmerzen hätte Sam gelacht. „Ich bin mit meinem zufrieden, danke."

Durch einen Spalt zwischen den Vorhängen sah Sam Tageslicht. Wie lange genau er nach der Operation geschlafen hatte, wusste er nicht, aber offensichtlich mindestens die gesamte Nacht.

„Wir gönnen Ihnen jetzt etwas Ruhe und Zeit mit Ihren Freunden", sagte Marie, die sich näherte, um Sam auf die Stirn zu küssen – eine sehr mütterliche Geste, die Sam zu schätzen wusste –, bevor sie die Kinder zur Tür führte. „Wir sind froh, dass es Ihnen gut geht, Sam."

„Auf Wiedersehen, Mr. Sam!", verabschiedeten sich die Kinder im Chor.

Daniel folgte ihnen hinaus und fügte noch hinzu: „Früher oder später brauche ich noch Ihre offizielle Aussage, aber machen Sie sich keine Sorgen. Die Blacks können Ihnen nun nicht mehr gefährlich werden."

Kaum zu glauben, dass er sich noch vor wenigen Wochen wegen der Cramers gesorgt hatte.

Mim und Gerry trugen die Kleidung vom letzten Abend und wirkten nicht, als ob sie geschlafen hätten.

„Die Leichen waren schon da und das Aufnahmegerät war ein cleverer Plan", kam Mim auf den Abend zurück, während sie sich auf seiner Bettkante niederließ und Gerry es ihr auf der anderen Seite gleichtat. „Aber wie hast du Black das Messer untergejubelt? Du lagst praktisch im Sterben!"

Sam dachte an den Moment zurück, nachdem Black auf ihn geschossen hatte, als er ihm durch klassische Irreführung nahe genug gekommen war, um das Messer in seine Tasche zu schieben. „Zauberei", antwortete er dann mit einer kreisenden Bewegung seiner Finger.

Mim und Gerry lachten.

„Solltest du nicht auch in einem Bett liegen?", fragte Sam und deutete auf Gerrys Schulter.

„Hier zu sitzen und auf dich aufzupassen, schadet der Wunde nicht", sagte Gerry, zuckte unbedacht mit den Schultern und stieß ein Zischen aus. „Jedenfalls … habe ich mich an meinen Laptop gesetzt und daran gearbeitet, Eds Gelder zurückzuholen. Es gab keine Probleme. Die Bullen werden nichts davon merken. Aber abgesehen davon habe ich mich größtenteils ausgeruht, ehrlich. Außerdem habe ich ein echt gutes Schmerzmittel bekommen."

Bei diesen Worten wurde Sam wieder bewusst, dass der gesamte mittlere Teil seines Körpers schmerzte und er außerdem ein Pochen in seinem Kopf und einige Blutergüsse an anderen Körperstellen spürte. Ein Blick auf Ed, der noch immer so kühl und distanziert in der Ecke saß, sorgte nicht dafür, dass er sich besser fühlte.

„Vielleicht könnte ich selbst etwas mehr davon gebrauchen", sagte er, ohne den Blick von Ed abzuwenden.

„Wir fragen eine Schwester." Im Gegensatz zu Gerry, der bei ihren Worten einen Schmollmund zog, reagierte sie auf seinen Wink. „Sie wollte sowieso gleich nach dir sehen, aber hat uns vorher ein paar Minuten mit dir erlaubt. Warum unterhaltet ihr euch nicht ein bisschen?" Sie warf Ed einen prüfenden – möglicherweise drohenden – Blick zu. „Wir sagen ihr Bescheid."

„Aber euch beiden geht es gut?", fragte Sam, als sie sich vom Bett erhoben.

„Wir sind nicht diejenigen, die operiert wurden", erinnerte ihn Gerry.

„Es tut mir leid, dass ihr in die Sache hineingezogen wurdet. Aber ich bin froh, dass ihr nicht auf mich gehört habt und rechtzeitig aufgetaucht seid."

„Bitte." Mim stupste sanft seine Schulter an. „Du kannst immer darauf zählen, dass wir dich ignorieren, wenn du uns herumkommandieren willst."

Sam lachte vorsichtig, übersah jedoch nicht Gerrys müden Gesichtsausdruck, auch wenn er tapfer versuchte, ihn zu verbergen. „Das mit Lara tut mir wirklich leid."

„Ich hatte gehofft, sie würde es sich anders überlegen, weißt du? Aber auch wenn sie jetzt im Gefängnis ist, bin ich froh, dass ich nie Zweifel daran hatte, auf welcher Seite ich stehe. Ich habe immer noch euch. Und dafür werde ich ewig dankbar sein." Bei diesen Worten sandte Gerry auch einen Blick in Eds Richtung, doch das Lächeln, mit dem Ed antwortete, trug viel zu viel Kummer und viel zu viele Schuldgefühle in sich.

Die zwei verließen das Zimmer und zwischen Sam und Ed blieb nichts als der Abstand zurück.

Sam wünschte sich, er wäre nicht so müde. Doch obwohl er vermutlich eine ganze Woche hätte schlafen können, gab es nun Wichtigeres, auch wenn er beinahe den Styx erreicht hatte.

„Ich dachte, du würdest …" Es gelang Sam nicht, den Satz zu beenden. Er war wirklich davon überzeugt gewesen, wie Ed aufzuwachen. Dass die Umstände ein überzeugendes Argument geliefert und Ed keine andere Wahl gelassen hätten.

„Ich weiß", sagte Ed, der sich noch immer nicht näherte, obwohl die anderen das Zimmer verlassen hatten, „aber ich konnte es nicht tun. Nach allem, was passiert ist, muss ich … Ich muss gehen, Sam. Mir eine andere Stadt suchen."

„Was?" Die Schmerzen in Sams Magen hatten in diesem Moment nichts mit der Wunde zu tun. „Aber wir haben gewonnen. Jetzt ist alles gut."

„Ich habe zu viel Aufmerksamkeit erregt …"

„Wir haben einen Polizisten auf unserer Seite. Daniel hat dich gern. Du hast ihn doch gehört – wir sind Helden!"

„Deine Freunde waren die Helden. Du warst ein Held. Und beinahe ein Märtyrer."

„Ich liebe dich", erwiderte Sam stur, obwohl es in seinen Ohren ähnlich töricht klang wie bei Gerry, als er es Lara gesagt hatte. Was jedoch nichts an seinen Gefühlen änderte.

Ed wandte seinen Blick ab.

„Wenn es eine neue Stadt sein muss, warum dann nicht mit mir und meinen Freunden?"

„Sam …"

„Bitte." Mit der aufsteigenden Übelkeit stiegen ihm zugleich Tränen in die Augen. „Du darfst nicht gehen. Wir hatten nicht einmal unser Date."

Damit gelang es ihm, hinter Eds Reserviertheit ein Lächeln hervorzulocken.

„Ich kann dir eine Vorschau geben", sagte Sam, wobei er sich bemühte, nicht zu verzweifelt zu klingen. „Es wäre nicht einfach die wieder aufgewärmte Version der Verabredung, die niemals stattgefunden hat. Lass mich dir davon erzählen."

Ed zögerte kurz, um sich schließlich doch mit langsamen Schritten dem Bett zu nähern.

„Ich hatte vor, dir einige meiner Lieblingsorte in der Stadt zu zeigen, die deine kauzigeren Interessen ansprechen."

Das Lächeln wurde breiter.

„In der Innenstadt gibt es diesen tollen Comicladen. Du dürftest dir sogar eins kaufen – aber nur eins. Ich bin immer noch für deine Finanzen verantwortlich."

Ed stieß ein leises Lachen aus. Er hatte sich gesetzt – zu nah am Fußende, aber immerhin.

„Nicht weit davon entfernt gibt es einen Klub mit tollem Ausblick auf die Stadt. Dort spielen Cover-Bands ausschließlich Siebzigerjahre-Rock, wie von der besten Playlist deines aufgemotzten Radios. Du könntest deine Kamera mitbringen und Fotos machen, selbst von mir. Vor allem von mir. Anschließend würden wir nach Hause gehen und du könntest weitere Fotos von mir machen, in jeder Position, die du dir von mir wünschst. So unanständige, dass du mich niemals darum bitten könntest, ohne zu stottern."

Ed errötete, lachte aber erneut. Und als Sam seine Hand ausstreckte, ergriff er sie schüchtern.

„Dann ginge es weiter aufs Dach, wo schon das Teleskop bereitstünde. Diesmal könnte ich derjenige sein, der dir die Sternbilder erklärt, und wenn ich dabei kläglich versage, dürftest du mich auslachen und verbessern."

Eds Lächeln war so wunderschön und doch so traurig, als hätte er nicht vor, sich überzeugen zu lassen. Als würde er aufstehen und verschwinden, sobald Sam aufhörte zu reden.

Also hörte er nicht auf.

„Wir könnten Spaß haben und uns lieben und du würdest mir nicht wehtun."

„Sam ..."

„Das verspreche ich ..."

„Es klingt wunderschön. Das tut es wirklich. Ich wünschte, wir hätten all das tun können."

„Das werden wir", beharrte Sam. „Die Geschichte endet hier nicht."

Ed betrachtete ihn kummervoll und löste seine Hand aus Sams.

„Die Sterne haben es vorbestimmt", sagte Sam hastig, suchte nach etwas, womit er ihn festhalten konnte. „,Die Sterne am Himmel haben es vorbestimmt', antworteten die anderen Götter, wenn Sterbliche nach Hades und Persephone und ihrer langen gemeinsamen Zeit fragten."

Eds Blick kehrte überrascht zu ihm zurück.

„,Aber wie kann es ihnen gelingen?', fragten die Sterblichen weiter. Und manche Götter antworteten: ,Weil sie beide der Tod sind.' Andere sagten: ,Weil sie Naturgewalten sind.' Einige glaubten noch immer, dass einer von beiden den anderen überlistet hatte und sie außer Lügen nichts gemeinsam hatten.

Aber die wahre Antwort konnten nur Hades und Persephone selbst geben. Manchmal sorgte sich Hades, dass die Flüsterer recht hätten. Dass sie zu unterschiedlich waren und Persephone einzig der Verpflichtung wegen an seiner Seite blieb. So fragte er sie eines Tages, ob sie es bereute, seine Königin geworden zu sein.

Und sie sagte: ,Nein, nicht eine Sekunde, selbst die im Finstern verbrachten, weil ich sie mit dir verbrachte.'"

Eds Augen waren feucht geworden und er seufzte schwer. „Ich finde nach wie vor, dass *du* Hades bist."

Sam lachte. „Ich auch. Aber so hat die Metapher besser funktioniert."

Da zeigte sich wieder das Lächeln, beinahe strahlend genug, um den Kummer zu vertreiben, jedoch nur beinahe. „Wir können nicht für immer so weitermachen, Sam."

„Aber das könnten wir. Für immer."

„Und wenn du es nicht wirklich willst?"

„Kann ich nicht selbst entscheiden, was ich will?"

„Zurzeit nicht." Mit einem weiteren Seufzer glitt Ed von der Matratze. „Du musst dich jetzt ausruhen. Aber noch verlasse ich die Stadt nicht. Das verspreche ich."

Noch – das beste und schlimmste Wort zugleich.

Als Ed schließlich das Zimmer verließ, ergriff Sam die schreckliche Furcht, dass er möglicherweise trotz seines Versprechens nicht mehr zurückkehren würde. Doch das tat er. Er verbrachte beinahe jeden von Sams Tagen im Krankenhaus an seiner Seite und verließ ihn nur einmal etwas länger, um für ein Treffen mit dem Anwalt seines Schöpfers durchs Land zu reisen. Selbst dann kam er in Rekordzeit zurück.

Er traf stets pünktlich zu Beginn der Besuchszeit ein und ging erst, wenn er daran erinnert wurde, dass sie endete. Hin und wieder kehrte er sogar in der Nacht zurück, schlich sich hinein und hielt sich im Schatten, wenn jemand nach Sam sah. Doch er blieb nie allzu lange, da er darauf bestand, dass Sam sich noch ausruhen müsse.

Das tat Sam. Schließlich hatte er schweren Blutverlust überstanden, gefolgt von noch schwererem Blutverlust und einer Bauchverletzung.

Die anderen besuchten ihn beinahe ebenso oft – Mim, Gerry und die Neu-Ryans, mal mit den Zwillingen und mal ohne diese. Obwohl Sam jeden seiner Besucher zu schätzen wusste, war es Eds Anwesenheit, die ihn entspannte und beruhigte.

Er brachte Sam Bücher und Comichefte, las ihm daraus vor und auch aus der Zeitung, vor allem ihr tägliches Horoskop oder Nachrichten über die Blacks – die Serienmörder von Riverside. Da Ed kein Bedürfnis nach Essen oder Schlaf hatte, war er niemals gezwungen, ihn für längere Zeit zu verlassen. Wenn Sam einschlief, während Ed ihn besuchte, war er immer noch da, wenn er wieder aufwachte.

Es dauerte über drei Wochen, beinahe einen ganzen Monat, bis Sam sich von der Operation erholt hatte. Obwohl er glücklicherweise keinen bleibenden Schaden davongetragen hatte, würde er noch einige Zeit einen Gehstock verwenden und Anstrengung vermeiden müssen.

Seinen Freunden sagte er, dass er am Tag seiner Entlassung am liebsten nur Ed bei sich haben wollte, damit dieser ihn nach Hause bringen konnte. *Nach Hause*, was er nicht näher erläutern musste, da alle wussten, was gemeint war.

Obwohl er das Krankenhaus bei Tageslicht verließ, erwartete er, dass Ed da sein würde.

Als er nicht auftauchte, geriet er in Panik.

Er rief ihn an, doch es nahm niemand ab. Er wartete eine halbe Stunde über die Uhrzeit hinaus, die er Ed genannt hatte und noch immer tauchte er nicht auf. Beinahe hätte er seine Freunde angerufen, damit sie nach Ed sahen, aber letztendlich kam es ihm zu sehr wie eine Kapitulation vor – als würde er dadurch wirklich die Möglichkeit in Betracht ziehen, dass Ed vielleicht …

Da Sam den Gedanken nicht ertragen konnte, rief er ein Taxi, das ihn zu Eds Haus brachte.

Er machte sich nicht die Mühe, an die schmiedeeiserne Haustür zu klopfen oder zu versuchen, durch die Glaseinsätze zu spähen. Sie waren ohnehin zu undurchsichtig und es war stets zu dunkel im Haus, um etwas zu erkennen. Stattdessen öffnete er die Tür, da er wusste, dass sie nicht abgeschlossen war. Die Stille des Foyers traf ihn wie ein Schlag.

Es war leer.

„Nein …" Sam ließ seinen Gehstock fallen, als er mühsam eintrat und sich hastig umsah.

Es waren weder Tische noch Radios zu sehen, lediglich die staubfreien Rechtecke auf dem Boden, die zeigten, dass sich dort etwas befunden hatte, das nun verschwunden war.

Verschwunden.

„Nein!" Sam ließ seine Stimme von den Wänden abprallen, bis sie die hohe Decke erreicht hatte. „Eddie! *Eddie!*"

„Warum schreist du so?"

Sam fuhr zur Treppe herum – die Ed soeben vom ersten Stock aus herabstieg.

„Habe ich die Zeit vergessen? Du liebe Güte, wo habe ich nur mein Handy gelassen? Bin ich zu spät?"

„Du … du verdammter Mistkerl …" Mit einem unterdrückten Schluchzer warf er sich Ed entgegen, als er das Foyer erreichte. „Ich dachte, du wärst verschwunden."

„Warum um alles in der Welt denkst du das?" Ed zog ihn fest an sich.

„Alles ist weg!"

„Nein, das ist es nicht. Ich wollte nur putzen. Siehst du?" Ed löste einen Arm von ihm, um ihn mit dem anderen ins Wohnzimmer zu führen, wo tatsächlich gleich hinter dem Rundbogen die fehlenden Tische und Radios zu sehen waren. „Ich war nur noch auf der Suche nach dem Mopp."

„Der Mopp ist in der Küche", sagte Sam trocken.

„Tatsächlich?"

„Du wolltest … putzen?"

„Nun", antwortete Ed mit einem heiteren, unfairen Lächeln. „Du warst nicht hier, um mir zu helfen."

„Du warst nicht hier, um mir zu helfen", teilte Ed ihm mit, während er Sam wieder näher an sich zog. Doch bevor er ihn aufs Neue in die Arme schließen konnte, stieß Sam ihn von sich und schlug ihm mit der flachen Hand auf die Brust.

„Ich dachte, du wärst gegangen!", brüllte er und schlug wieder und wieder zu. „Ich dachte, du wärst gegangen …" Dann verbarg er sein Gesicht wie zuvor an Eds Brust.

Das war ganz und gar Eds Schuld, weil er nicht auf die Zeit geachtet hatte. Er hatte lediglich vorgehabt, das Haus für Sams Rückkehr ordentlich herzurichten und der Eingangsbereich war der letzte Punkt auf seiner Liste gewesen.

„Nicht ohne dich", sagte er, streichelte Sam übers Haar und drückte ihn an sich. „Es tut mir so leid. Offenbar bin ich immer noch ein hoffnungsloser Fall, wenn du nicht hier bist, um dich um mich zu kümmern und meinen Tag zu planen."

„Heißt das, du bleibst?" Sam schniefte.

„Ich hatte Wochen, um über uns nachzudenken, und bin endlich zu einem Entschluss gekommen."

Ed schob Sam vorsichtig ein wenig von sich, damit sie einander in die Augen sehen konnten. „Ich bleibe. Aber ich werde dich nicht verwandeln. Vorerst nicht. Ich denke immer noch, dass du mehr Zeit als Mensch verdienst, um sicher sein zu können, dass ich das bin, was du willst. Wenn dann ausreichend Zeit vergangen ist und du deine Meinung nicht geändert hast, sehen wir weiter."

„Die werde ich niemals ändern." Sam schlang besitzergreifend seine Arme um Ed.

„Das hoffe ich." Ed streichelte mit den Fingerknöcheln über Sams Wange. „Aber ich möchte, dass du sicher bist. Ich habe sehr lange gelebt und auch wenn ich selbst nie zuvor so für jemanden empfunden habe, wäre es nicht fair, dich eine so weitreichende Entscheidung über dein Leben treffen zu lassen, wenn dieses erst so kurz war. Wenn der richtige Zeitpunkt gekommen ist und du mich immer noch für die Ewigkeit willst, werde ich dir diesen Wunsch erfüllen."

Als Ed sich vorbeugte, kam Sam ihm hastig entgegen, um hungrig ihren ersten echten Kuss seit Sams Einlieferung ins Krankenhaus zu entfachen. Hin und wieder hatte es zur Begrüßung oder zum Abschied ein verstohlenes Küsschen gegeben, die jedoch nicht im Geringsten mit diesem vergleichbar waren.

Mit Sams Lippen, seiner Zunge und seinen klammernden Händen.

Ed schloss ihn fester in die Arme, küsste ihn noch leidenschaftlicher, während ihre Körper sich ohne den kleinsten Zwischenraum zusammenfügten. Als sie schließlich den Kuss unterbrachen, damit Sam zu Atem kommen konnte, sah Ed, dass Sams Panik und die drohenden Tränen aus seinem Gesicht verbannt worden waren.

„Ganz egal, was als Nächstes passiert oder wohin wir gehen, ich werde immer Nahrung brauchen", erinnerte er ihn.

„Ich weiß. Die Cramers waren nicht der einzige Abschaum in der Stadt. Ein bisschen Selbstjustiz im Namen der Gerechtigkeit könnte ganz unterhaltsam sein."

„Ich möchte trotzdem, dass wir vorsichtig sind." Und damit meinte Ed nicht nur seine Jagdgewohnheiten.

„Sehr vorsichtig." Sam hielt inne, wobei er seinen Griff jedoch kaum lockerte. „Von wem hast du getrunken, während ich im Krankenhaus war?"

„Willst du das wirklich wissen?"

„Wir sind jetzt Partner. Wir stecken da gemeinsam drin. Ich muss es wissen."

Ed befreite sich vorsichtig aus Sams inbrünstigem Klammergriff, damit er den neben der Tür liegenden Gehstock aufheben konnte. Dann führte er Sam ins Wohnzimmer, um sich mit ihm auf das Sofa zu setzen, wobei er den Stock an den Couchtisch lehnte.

„Du erinnerst dich daran, wie ich einige Tage fort war, um mich wegen des Erbes mit dem Anwalt meines Schöpfers zu treffen?"

„Du hast den *Anwalt* getötet?"

„Nein." Allein beim Gedanken daran rümpfte Ed die Nase. „Er mag Anwalt sein, aber er hat einen recht netten Eindruck gemacht. Doch ich fand einige zwielichtige Gestalten, die im verbliebenen Eigentum meines Schöpfers herumschnüffelten. Offenbar hatte er vorher schon einige Feinde – allerdings nicht vergleichbar mit Black. Ich habe nur … ein wenig aufgeräumt."

„Hat er dir etwas Interessantes hinterlassen?"

„Einige Kleinigkeiten mit Erinnerungswert. Tatsächlich gibt es darunter etwas, das ich dir geben möchte", sagte Ed und erhob sich, um es aus der Truhe mit seinen liebsten Comicheften zu holen.

Hier ging es jedoch um etwas anderes. Er hatte es lediglich in der Truhe versteckt, damit er es Sam als Geschenk präsentieren konnte, bevor er es zufällig fand.

„Kennst du dich mit nordischer Mythologie aus?" Er reichte Sam das dicke Buch, sehr alt und wunderschön illustriert.

Anfangs starrte Sam es lediglich an, bevor er es behutsam aufschlug und durch einige Geschichten blätterte. Dass sie nicht in Englisch verfasst waren, schien ihn nicht zu stören. Nachdem er mit den Fingern über einige der Zeichnungen gestrichen hatte, schloss er es schließlich und legte es auf den Couchtisch.

„Ich kann dir daraus vorlesen", sagte Ed, der fürchtete, dass es Sam doch nicht gefiel. „Ich verstehe die Sprache und …"

Sam schoss vorwärts, um sich auf Ed zu werfen, wobei er ihn gegen die Polster presste und beinahe auf ihn kletterte. Er stieß ein kurzes Zischen aus, da er sich nicht im richtigen Zustand für solch unvorsichtige Bewegungen befand, brachte sich dann aber lediglich in eine bessere Position, damit er seine Küsse fortsetzen und dabei die Hände über Eds Körper gleiten lassen konnte.

„H-heißt das, es gefällt dir?", brachte Ed lachend während Sams Angriffs auf ihn hervor.

„Ich liebe es", antwortete Sam. „Ich liebe *dich*. Ich hatte solche Angst, du wärst einfach verschwunden, ohne dich von mir zu verabschieden."

„Das tut mir so leid. Ich verspreche, nie wieder bei etwas so Wichtigem die Zeit zu vergessen."

„Das will ich dir auch geraten haben", drohte Sam, obwohl er dabei lächelte, und beugte sich zu einem weiteren sanften Kuss auf Eds Lippen vor, während er Eds in die Hose gestecktes Hemd aus dem Bund befreite. „Aber jetzt … darfst du mich erst einmal lieben. Es war eine Qual, dich so viele Wochen vermissen zu müssen."

„V-vermissen?" Ed erzitterte beim Gedanken daran, was Sam andeutete – und weil Sams Hand über seinen Bauch glitt. „Ich habe dich jeden Tag besucht!"

„Sehen und spüren ist nicht dasselbe."

„Sam, du weißt, was ich davon halte …"

„Wir passen auf. Tatsächlich habe ich mir dazu noch einmal Gedanken gemacht."

Ed seufzte frustriert. Er wusste Sams lebhafte Libido zu schätzen – seine eigene hatte in all den Jahrhunderten definitiv nicht nachgelassen, auch wenn er sie nicht immer ausleben konnte –, aber als sie sich das letzte Mal nahegekommen waren …

„Ich glaube, es ist nur eine Frage der Abwechslung", erklärte Sam.

„Abwechslung?"

DIE ABWECHSLUNG, die Sam gemeint hatte, verschaffte ihm einen reizenden Ausblick. Ed besaß nämlich ein fantastisches Hinterteil, das ihm nun mit seinen traumhaften Kurven präsentiert wurde, als Ed sein Gesicht ins Kissen presste und mit gespreizten Beinen die Hüften hob, um sich Sam darzubieten.

Sam nahm sich die Zeit, seine Hände über Eds Hintern gleiten zu lassen, bis er schließlich nach dem Gleitgel griff.

„W-wenn das von Anfang an deine bevorzugte Rollenverteilung war, hätte … hätte es mir nichts ausgemacht", sagte Ed mit rauer Stimme, obwohl Sam ihn noch kaum berührt hatte.

„Nicht die bevorzugte. Ich mag beides. Du nicht?", fragte Sam, während er sich Ed mit einem ersten feuchten Finger näherte.

„*Doch.*" Ed erbebte. „Es ist für mich nur so lange her, d-dass ich nicht wusste, o-ob du willst …" Er stöhnte, als Sam den Finger langsam in ihn schob.

„Was ich will, Eddie, bist du. Es gibt keine Bedrohungen mehr. Wir haben alle Zeit der Welt, um uns mit neuen Ideen zu beschäftigen … und neuen Stellungen."

„D-du bist sicher, dass es … dich nicht zu sehr anstrengt?"

„Das geht schon."

Es war Sams Wunsch gewesen, zu stehen, während Ed sich am Fußende des Bettes positionierte, auch wenn er nicht sicher war, ob er diese Stellung lange durchhalten würde. Es war schwer, langsam und vorsichtig zu sein, wenn dabei seine Bauchmuskeln so sehr beansprucht wurden. Aber er hatte Ed versprochen, es ihm zu sagen, wenn er eine Pause brauchte.

Es bedeutete nur, dass er sich bei allem mehr Zeit lassen musste, auch wenn sie richtig loslegten, so wie er es jetzt schon tat. Hinein. Hinaus. Etwas tiefer hinein. *Hinaus.*

„D-du glaubst wirklich, dass es funktioniert?" Ed wand sich, als sich der Finger langsam in ihm krümmte.

„In dieser Position wäre es wesentlich schwerer für dich, mich zu beißen."

„A-aber wenn ich dir doch irgendwie wehtue …"

„Das wirst du nicht." Sam nahm die Spitze eines zweiten Fingers hinzu und wunderte sich nicht, dass Ed sich ihm leicht öffnete, widerstandsfähig wie immer. Seinen kühlen Körper zu berühren war wunderbar, innen wie außen.

„Das sagst du immer …"

„Das *wirst* du nicht. Glaub daran, Eddie. Glaub daran, dass du dich unter Kontrolle hast. Ich tue es." Sam beugte sich vor und strich mit der freien Hand über Eds Rücken und Nacken bis zu seinem Mund, damit er Eds Lippen suchen und ihn an seinen Fingern saugen lassen konnte, obwohl er bereits seine Reißzähne spürte.

Ed liebkoste sie vorsichtig mit neckender Zunge und leicht über Sams Haut gleitenden Zähnen. „Ich werde dir nicht wehtun", sagte er schließlich mit einem letzten Kuss auf Sams Handfläche.

Sam forderte seine Hand zurück, damit er sich auf Eds Rücken abstützen konnte, während er die Finger der anderen nun tiefer und schneller in Ed stieß.

„S-sam …", stöhnte Ed mit heiserer Stimme.

Nun drei. Obwohl er sicher war, dass Ed damit zurechtkommen würde, schob er den dritten Finger ganz langsam, nur nach und nach zu den anderen.

„I-ich hatte vergessen, wie sich das anfühlt." Ed griff hastig hinter sich, um Sams Handgelenk zu packen und die Bewegung seiner Finger zu unterbrechen. „Bitte, Sam. Fick mich endlich. Ich muss dich in mir spüren."

Jedes Mal, wenn Ed etwas Schmutziges sagte, fühlte sich Sam davon völlig überrumpelt. „So richtig schön und langsam, wie du mich gefickt hast."

Obwohl es letztendlich ziemlich wild geworden war, und Sam wusste nicht, ob es ihm mit vertauschten Rollen ähnlich gelingen würde. Aber er würde sich bemühen – nur ohne das brutale Ende.

Nachdem er seinen Schaft mit Gleitgel bedeckt hatte, berührte er Ed vorsichtig – nur um ihn wissen zu lassen, was kam –, bevor er begann, sich in ihn zu schieben.

Von Ed war ein Knurren zu hören und seine Finger krallten sich in das Bettlaken. Nicht zum ersten Mal staunte Sam darüber, dass er dieses mächtige Wesen dazu bringen konnte, zu wimmern und so drastisch die Kontrolle über sich zu verlieren, dass eine ernsthafte Gefahr für sein Leben bestand.

Aber nein, *nein*, er glaubte nicht eine Sekunde lang, dass Ed jemals so weit gehen würde. Ed musste nur lernen, sich selbst so zu vertrauen, wie Sam es tat.

„Du bist so gut zu mir, Eddie. So gut … Und ich werde immer gut zu dir sein."

Mit einem geräuschvollen Ausatmen verlieh er seinem Glücksgefühl Ausdruck, als er tief in Eds Körper sank, während er einen Arm um seine Taille schlang und sich mit der anderen Hand an Eds Schulter festhielt. Jedes Anspannen seiner Bauchmuskeln sandte Schmerzen durch die noch verheilende Wunde, doch er begann mit der perfekten Geschwindigkeit, schön langsam, wie er es versprochen hatte, bis er keine Schmerzen mehr spürte.

Eds Stöhnen erklang lauter als jedes Knurren und er bog den Rücken durch, um Sams Stößen entgegenzukommen, ohne dabei zu versuchen, das Tempo zu erhöhen. Tiefer, ja – er nahm Sam so tief in sich auf –, aber er versuchte nicht ein einziges Mal, ihn zur Eile zu drängen. Er keuchte und verkrallte sich im Laken, bis Sam sich fragte, ob er sich letztendlich doch mit einem Knurren zu ihm herumwerfen würde, es auf die gleiche Weise wie beim letzten Mal beenden würde, aber es geschah nicht. Zwar schob er sich kraftvoll gegen ihn und stöhnte dumpf ins Kissen, sobald er sich jedoch zu verlieren schien, gelang es ihm jedes Mal, sich wieder zu fangen.

„Bist du bei mir, Eddie?", fragte Sam, der nun doch die Geschwindigkeit erhöhte. „Ist es gut für dich?"

„Mrrmm … jaaa … aber langsamer, Sam … langsam …", murmelte er. „Ich mag es, wenn du mich langsam fickst."

Sam lachte, beinahe außer sich vor Entzücken, als er der Aufforderung nachkam. Er hatte nichts dagegen, so lange wie möglich weiterzumachen. Er hatte gewusst, dass nur ein wenig Übung und einige abgewandelte Positionen nötig waren, um Ed zu helfen, den Jäger in sich im Zaum zu halten. Selbst in seinen erschreckendsten Momenten war Ed es immer wert, dass er ihm vertraute. Denn Sam wusste aus Erfahrung, dass nichts so simpel war, wie es schien.

NICHTS WAR, wie es schien.

Nicht Ed.

Nicht Sam.

Nichts an ihrem Beisammensein.

Abgesehen *hier*von. Abgesehen davon, sich hier in Eds Bett zu lieben – das war, wie es sein sollte, denn Ed fürchtete nicht länger, sich darin zu verlieren.

Es lag nicht an ihrer Stellung – obwohl diese ihm half, sich auf etwas anderes zu konzentrieren als das Pulsieren von Sams Blut und den Gedanken daran, wie köstlich er wäre. So konnte er Sam nicht beißen, ohne ihn von sich zu stoßen und sich herumzuwerfen und es gab ihm das Gefühl, dass es ihm mit etwas mehr „Übung" in allen Positionen möglich sein würde, sich Sam hinzugeben, ohne zu fürchten, dass er ihn verletzen könnte.

Die langsamen Bewegungen von Sams Schaft in seinem Innern fühlten sich so gut an. Vielleicht war auch das ein Teil davon – dass er sich von Sam bremsen ließ, während es bei einem anderen Vampir häufig vorkam, dass sie sich von ihrer Kraft mitreißen ließen, ihrer übernatürlichen Stärke und Schnelligkeit, bis das Bett unter ihnen nachgab. Aber das war nicht immer besser. Mit Sam konnte er die liebliche Seite des Akts wiederentdecken und jeden Augenblick in die Länge ziehen.

„Willst du dir immer noch Zeit lassen?", flüsterte Sam, während er sich quälend langsam aus ihm zurückzog.

„J-ja, aber … jetzt ein klein wenig schneller … bitte?"

„Vielleicht sollte ich mich revanchieren."

„Was …" Ed verstummte mit einem Keuchen, das in ein leises Stöhnen überging, als Sam in die Stelle biss, wo sein Hals in seine Schulter überging. Obwohl es nichts Heftiges war, nicht genug, um die Haut zu verletzen, sandte der Hauch von scharfen Zähnen ein Beben durch Eds Körper, das ihn praktisch auf der Matratze dahinschmelzen ließ.

Mit jedem Stoß schob sich Sam nun tiefer und erhöhte das Tempo, baute eine Hitze in ihm auf, die beinahe – *beinahe* – den Wunsch weckte, etwas zu beißen.

Ed schob sich eine Falte des Lakens zwischen die Zähne und erlaubte sich, daran zu zerren.

„Ich bin so weit, Eddie … gleich …"

Das war Ed ebenfalls. Und Sam wusste es, streckte eine Hand aus und umfasste ihn, bewegte sie wieder und wieder und *wieder*, heftiger und schneller, bis – *fuck* – Ed sich den Gefühlen hingab und Sam mit einem Erbeben seines gesamten Körpers mehrere Sekunden zuvorkam. Als sie beide nur noch bewegungslos keuchten, spuckte er das Laken aus, konnte sich jedoch kaum vorstellen, sich vom Fleck zu rühren.

Es war Sam, der sich erst vorsichtig von ihm löste, um ihn zu säubern, und ihn dann auf den Rücken rollte und in eine bequeme Lage brachte. Obwohl Ed wusste, dass er noch sein Vampirgesicht zeigte, betrachtete Sam ihn mit schwärmerischen Blicken.

„Moment, mein Handy vibriert die ganze Zeit." Nach einem kurzen Küsschen auf Eds Lippen verschwand er über die Bettkante, um ihre Kleidung zu durchwühlen.

„Ist alles in Ordnung?", fragte Ed, noch immer außer Atem, auch wenn es ihm mittlerweile gelungen war, seine Reißzähne zu verbergen.

„Mim und Gerry wollen nur wissen, ob du mich gut nach Hause gebracht hast."

„Bitte verrate ihnen nicht, dass ich versagt habe."

Sam saß grinsend da und betrachtete das Display. Er war atemberaubend, woran auch Narben und Verbände nichts ändern konnten. „Um mir dann Mims Reaktion anhören zu müssen? Keine Sorge. Ich sage ihnen, dass wir es in ungefähr einer Woche aus dem Bett geschafft haben werden und sie uns dann besuchen können."

Ed kicherte.

„Nur habe ich leider auch eine Nachricht von den Neu-Ryans. Sie wollen uns für heute Abend zum Essen einladen, um meine Entlassung zu feiern."

„Ach … Weißt du, was das Problem an Freunden ist? Ich muss dich teilen." Sam lachte.

„Aber das Erstaunliche dabei ist …" Ed streckte eine Hand aus, woraufhin Sam das Handy ablegte und sie ergriff, um sich wieder zu ihm ins Bett zu legen. „Auch das gefällt mir. Obwohl es mir gleichzeitig Sorgen macht."

„Sorgen?"

Ed hielt inne, um Sam an sich zu ziehen und seine Schläfe zu küssen. In tausend Jahren hatte er nichts so Wertvolles in den Armen gehalten. Dann sagte er: „Wenn du es möchtest, werde ich dich eines Tages verwandeln. Aber das können wir nicht mit allen Menschen in unserem Leben tun."

„Ich weiß", antwortete Sam leise. „Du machst dir Sorgen darum, wie schwer es sein wird, wenn wir sie verlassen müssen. Oder wenn sie uns verlassen, weil wir die Zeit nicht anhalten können. Nun, hör auf damit. Hör auf, dich auf das Schlechte zu konzentrieren. Denk lieber daran, wie schön es ist, sie jetzt in unserem Leben zu haben. Das ist der Teil, den du über die Jahre vergessen hast, als du dachtest, du müsstest andere auf Abstand halten. ‚Es ist besser, geliebt und verloren zu haben'", zitierte er mit einem kleinen Grinsen.

„Solange ich dich niemals verlieren muss", erwiderte Ed und streichelte Sam über die Wange, bevor er ihn für einen leidenschaftlichen, energischen Kuss zu sich zog. „Für dein Alter bist du sehr weise."

„Deshalb hast du mich eingestellt. Worüber wir reden sollten, denn wenn ich hier einziehe …" Sam zog die Augenbrauen hoch, wartete jedoch nicht ab, ob Ed widersprechen würde.

Das hätte Ed nicht. Denn dass Sam an einem anderen Ort wohnen könnte, war unvorstellbar.

„… wird das Putzen bei dir zu einer regelmäßigen Angelegenheit."

Ed schnaubte. „Darf ich dann wenigstens einen Wunsch äußern?"

„Von mir aus."

„Ich würde gern das Foto vor dem Safe ersetzen."

„Wodurch?"

Es war wichtig, den nächsten Satz ohne ein einziges Stottern herauszubringen. „Durch etwas Skandalöses von dir, das man ausschließlich im Schlafzimmer aufhängen kann."

EPILOG

MIT ED zusammen zu sein wurde niemals lästig.

Nicht, nachdem Sam herausgefunden hatte, dass er ein Vampir war.

Nicht, nachdem sie in nächster Nähe Feinde entdeckt hatten.

Nicht, nachdem die Feinde besiegt waren.

Und nicht jetzt, so viele Jahre später.

Es war für sie höchste Zeit gewesen, sich eine neue Stadt zu suchen. Sam hatte damit gerechnet, dass ihm nach den Jahren in Riverside etwas Abwechslung gefallen würde. Das tat sie tatsächlich, aber da er an Ortswechsel nicht so gut gewöhnt war wie Ed, benötigte er Zeit, um sich in der neuen Umgebung einzuleben.

Bei leuchtendem Vollmond Hand in Hand durch die Stadt zu spazieren half ihm. Genau wie ein Abend, den sie ganz für sich allein haben würden.

Sam hätte natürlich damit rechnen müssen, dass sie dabei gestört wurden – dank moderner Technologie passierte das häufig. Dennoch zog er das vibrierende Handy aus der Tasche und las die Nachricht, während er mit der anderen Hand weiterhin Eds umfasste.

„Marie und Daniel fragen noch mal wegen dem nächsten Wochenende. Ist es nicht unglaublich, dass die Zwillinge schon ihren College-Abschluss feiern?"

„Allerdings", antwortete Ed. „Auch wenn du es dir vielleicht nicht vorstellen kannst, überrascht es mich immer noch, wie schnell die Zeit vergeht. In zwanzig Jahren kann sich so viel verändern."

„Sogar dein Modegeschmack", neckte Sam.

Ed antwortete mit einem sanften Stoß gegen seine Schulter, auch wenn er hin und wieder doch noch eine Fliege hervorholte. „Kommen Mim und Gerry auch?"

„Sie haben es vor. Es ist schon eine Weile her, dass wir alle zusammen waren." Letztendlich hatten sich Mim und Gerry ebenfalls mit den Neu-Ryans angefreundet. Vermutlich war es nach den vielen gemeinsamen Stunden an Sams Krankenhausbett unvermeidlich gewesen.

„Weißt du", sagte Ed, während er Sam dichter an sich zog. „Früher oder später dürfte ihnen auffallen …"

„Ist der nicht ein bisschen jung für dich, Alter?", fragte eine unbekannte Stimme.

Sam erstarrte und spürte, dass auch Ed sich neben ihm verspannte. Es war immer noch merkwürdig und ein wenig amüsant, dass es mittlerweile *Sam* war, der sich das anhören musste.

„Geld und alle anderen Wertgegenstände, sofort", verlangte ihr „Angreifer", von dessen Gesicht unter seiner Kapuze lediglich ein höhnisches Lächeln zu sehen war, als er sich aus dem Schatten löste. In seiner Stimme war keinerlei Reue zu hören und er richtete ohne jedes Zögern seine Pistole auf sie. „Und beeilt euch lieber. Schwuchteln wie euch hab ich schon für weniger kaltgemacht."

Sam lächelte. Er mochte es so sehr, wenn sie es ihm leicht machten.

Manchmal fragte ihn Ed, ob er sich wünschte, als jüngerer Mann von ihm verwandelt worden zu sein. Doch wenn Sam ehrlich war, gefiel ihm der Hauch von Silber in seinem Haar. Und noch mehr gefiel ihm, wie sehr er Ed gefiel.

„Vielleicht könnte man sagen, dass er ein wenig zu jung für mich ist", sagte Ed, woraufhin der Räuber verwirrt die Stirn runzelte. „Aber für uns selbst war der Altersunterschied nie ein Problem. Möchtest du diesen haben?" Er warf Sam einen fragenden Blick zu.

„Ich kann anfangen, aber du weißt, dass ich am liebsten mit dir teile."

„Fürchtest du nicht meine Finsternis, Liebster?", fragte Ed lächelnd.

„Nein." Sam lächelte ebenfalls. „Du sahst noch nicht die meine."

„He", rief der Räuber, da sie ihn ignorierten, um sich zu küssen.

Kurz genoss Sam die Berührung von Eds Lippen. Dann drehte er sich um, ließ seine Augen glühen, erlaubte seinen Reißzähnen, sich zu zeigen, und stürzte vorwärts ...

„Was zum ...?"

... um seine Zähne in den Hals seines Opfers zu schlagen und zu trinken.

AMANDA MEUWISSEN ist eine bisexuelle Autorin, die sich hauptsächlich auf M/M-Liebesgeschichten konzentriert und im Bereich Marketing für die Softwarefirma Outsell arbeitet. Ihr Studium am St. Olaf College schloss sie mit einem Bachelor of Arts im individuell zugeschnittenen Hauptfach Creative Writing ab und sie ist begierig nach Unterhaltung in Form von Filmen, Literatur und Videospielen. Amanda ist ein regelmäßiger Gast bei Comicmessen, um Spaß zu haben und Fans zu begegnen. Häufig kann man sie dabei im Kostüm einer ihrer liebsten Figuren sehen. Mit ihrem Mann John und ihrer Katze Helga lebt sie in Minneapolis, Minnesota. Zu finden ist sie unter www.amandameuwissen.com.

Von AMANDA MEUWISSEN

Finstere Facetten

Veröffentlicht von DREAMSPINNER PRESS
www.dreamspinner-de.com

www.ingramcontent.com/pod-product-compliance
Lightning Source LLC
Chambersburg PA
CBHW022150240626
47153CB00007B/2592